Schatten der Dunkelheit
Eve Pay

Schatten der Dunkelheit

Band 2

LIEBE

Ein Roman von
Eve Pay

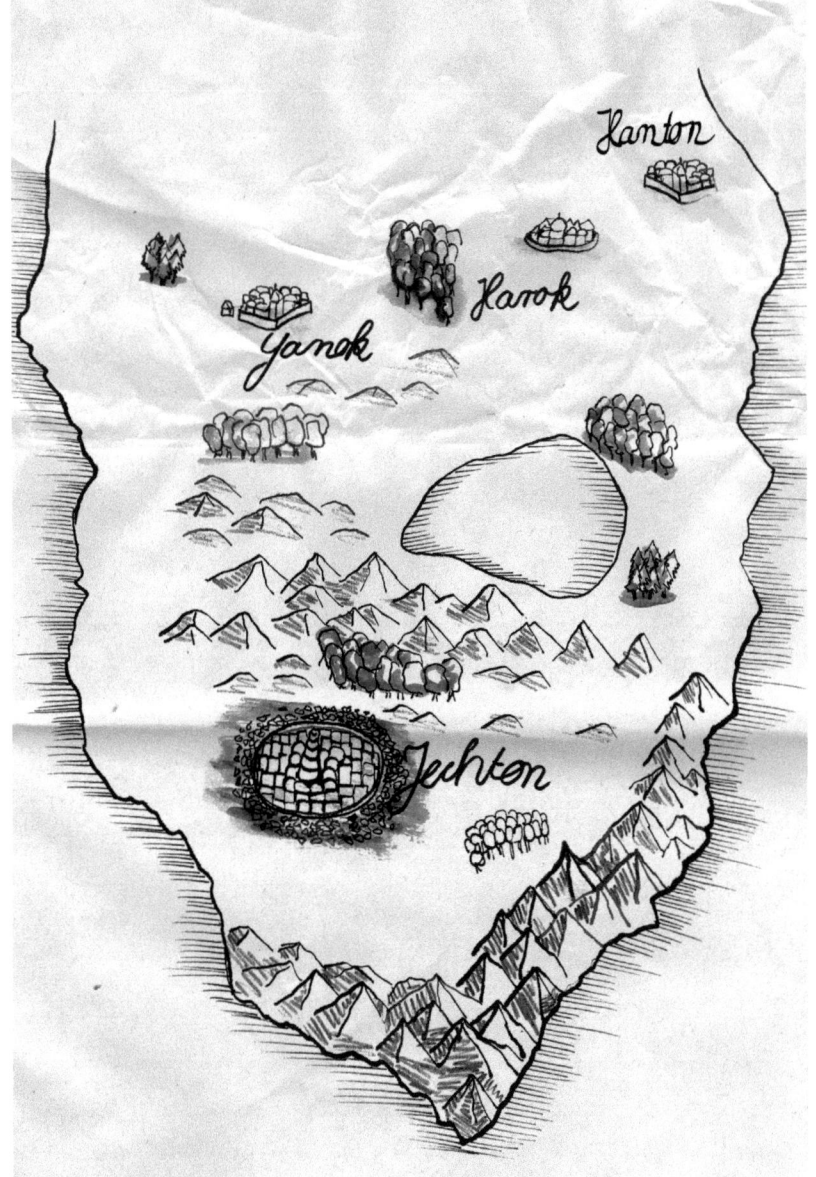

Wichtiger als alles andere ist die Liebe.
Wenn ihr sie habt, wird euch nichts fehlen.
Sie ist das Band, das euch verbindet.
Kolosser 3:14

In all den Jahren des Widerstandes habe ich keine Schlacht gesehen, die so blutrünstig war. Yanok liegt in Trümmern am Horizont, der in roten Flammen steht. Die bunte Stadt ist rußschwarz wie die Seele des Kanzlers – unser aller Feind.

Der Geruch von verbranntem Fleisch hängt schwer in der Luft und vermischt sich mit dem trockenen Staub der Steppe. Immer öfter muss ich pausieren; innehalten. Denn zu allem Übel spüre ich, dass mein Körper ausgezehrt ist.

Meine Kräfte schwinden.

In wenigen Stunden wird die Giroschebene gefallen sein.

Waffen, die unseren technologisch weit überlegen sind, zerschneiden die Luft und treffen meine Brüder. Unsichtbare Pfeile, die tödlicher sind als die Klauen eines Zentan und der Dolch eines Soldaten. Ihre Körper bäumen sich auf, bevor sie schmerzgekrümmt zu Boden gehen.

Die Wahrheit ist: Wir sterben. Für die Freiheit, das Licht und den Frieden, den wir alle einst empfunden haben. Ob wir emporsteigen oder in die Tiefen der Erde fahren, vermag niemand zu sagen. Doch bevor ich meine Seele an den Kanzler verliere, werde ich die Qualen des Todes auf mich nehmen.

Ich werde mich niemals beugen!

Niemals!

Gedanken Bartisam – Ourak aus Jarundo

Ich hätte auf sie hören sollen. Mein Unterschlupf war ein so sicheres Versteck. Doch die Sehnsucht nach ihm war stärker als ihr Flehen. Ich wollte ihn ein letztes Mal in die Arme schließen. So viele Wochen lebten wir bereits in der alles verschlingenden Dunkelheit, abgeschieden in den Bergen. Versteckt zwischen nackten Felsspalten, die mir noch heute die Luft zum Atmen nehmen. Ich konnte, nein, wollte nicht glauben, dass er ein Monster ist.

Ich hätte es wissen müssen. Das Blut unserer Familie ist vergiftet. Ich bin vergiftet. Ich habe sie auf dem Gewissen. Ich allein trage die Schuld an ihrem unwürdigen Ende. Jede Sekunde meines nutzlosen Lebens sehe ich sie vor mir; ihr kalter Körper zerfressen von Ungeziefer. Ein Wesen des Lichts, zerbrochen an der Finsternis.

Niemals werde ich ihre Schreie los. Sie haben sich tief in meine Seele gebrannt und verfolgen mich wie das klagende Weinen der Chento im Wind.

15. JANUAR

Jeder Schritt ließ Estelle gequält aufstöhnen. Die unzähligen Schrammen in ihrem Gesicht brannten wie Feuer. Noch immer hatte sie den Geschmack von Blut auf den Lippen. Gekrümmt taumelte sie neben Lior her, der sie seit Stunden verstohlen musterte. Ein brennend heißer Schmerz schoss ihr in regelmäßigen Abständen durch den geprellten Oberkörper. Einzig ihre Finger hatte vor einiger Zeit aufgehört zu zittern.

»Es ist nicht mehr weit, gleich haben wir es geschafft. Minette wird uns herzlich empfangen«, sagte Lior liebevoll. Flüchtig streifte sein Handrücken Estelles Unterarm. Die Berührung war weich, vertraut und traf sie mitten ins Herz. Sie wollte sich an ihn kuscheln, die Gedanken an die Sarafin und den Mord, den sie begangen hatte, vergessen. Doch für Lior, den pflichtbewussten Katzenmann, waren die Aurion so etwas wie Götter. Und Götter begingen keine Morde.

Ich werde ihm auf keinen Fall sagen, was ich getan habe. Er wird mich verachten. Niemand darf jemals davon erfahren.

Corvin hatten sie nach der Schlacht in den Bergen nicht wieder gesehen. Unter den aufgehenden Monden war er in den Felsspalten verschwunden. Seitdem fehlte von ihm jede Spur. Estelle war am Boden liegen geblieben, hatte den Sternenhimmel bewundert und dem sterbenden Sarafin gelauscht. Lior hatte ununterbrochen ihren Namen gerufen. Sie hatte geschwiegen, bis seine Stimme angstverzerrt von den Felswänden widerhallte. Erst dann war sie aufgestanden und hatte apathisch ihre Kleidung gerichtet. Die Schlaufen des Bustiers hatte sie so fest zusammengeschnürt, dass ihr nun das Atmen schwerfiel. Das Blut der toten Sarafin hatte sie sich mit ihrem Rock aus dem Gesicht gewischt.

Nachdem sie Lior in der Dunkelheit wiedergefunden hatte, schlang er seine kräftigen Arme um sie und schmiegte sie eng an sich. Entsetzt hatte er das zerrissene Bustier gemustert. Sie hatte die Schultern gezuckt und behauptet, alles sei in Ordnung.

Nichts war mehr in Ordnung.

»Minette, wer ist das?«, fragte Estelle gähnend.

»Eine alte Freundin. Sie hat eine kleine Pension am Fuß des Gebirges«, antwortete Lior.

»Wer hat denn hier eine Pension?«

Es gibt nur Tod und Finsternis.

»Sie hatte die Pension bereits lange vor dem Umbruch. Minette wusste nicht, wohin sie gehen sollte, nachdem die Dunkelheit kam. Also blieb sie und hat einen Zufluchtsort für alle geschaffen, die Jechton verlassen.« Lior räusperte sich. Da war er wieder der forschende Blick. »Und Corvin hat dir geholfen, als du mit dem Sarafin gekämpft hast?«, bohrte er weiter nach.

»Wie oft willst du es noch hören?«, blaffte Estelle den Katzenmann an. Seit sie aufgebrochen waren, gab es kein anderes Thema mehr. Was wollte er von ihr? Ein Geständnis? Das Geständnis, dass sie eine Mörderin war? »Wo warst du überhaupt?«, keifte sie.

Lior zuckte unter ihren scharfen Worten zusammen. »Es tut mir leid, dass ich dich im Stich gelassen habe. Ich ... es waren zu viele Sarafin.« Seine Stimme zitterte.

Estelle atmete tief ein. Sie schluckte die aufsteigenden Tränen hinunter und versuchte, kontrolliert zu sprechen. »Ich hab es nicht so gemeint«, presste sie hervor.

Lior nickte mechanisch.

»Wir hätten auf ihn warten sollen. Wie soll er herausfinden, wo wir sind?«, flüsterte sie. Seit sie weitergezogen waren, dachte sie ununterbrochen an Corvin. Panisch hatte Lior ihre Sachen zusammengepackt und Estelle hinter sich hergezogen. »Corvin kann auf sich aufpassen«, hatte er felsenfest behauptet.

Was, wenn er nun verletzt in den Bergen lag?

Die Monde gehen gerade wieder auf. Warum ist er noch immer fort? Wo war er den ganzen Tag und die letzte Nacht?

Erschöpft stöhnte Lior auf. Der Überfall war auch an ihm nicht spurlos vorübergegangen. Blut klebte an seinen Mundwinkeln und kahle Stellen klafften an seinem Hinterkopf. »Er wird uns ... dich finden. Leider werden dich die restlichen Sarafin ebenfalls ausfindig machen können. Wer weiß schon, wie viele in den Bergen hausen. Noch mal werden wir nicht solches Glück haben«, keuchte er entsetzt. »Sobald wir bei Minette sind, müssen wir uns unbedingt um deine Wunden kümmern.« Fürsorglich strich er Estelle mit dem Daumen über die Wange. »Bald haben wir das Gebirge hinter uns gelassen. Die Sarafin greifen selten auf einer Ebene an.«

»Selten?«

»Versuch einfach, so schnell zu gehen, wie du kannst«, murmelte er, ohne sie anzusehen.

Die Sarafin greifen selten auf einer Ebene an. Wo bist du, Corvin?

Tapfer biss Estelle die Zähne zusammen und schleppte sich unter bestialischen Schmerzen vorwärts. Die silberschimmernden Monde thronten über ihnen, am sternenbesetzten Himmel. Eine bedrückende Stille herrschte zwischen den beiden, während sie die Felsspalten durchschritten.

Der erlösende Schritt kam unerwartet. Die enge furchterregende Schlucht blieb zurück und ein weitläufiges Tal erstreckte sich vor ihnen. In der Mitte ruhte ein See, dessen Wasser die zwei Monde wie ein Spiegel einfing.

Von Weitem konnte Estelle die putzige Pension sehen, die am Fuß des Sees lag. Um das Haus wiesen Lampen den Weg in der Finsternis. Das Dach war mit bunten Holzschindeln bedeckt. Selbst in der Dunkelheit erkannte man die Blau- und Rottöne. Runde Fenster mit märchenhaft aussehenden Fensterläden zeigten auf den See. Ein weißer Gartenzaun umsäumte das Grundstück. Bei dem vertraut wirkenden Anblick flutete Heimweh ihren Verstand.

Zeit, erwachsen zu werden.

Stocksteif stand der Offizier vor ihm. Seine Uniform war blitz-blank ohne jegliche Falte; der Gesichtsausdruck kühl wie der eines Killers. Die blonden Haare trug er kurz, was sein kantiges Gesicht mehr in Erscheinung brachte. Jon Mawet war ein eifriger junger Mann, der hoch hinaus wollte. Mit grademal neunzehn Jahren war er Erster Offizier der 1. Zone. Die bedeutendste Position, die ein Soldat in Jechtons Reihen besetzen konnte. Schon mit vierzehn meldete er sich freiwillig, danach ging der Aufstieg rasant bis an die Spitze des Militärs. Mutig trat er einen Schritt näher, salutierte und begann, ohne Aufforderung zu sprechen: »Herr Kanzler, es tut mir leid, Ihnen das mitteilen zu müssen, aber wir haben ein Problem mit dem Sarafin.«

Der Kanzler zog scharf die Luft ein. Er hatte es bereits geahnt. Bei ihrer letzten Unterredung war Corvin äußerst misstrauisch gewesen. Er hatte begonnen, einfache Anweisungen zu hinterfragen. Das Mädchen hatte anscheinend mehr Einfluss auf ihn, als gedacht.

»Der Sarafin ist mit einem Zentan und dem Aurion verschwunden. Vor zwei Tagen war er noch in der 3. Zone. Dort hat er einen hoch angesehenen Bürger der 1. Zone ermordet. Danach verliert sich die Spur.«

»Das darf jetzt nicht wahr sein. Dann hat der Mistkerl also doch recht gehabt. Verdammt. Verdammt. Verdammt. Sie werden den Gefangenen S5376 unverzüglich freilassen und in die Gastgemächer des Palastes bringen. Er bekommt alles, was er verlangt. Davor sagen Sie mir aber erst: auf welche Art?«

»Wie bitte?«, erwiderte Mawet tonlos.

»Meine Güte sind heute alle schwer von Begriff. Auf welche Art hat er ihn umgebracht?«

Der Offizier schüttelte kaum merklich den Kopf. »Oh, entschuldigen Sie, Herr Kanzler. Es müsste eher heißen, auf welche Art nicht. Es glich einem Massaker.«

Genervt ging der Herrscher in seinem Privatzimmer auf und ab. »Ich dachte, er wäre unter Kontrolle. Dieses kleine Miststück«, murmelte er vor sich hin. »Wo fand der Vorfall statt?«, fragte er wieder an Mawet gerichtet.

»In Nouns Spezialitäten. Laut dem Inhaber hat der Gast anscheinend ein wenig über die Stränge geschlagen. Von dem Mädchen fehlt zumindest jede Spur. Gut möglich, dass der Sarafin auch sie getötet hat. Zuzutrauen wäre es ihm. In meiner bisherigen Laufbahn ist mir selten so ein brutaler Mord untergekommen.« Mechanisch strich er mit den Fingern über die goldene Knopfleiste seiner Uniform.

»Wird die niedere Spezies Stillschweigen wahren? Falls nicht, sollten Sie ihn vernichten. Ein Aufstand der Reichen hat mir gerade noch gefehlt. Ständig machen die einen Wirbel, es ist kaum zu glauben.«

»Noun würde für Geld seine eigene Mutter verkaufen. Ich bin mir sicher, er wird kein Wort über die Vorfälle verlieren«, antwortete der Offizier gelassen. »Außerdem steht er für Anonymität, was unsere ehrenwerten Bürger der 1. Zone zu schätzen wissen. Ihm war es wichtig, dass wir den Leichnam ohne großes Aufsehen wegschaffen.«

»Ich muss nicht erst fragen, ob Sie das geschafft haben?«

Der Offizier schüttelte energisch den Kopf. »Ich habe alles unter Kontrolle. Die Frau des Opfers wurde informiert; sie geht von einem Unfall aus. Die Leiche wurde bereits eingeäschert und wird schnellstmöglich seiner Familie übergeben. Niemand wird den Palast oder die 3. Zone damit in Verbindung bringen. Wir garantieren unseren Bürgern stets einen bedenkenlosen Aufenthalt in der 3. Zone. So ein heimtückischer Überfall wird das nicht ändern. Es sei denn ...« Mawet räusperte sich.

»Was?«, fragte der Kanzler misstrauisch.

Der Blick des Offiziers fixierte den Herrscher eisern. Er war einer der wenigen Männer, die keine Angst vor ihm hatten. Dem Kanzler imponierte seine Stärke, gleichzeitig konnte er die Eitelkeit kaum ertragen. Er trug die goldenen Orden an seiner Uniform wie ein arroganter Gockel. Ihm schien der eigene Stand wichtiger zu sein als die Stadt oder das Land; wichtiger als der Herrscher. Leider war er der beste Späher und Kämpfer der gesamten Reichsarmee. Kein Soldat hatte so eine hohe Erfolgsquote. Seine Hinrichtung musste also noch warten.

»Es sei denn, wir würden ein spezielles Haus, wie von Noun, in der 2. Zone eröffnen. Natürlich wird das Haus von einem Ourak geleitet werden. Noun könnte aber als Berater nützlich sein.«

»Das wäre politisch ein Todesurteil«, raunte Brückner entsetzt hinter dem Offizier.

Der drehte sich abrupt um und funkelte den blonden Arzt zornig an.

»Schleichen Sie sich immer so an? Auf dem Schlachtfeld wären Sie jetzt tot.«

»Wir befinden uns zum Glück im Reichspalast und nicht auf einem testosteronüberladenen Kriegsschauplatz«, antwortete Brückner schnippisch.

»Was wissen Sie schon über Politik? Sie sind ein Arzt und Feigling«, zischte Mawet.

»Jemand, der nicht sofort wild um sich schlägt, als Feigling zu bezeichnen, lässt mich an ihrer politischen Kompetenz zweifeln.« Brückner reckte sein Kinn in die Höhe und gab sich, ohne auch nur mit der Wimper zu zucken, dem Blickduell hin. »Außerdem benötigt die 2. Zone bestimmt kein Haus, in dem sich Frauen aller Spezies zu Spottpreisen anbieten.«

»Jetzt seien Sie nicht so melodramatisch. In den Straßen von Jechton wimmelt es von Frauen, die ihr Geld in der Horizontalen verdienen. Wenn es keine Nachfrage gäbe, dann hätte Noun kein Haus eröffnet. Jeden Abend müssen wir Soldaten heimlich Bewohner aus der 1. Zone in die 3. Zone schaffen. Die Anfragen steigen täglich.«

»Widerliches Pack«, flüsterte der Arzt.

»Haben Sie etwas zu sagen, das wir alle hören sollten?«, knurrte der Offizier mit zusammengebissenen Zähnen.

Brückner trat einen Schritt auf Mawet zu. »Ich wollte damit

sagen, dass es unklug wäre, in ein Gebiet, das eh schon auf wackeligen Beinen steht, solch ein Haus zu holen. In der 3. Zone kämpfen alle ums blanke Überleben, niemand schert sich um Frauen oder Kinder. In der 2. Zone versuchen alle krampfhaft, ihren Lebensstandard zu halten. Ein Haus wie ›Nouns Spezialitäten‹ wird niemals geduldet werden. Denn dann wissen sie, dass sie weniger wert sind als wir in der 1. Zone. Unsere Kinder und Frauen sind heilig. Außerdem, wenn herauskommt, dass sie einen Zentan unterstützen, bricht alles in sich zusammen. Allein die Steinreichen aus der 1. Zone wissen von den Häusern in der 3. Zone.«

Der Offizier ballte seine Hände zu Fäusten. »Was bilden Sie sich eigentlich ein? Ich bin ein hochrangiges Mitglied der Armee. Sie sind nichts weiter als ein Weichei in weißer Kleidung. Ich verbitte mir diesen Tonfall, oder Sie werden es bereuen.«

Brückner zuckte betont gelangweilt die Achseln. »Wenn Sie dafür den Kanzler behandeln wollen. Aber Moment, Sie sind ja nur ein hochrangiges Mitglied des Militärs und kein Arzt.«

»ALSO«, brüllte der Offizier.

Der Kanzler lachte schallend. »Regen Sie sich ab, Mawet. Brückner war schon immer etwas verklemmt, wenn es um das Thema Sex ging. Er ist ein Gentleman der alten Schule. Dennoch hat er ein sehr gutes Gespür, was die einfachen Leute angeht. Sie sollten nicht zu hart über ihn urteilen. Ich verlasse mich des Öfteren auf seine Intuition. Er ist sozusagen das Gewissen, das ich niemals hatte.«

»Ich lasse mich nicht so behandeln!«, erwiderte der Offizier an Brückner gewandt.

»WENN ICH WILL, WERDEN SIE NOCH GANZ ANDERS BEHANDELT!«, schrie der Kanzler und durchquerte in langen Schritten das Zimmer, bevor er dem aufmüpfigen Offizier mit der flachen Hand gegen die Brust schlug. »Oder wollen Sie vielleicht ohne Ihre dekorativen Orden in der 3. Zone landen?«

Mit weit aufgerissenen Augen wich der Mann einige Schritte

zurück. Zum Entsetzen des Kanzlers spiegelte sich weder Panik noch Unterwürfigkeit in seinem Blick. Etwas anderes war dort, etwas, das er nicht benennen konnte, ihm aber eine Gänsehaut über den Körper jagte.

»Entschuldigen Sie. Ich wollte Sie keinesfalls beleidigen. Ich bin den Umgang mit Zivilisten nicht gewohnt. Ver... Vergeben Sie mir, Herr Kanzler«, stotterte Mawet plötzlich und blickte zu Boden.

Beruhigt lächelte der Kanzler. So gefiel er ihm schon besser. Unterwürfig; zwar nicht bis zur Besinnungslosigkeit, aber er wusste, wo sein Platz war. »Brückner hat recht. Die momentane Lage ist äußerst instabil. Ein Fehler könnte uns die Zukunft kosten. Allein der Gedanke, mit einem Zentan Geschäfte zu machen, ekelt mich an.«

»Wie Sie wünschen«, presste Mawet hervor. »Sie sind der Kanzler.«

»Ist die Familie des Opfers vermögend?«

»Sie gehören zu den oberen Hundert«, erklärte Mawet.

»Dann geben Sie der Familie für ihren Verlust zehn Extrarationen Licht und lassen Sie mich wissen, wie es ihnen in den nächsten Tagen geht. Sobald Unmut aufkommt, werden Sie mir persönlich vortragen, was das Problem ist. Jetzt verschwinden Sie gefälligst. Ihre gestriegelte Visage kotzt mich an.«

Der Offizier nickte zähneknirschend, machte auf dem Absatz kehrt und marschierte kerzengerade aus dem Zimmer.

»Verdammt! Holen Sie den Gefangenen. Sofort!«, rief der Kanzler ihm hinterher.

Brückner stand mitten im Raum und sah den Kanzler fragend an. »Zehn Lichteinheiten? Wir haben keine Aurion mehr. Wir hatten drei Aurion, den einen haben Sie in die Todeszone werfen lassen und gestern bemerkte ich, dass der andere Aurion schwächer wird. Ich denke, sie wird sterben. Sie müssen das Licht rationieren, bis ich eine Lösung gefunden habe. Außerdem steht die Gala erst an. Zuria ist noch immer nicht vollkommen regeneriert.

Und wie ich gehört habe, ist das Mädchen irgendwo in Jarundo unterwegs. Wie soll ich dafür garantieren, dass beide Aurion bei der Gala anwesend sind, wenn die Tochter verschwunden ist und die Mutter weiter geschröpft werden soll. Zehn Lichteinheiten sind zu viel.«

Der Kanzler schnaufte genervt. »Brückner, was wollen Sie? Und damit meine ich nicht Ihre politischen Ratschläge. Sie bewegen sich auf sehr dünnem Eis. Ich war nur nachsichtig, weil Mawet mich mit seinem Stolz in den Wahnsinn treibt und Ihre Zunge ein scharfes Schwert ist. Ein Schwert, das höchsten Unterhaltungswert hat. Um die Tochter sollten Sie sich wenig Sorgen machen. Corvin ist gut abgerichtet. Sollte er uns wider Erwarten betrügen wollen, sitzt in meinem Kerker der beste Fang des Jahres.« Die Tatsache, dass er im Besitz wichtiger Informationen des Widerstandes war, zauberte ihm ein Lächeln ins Gesicht.

Brückner kniff angespannt die Lippen zusammen. »Die wöchentliche Untersuchung steht an. Ich habe ernste Bedenken wegen Ihrer Narbe. Der Heilungsprozess scheint gestört zu verlaufen«, murmelte er grimmig.

»Benötigen Sie mein Blut?«, fragte der Kanzler und krempelte routiniert den Ärmel seines weißen Hemdes nach oben.

Brückner nickte, stellte seinen Arztkoffer auf den Tisch und wich den Blicken des Kanzlers aus. Der schluckte schwer, als er den Arzt beobachtete, dessen Finger zitternd am Verschluss der Tasche hantierten.

»Es sieht also wirklich nicht gut aus«, keuchte der Kanzler erschrocken.

»Nein«, antwortete Brückner gepresst. »Aber ich werde mein Bestes tun. Wie immer.«

16. JANUAR

Minette war zum Erstaunen von Estelle ein Mensch. Vor mehr als dreißig Jahren war sie das erste Mal nach Jarundo gekommen und hatte ihr Herz an diese Welt verloren. Sie kam und ging in unregelmäßigen Abständen, bis sie eines Tages geblieben war und sich am Fuß der Berge niedergelassen hatte. Sie hatte die kleine Pension gegründet, um die Reisenden auf ihrem Weg durch das Land liebevoll zu versorgen. Seit dem Umbruch war sie der Rettungsanker für die Flüchtenden auf dem Weg in den Norden.

Ihre gichtgekrümmten Hände wuschen Estelle sanft den Schmutz der Nacht vom Körper. Tiefe Kratzer zogen sich über ihren Rücken. Ihre Beine waren übersät mit blauen Flecken und ihr Hals fühlte sich rau an. Die äußeren Blessuren würden heilen, doch was war mit ihrer Seele? Estelle hatte noch immer das Gefühl, in der dunklen Schlucht zu liegen. Allein, zitternd vor Kälte und zerbrochen an der Dunkelheit.

Ich bin eine Mörderin. Welcher Aurion ist zu so etwas Abscheulichem fähig? Aber es war Notwehr ... Trotzdem habe ich den Stein genommen und seinen Schädel zertrümmert.

»Du armes Ding. Dein Körper musste viel ertragen«, sagte sie in einem herzerwärmenden Tonfall, der Estelle zu Tränen rührte. Weinen war jedoch keine Option. Nicht nach dem, was sie in der Nacht getan hatte. Estelle schluckte den bleischweren Kloß in ihrem Hals herunter und hielt den emotionalen Zusammenbruch zurück, der sich seit Stunden anbahnte.

»Willst du darüber sprechen?«

Stumm schüttelte sie den Kopf.

»Ich verstehe«, flüsterte Minette. Behutsam träufelte sie eine zähflüssige Tinktur auf die wunden Stellen. Estelle zuckte, als die ersten Tropfen die zerschundene Haut berührten und ein unangenehmes Brennen aufflammte.

»Der Schmerz wird gleich nachlassen.« Minette verzog ihren Mund zu einem schalen Lächeln, half ihr aus dem Wasser und schrubbte sie mit einem Handtuch trocken. Estelle beobachtete sie dabei im Spiegel. Die Greisin trug ein feurig rotes Kleid, unter dem sich ein ausgemergelter Körper abzeichnete. Ihre schneeweißen Haare hatte sie zu einem strengen Dutt am Hinterkopf gebunden. Trotz der vielen Furchen in ihrem Gesicht sah sie freundlich und gütig aus. Estelle schwieg weiter. Sie vergrub den Schmerz, der sich in ihrem Herz aus-breitete, tief in ihrer Seele.

Allein wenn ich an letzte Nacht denke, muss ich würgen. Ich muss mich zusammenreißen. So ist das Leben in Jarundo nun mal. Entweder werde ich härter oder ich sterbe!

Der Wassertrog, in dem sie eben noch gebadet hatte, stand neben einem offenen Kamin, in dem ein schwaches Feuer loderte. Die morschen Dielen ächzten bei jeder Bewegung laut auf. An den moosgrünen Wänden hingen unzählige Bilder einer kunterbunten Stadt.

»Das ist Jechton«, erklärte Minette, als sie Estelles forschenden Blick bemerkte. Sie hielt kurz inne, räusperte sich. »So wunderschön war Jechton einmal.« Ihre wässrigen Augen verweilten einen Moment auf dem schmalen Fluss und den bunten Häusern, die sich im Horizont aufreihten, bevor sie sich kraftlos abwendete. Von den verrosteten Eisenstangen, den geheimen Ein- und Ausgängen war nichts zu sehen. Die Häuser waren in unterschiedlichen Größen, Formen und Farben gebaut.

»Dort ist jetzt die Todeszone«, presste Estelle wütend hervor.

Minette schreckte aus ihren Erinnerungen auf, in die sie vor Sekunden abgetaucht war. »Todeszone, was für ein grausames Wort«, seufzte sie.

Estelle blickte in den Spiegel und sah Minette an. Plötzlich huschte ein breites Lächeln über das traurige Gesicht der alten Frau. »Das ist unmöglich ... Du ... Du bist ein Aurion.«

Estelle schnappte nach Luft. »Woher?«

»Dass ich das noch erleben darf«, murmelte Minette. Freudig

schlug sie die Hände zu-sammen. »Ein Aurion in meiner Pension. Du machst mich gerade zur glücklichsten Frau in Jarundo. Aber ... wie? Ihr seid alle fort.«

»Woher weißt du es? Hat Lior dir etwas erzählt?«, fragte Estelle die entgeistert dreinblickende Frau.

»Es ist unglaublich. Deine Augen verraten dich. Du hast deine Gefühle nicht im Griff und veränderst, ohne es zu wissen, meine.« Minette wiegte ihren Kopf abschätzig hin und her. »Da ist Angst. Sehr viel Angst, aber auch Leidenschaft und Liebe. Ich hatte schon die ganze Zeit so ein eigenartiges Gefühl. Als wäre ein Sturm in mir, der seinen Ursprung nicht in meiner Seele hat. Ein Sturm der Jugend. Hach, waren das noch Zeiten, als man jung und attraktiv war.«

Estelle biss sich auf die Unterlippe. »Bisher hat niemand erkannt, dass ich ...«, murmelte sie verlegen.

»Ich habe jahrelang mit den Aurion zusammengelebt«, lächelte Minette sanft. »Der See und das Gebirge waren ein Ort der Zusammenkunft. Ich kannte sie alle und sie haben mir viele wunderbare Gefühle geschenkt. Ich kenne eure Geheimnisse«, kicherte sie.

»Dann weißt du mehr als ich«, seufzte Estelle.

Dann ... Dann ... muss Zuria hier gewesen sein.

»Kanntest du meine Mutter?«

Minette runzelte nachdenklich die Stirn, während sie Estelle betrachtete. Schlagartig wurden ihre Augen kugelrund. »Meine Güte, du bist Zurias Tochter.« Entgeistert schlug sie sich die Hand vor den Mund. »Wie ist das möglich? Wer ist dein Vater?«

Schon wieder wurde sie nach ihrer Abstammung bewertet. »Sie ist an meinem ersten Geburtstag verschwunden und hat mich bei meinem Vater gelassen. Einem Menschen. Ein sehr guter Mensch übrigens!«, antwortete sie trotzig.

»An deinem ersten Geburtstag? Sie war also nur kurz in Sicherheit«, murmelte Minette gedankenverloren. »Wenigstens hat sie jemand gefunden, der auf sie achtgegeben hat.«

»Du weißt, wann sie Jarundo verlassen hat?«, fragte Estelle neugierig.

»Ich habe mich damals von ihr verabschiedet und sie an meine Schwester in Süddeutschland verwiesen. Sie sollte sich um Zuria kümmern. Als Aurion ganz allein auf der Erde, das kann nicht gut gehen. Zuria hatte mich gebeten, sie zu begleiten. Es war die letzte Chance, ein Portal zu durchqueren, da die anderen Aurion verschollen waren. Nenne mich verrückt, aber hier ist meine Heimat und hier werde ich sterben.«

»Meine Mutter ist zurück«, erwiderte Estelle resigniert. »Seit siebzehn Jahren. Der Kanzler hat sie gefangen.«

Minette taumelte rückwärts. Unheilvoll starrte sie Estelle an. »Wie?«

»Sie kam zurück, um auf der Giroschebene zu kämpfen. Dort wird man sie wohl gefasst haben. Wir sind auf dem Weg nach Hanton, um sie zu befreien.«

Minette nickte zitternd. »Lior, du Macho. Ich hab sofort gewusst, dass etwas nicht stimmt. Trotz meiner Bitte, es mir zu erzählen, tut er so, als befändet ihr euch auf einer fröhlichen Wanderschaft. Der bekommt was von mir zu hören«, schimpfte sie.

»Er wollte dich sicher nur beschützen.«

Mich hat man von Anfang an belogen.

»Ich weiß.« Minette schnalzte mit der Zunge. »Die Zentan sind loyal, aber furchtbar anstrengend. Wenn wir zwei fertig sind, werde ich ihn mir vorknöpfen. Ich bin vielleicht alt, doch ich kann einiges ertragen. Sonst wäre ich längst in den Norden gezogen.«

»Kann ich dieses Aurionding irgendwie verbergen? Sollte ich erkannt werden, könnte es für uns alle gefährlich werden«, murmelte Estelle.

Minette räumte die braunen Arzneifläschchen in den Schrank neben dem Spiegel, darauf bedacht, Estelle nicht in die Augen sehen zu müssen. »Die Gabe wurde allen Aurion schließlich zum Verhängnis.« Gemächlich zog sie Estelle das Unterkleid über die Schultern und schnürte es an der Vorderseite zusammen. Estelle war dankbar für die Hilfe. Sobald sie auch nur einen Finger rührte, durchfuhr ein bohrender Schmerz ihren Körper.

»Es wird sich eine Lösung finden. Ihr habt es lebend durch das Gebirge geschafft. Die Sarafin hätten dir weitaus Schlimmeres antun können. Das haben sie doch nicht, oder?« Minettes fragender Blick bohrte sich tief in ihr Herz.

Estelle lächelte verkrampft und schüttelte den Kopf.

»Gott sei Dank«, seufzte Minette sichtlich erleichtert. »In den Bergen ist bereits Unaussprechliches passiert. Ihr hattet enormes Glück.«

Was, wenn dieses Aurionding stärker wird? Was, wenn wir es wegen mir nicht bis nach Hanton schaffen? Ich habe die Sarafin angelockt und damit alle in Gefahr gebracht.

»Ich setze jetzt einen Kessel Tee auf. Ihr könnt es euch in der Zwischenzeit auf der Terrasse gemütlich machen. Euer Begleiter ist vor wenigen Minuten ebenfalls eingetroffen«, sagte sie und verschwand auf dem dunklen Flur.

Corvin ist da!

Die Stimmen drangen dumpf durch das Fenster ins Innere des kleinen Zimmers. Augenblicklich wurde Estelle nervös. Angespannt wischte sie ihre schweißnassen Hände über das Unterkleid. Vorsichtig zog sie den Vorhang zur Seite und lugte nach draußen. Corvins Kleidung, sein Gesicht und der Dolch, den er noch immer fest umklammert hielt, waren blutverschmiert. Estelles Herz begann bei seinem Anblick wild zu pochen. Sofort hatte sie wieder den Geruch von frischem Blut in der Nase. Sie schluckte die aufsteigende Galle hinunter und konzentrierte sich auf das Geschehen vor dem Fenster.

Wird er mich verraten? Bitte nicht!

Lior stand mit verschränkten Armen vor Corvin und nickte unentwegt. Ab und zu schüttelte er ungläubig den Kopf. Vergebens versuchte Estelle, ein paar Wortfetzen zu erhaschen. Das Blut an Corvins Körper war bereits angetrocknet, dicke Haarsträhnen klebten auf seiner Stirn. Estelle schielte zu dem dampfenden Blechtrog. Das Wasser schimmerte rosafarben, ein Gebräu aus seinem, ihrem und dem Blut der Sarafin.

Wie viele Sarafin hast du getötet? Hast du sie meinetwegen umgebracht oder weil du es genossen hast?

Corvin blickte starr den Zentan an, die Lippen schmerzverzerrt. Unvermittelt wurde Estelle klar, dass er jeden Tag unbeschreibliche Schmerzen litt. Doch trotz oder gerade wegen dieser Qualen war er stärker als jedes Lebewesen, das sie bisher zu Gesicht bekommen hatte. Mit ihm würden sie es bis nach Hanton schaffen. Die Gewissheit legte sich wie ein Schmerzmittel auf ihre wunde Seele.

Er wird uns alle retten.

Estelle war völlig vertieft in ihre Gedanken und Corvins Körper, als sein Blick plötzlich über Liors Schulter zu ihr wanderte.

Oh. Gott. Nein.

Schlagartig warf sie sich auf den kalten Holzboden und vergrub stöhnend ihr Gesicht zwischen den Händen.

Hat er mich beim Spionieren gesehen? Das ist so peinlich!

Minette platzierte klirrend ein silbernes Tablett auf dem morschen Holztisch. Die weiträumige Veranda, die dank der vielen Petroleumlampen nicht in tiefer Dunkelheit versank, war gnadenlos dem Verfall ausgeliefert. Große Löcher klafften bereits im Boden. Jeder Schritt ließ das Holz bedrohlich knirschen.

Seelenruhig verteilte Minette die schlichten Tassen auf dem Tisch und goss großzügig den dampfenden Tee ein.

Estelle, die neben Lior auf einer Holzbank saß, schmiegte sich eng an ihn und legte den Kopf auf seine weiche Schulter. Müde atmete sie den Duft von frisch gebackenem Brot ein. Ihr war noch immer schleierhaft, wie eine menschengroße Katze überhaupt existieren konnte. Und dass diese dann nach frischen Backwaren roch, tat der Verwunderung keinen Abbruch. Das Fell unter seinem weiten Hemd umspielte seine muskulösen Arme. Estelle kuschelte sich intensiver an ihn. Seine Anwesenheit und die leicht brummende Atmung beruhigten sie. Endlich konnten ihre rasenden Gedanken eine Pause einlegen.

Eine gigantische Schmusekatze. Anna würde Augen machen. Wobei sich Lior wohl eher als Krieger sieht. Er muss von der Schmusekatze ja nichts erfahren.

»Wie könnt ihr nur mit ihm reisen?«, brummte Minette besorgt. Ihre zittrigen Finger deuteten auf Corvin, der am Ufer des Sees stand und das angetrocknete Blut der Sarafin von seinem Körper wusch.

Es war das erste Mal, dass Estelle ihn ohne den Umhang und das viel zu große Hemd sah. Der Anblick war verstörend, doch Estelle wollte den Blick nicht von ihm abwenden. Feingliedrige Knochen schimmerten unter der grauen, pergamentartigen Haut hervor, die das Skelett der deformierten Flügel fest umwob. Es gab kaum eine Stelle, die weder zerkratzt, verbeult oder mit dünnen Adern durchzogen schien. Estelle konnte ansatzweise erahnen, wie sehr die Flügel beim Gehen schmerzten.

Corvins Körperhaltung ließ darauf schließen, dass er wusste, dass sie ihn beobachtete. Mit stolzgeschwellter Brust schöpfte er das Wasser aus dem Fluss und goss es in fließenden Bewegungen über seinen Oberkörper. In Jechton hatte er sich vor den Blicken der anderen versteckt. Niemals hätte er dort seinen Umhang ausgezogen, geschweige denn sein Hemd. Er hatte in der letzten Nacht eine unglaubliche Verwandlung durchgemacht.

»Habt ihr keine Angst?«

»Warum sollten wir?«, antwortete Estelle, verwundert über ihre neu gewonnene Selbstsicherheit.

»Möge Gott seiner Seele gnädig sein«, schnaufte Minette. Kopfschüttelnd knetete sie ihre Hände.

Lior runzelte die Stirn. »Was hat er getan?« Mechanisch strich er seine Barthaare glatt.

Minette zog erstaunt die Augenbrauen nach oben. Sie setzte sich auf die Bank neben Lior und musterte Corvin einige Sekunden, bevor sie zu sprechen begann. »Seine Familie ist der Grund, warum wir heute hier in der Dunkelheit sitzen.«

Verstohlen schielte Estelle zu Corvin. Der Kanzler hatte den Umbruch und die Finsternis gebracht. Wenn sie einen Schuldigen suchte, dann saß er in der 1. Zone und herrschte über die Stadt wie ein blutrünstiger Monarch.

Sie lügt!

»Ich kannte seine Familie«, raunte Minette. Unheilvoll blickte sie Estelle an. »Der Kanzler war bereits an der Macht. Corvins Großvater war damals ein sehr mächtiger Sarafin, bis er der erste Gefallene der Geschichte wurde. Er schürfte nach Gold und Edelsteinen und scherte sich einen Dreck um seine Frau und seinen Sohn, der ebenfalls der Dunkelheit zum Opfer fiel. Kurze Zeit später fand man die Leiche seiner Frau. Ermordet von ihrem Gegenstück. Zeitgleich setzte die Dunkelheit ein. Nachdem Jechton in vollkommener Finsternis lag, fraß sie sich durch das Gebirge. Ich weiß noch, wie ich morgens aufwachte und dachte, ich wäre erblindet. Es war furchtbar. Leider ist das nicht das Ende seiner tragischen Familiengeschichte.« Minette schluckte trocken. »Einige Jahre danach, die Giroschebene war erst seit Kurzem geschlagen, gab es nur noch sehr wenige Aurion in Freiheit. Die, die es geschafft hatten, sich zu verstecken, ereilte ein fürchterliches Schicksal. Denn was könnte schlimmer sein, als von dem aus dem Leben gerissen zu werden, den man liebt? Corvins Vater tötete ebenfalls seine Frau, da war Corvin vier Jahre alt. Das Bild, wie der kleine Junge neben ihr lag, werde ich niemals los. Ihr Körper war längst kalt, als wir versuchten, ihn von ihr wegzuholen. Gott, ich habe nie wieder jemand so schreien gehört. Ich wollte ihn hier bei mir aufnehmen, doch seine Seele war zerschnitten. Er ist abgehauen, in die Berge und hat bei den Steinbrüchen nach Diamanten geschürft. Später hörte ich, dass Corvin aus Rache seinen Vater getötet hat. Stellt euch das mal vor. Corvins Familie stand seit Anbeginn der Zeit in der Blutlinie weit vorn. Die stärksten Sarafin entstammten aus ihr – große Krieger, die jeden Feind in die Flucht trieben. Sein Großvater überschritt mit dem Mord – wohlgemerkt dem ersten Mord – an seinem Gegenstück eine heilige Linie. Er vergiftete eine ganze Blutlinie. Aus Kriegern wurden Mörder. Na ja, Corvin hat wenigstens den Richtigen umgebracht. Auch wenn das erbarmungslos klingt, sein Vater hat nichts anderes verdient. Soweit ich weiß, ist sein Großvater damals auf der Giroschebene umgekommen.«

Estelle zog scharf die Luft ein. Unbemerkt schob sie ihre zittrigen Hände unter die Oberschenkel, um sie vor Liors neugierigen Blicken zu verstecken. Ratlos beobachtete sie Corvin, der sich mit seinem Hemd das Wasser vom Körper wischte.

Warum musste er so viele schlimme Dinge erleben? Ich weiß nicht, was ich tun würde, wenn ich mit ansehen müsste, wie Peter ermordet wird.

»Vielleicht ist es auch ein Zufall und es wäre so oder so zu dem Zeitpunkt dunkel geworden«, fügte Minette rasch hinzu. Dann schüttelte sie traurig den Kopf. »Als die Aurion verschwanden, war niemand mehr da, um den restlichen Sarafin, die dem Widerstand angehörten, den Ausgleich zu geben, den sie brauchten. Sie waren wie von Sinnen und wurden mit diesem widerlichen Aroun überschüttet. Das hat sie rasend gemacht. Sie tobten durch das Gebirge und schürften nach den grässlichen Diamanten. Er war ein Kind von neun Jahren, als er seinen Vater erstochen hat. Seine Kinderseele ist an der Dunkelheit zerbrochen.«

Lior konnte die aufkeimende Wut nicht länger verbergen. Seine Barthaare standen senkrecht und seine Pupillen weiteten sich. Ein tiefes Knurren grollte in seiner Kehle.

Nein. Nein. Nein. Er ist kein wahnsinniger Mörder. Ich habe die anderen Sarafin erlebt!

»Er hat mich gerettet. Egal, was ihr sagt, er hat mich gerettet«, zischte Estelle. Trotzig verschränkte sie die Arme vor der Brust. Corvin zog sich das nasse Hemd über die Schultern und verdeckte die knochigen Flügel vor ihren neugierigen Blicken.

»Wie wurde sie umgebracht?«, fragte Estelle nachdenklich. Ihr

Blick schweifte weg von ihrem Gegenstück über die dunkle Bergkette, die von den zwei Monden in ein silbernes Licht getaucht wurde.

»Er hat sie mit bloßen Händen erwürgt. Das Blut tropfte aus ihren Augen wie rote Tränen.«

Estelle keuchte schwer, instinktiv glitt ihre Hand zu ihrer Kehle.

Darum wollte er in Liors Hütte nicht weiter von seiner Familie erzählen. Wer möchte schon von seiner ermordeten Mutter sprechen?

Minettes Erzählung fügte einige Puzzleteile zusammen. Doch Estelle weigerte sich zu glauben, dass Corvins Familie schuld war an der Dunkelheit.

Lior schnalzte verärgert mit der Zunge. Er war offensichtlich gewillt, die Geschichte zu glauben.

»Er erkennt mich nicht mal. Oder er will mich nicht erkennen. Ich werde ihn auf keinen Fall darauf ansprechen. Manchmal ist es besser, das Alte zu vergessen«, flüsterte Minette müde. »Was wollt ihr nun tun?«

»Wir verhalten uns normal. Wir sollten ihn nicht provozieren«, antwortete Lior gepresst. »Er ist noch immer der Einzige, der uns helfen kann, an Zuria heranzukommen, auch wenn es mir mehr als zuwider ist.«

Minette seufzte schwer. »Es ist lange her. Er sieht ziemlich mitgenommen aus. Und er hat Estelle vor Schlimmerem bewahrt, das ist doch ein guter Anfang.« Schwerfällig stand sie auf und wischte mit einer fahrigen Handbewegung über den Tisch. »Ich werde eure Zimmer vorbereiten«, murmelte sie abwesend.

»Ich hab dir gesagt, du musst vorsichtig sein. Traue niemals einem Sarafin«, zischte Lior wütend in Estelles Ohr.

Sie nickte kaum merklich. Die ständigen Zurechtweisungen von Lior gingen ihr langsam auf die Nerven. Sie war kein Kind mehr und konnte ihre eigenen Entscheidungen treffen. Entscheidungen, mit denen sie ihr restliches Leben zurechtkommen musste.

17. JANUAR

Ein beklemmendes Gefühl ließ Estelle aus einem unruhigen Traum aufschrecken. Sekundenlang saß sie aufrecht im Bett und schaute sich verängstigt in dem dunklen Zimmer um. War da ein Schatten hinter dem Schrank? Ein Chento oder schlimmer noch, ein Sarafin?

Was, wenn mir ein Sarafin gefolgt ist? Wird er allein angreifen oder wieder im Rudel?

Um sie herum herrschte eine Stille, die ihr das Gefühl gab, den Verstand zu verlieren. Das Knirschen des Schädels, den sie mit ihren bloßen Händen zertrümmert hatte, verfolgte sie bis in die Träume. Sobald sie die Augen schloss, hörte sie den dumpfen Aufprall und das Brechen der Knochen. Sollte sie Lior davon erzählen? Was würde er von ihr denken?

Hat schon einmal ein Aurion getötet?

Müde ließ Estelle ihre Beine von der Matratze gleiten. Der Boden unter ihren Füßen war kalt und feucht. Das Zimmer roch nach nassem Holz, das begonnen hatte, zu vermodern. Ruckartig öffnete sie das Fenster, um den Geruch und die düsteren Gedanken loszuwerden. Der Himmel war noch immer tiefschwarz, nur am Horizont konnte man bereits den silbernen Schimmer der zwei Monde sehen. Estelle schlüpfte in das Unterkleid, atmete tief ein und spürte die kühle Luft der Berge in ihrer Lunge. Die Augen hielt sie dabei geschlossen. Sie stellte sich vor, zu Hause zu sein, weit weg von Jarundo, gemeinsam mit Peter in der Bibliothek. Sie vermisste ihren Vater auf eine unerträgliche Weise.

Wie konnte Zuria mich einfach im Stich lassen? Können Aurion überhaupt so herzlos sein?

Wütend begann sie, umherzuwandern.

Warum soll ich diese Welt retten? Ich habe nie darum gebeten, ein Aurion zu sein.

Mit einem Mal waren die ganzen düsteren Gedanken wieder da. Die Unsicherheit, nicht lieben zu können, umschlang sie wie eine Würgeschlange. Brennende Tränen schossen ihr in die Augen. Hasste sie Zuria?

Ein helles Knarren glitt unter der Tür ins Innere des Zimmers. Angespannt hielt Estelle den Atem an und lauschte in die Dunkelheit. Schleppend näherten sich Schritte, die vor der Zimmertür stoppten. Ein kaum wahrnehmbares Röcheln drang durch das Holz, gefolgt von der unerträglichen Stille der Nacht.

Corvin?

Estelle schluckte trocken. Auf Zehenspitzen schlich sie zur Tür und presste ihr Ohr gegen das kühle Holz. Kurz darauf fiel die Eingangstür dumpf ins Schloss. Sie wartete einige Atemzüge, bis sie die Tür aufzog. Erbarmungslose Schwärze schlug ihr entgegen. Die Luft anhaltend huschte Estelle über den Gang zu Liors Zimmer und drückte vorsichtig den Türknauf. Rasch warf sie einen Blick ins Innere. Lior schlief zusammengerollt mit mehreren Bettlaken auf dem Boden. Ein zufriedenes Gurren entwich aus seiner Kehle, während er sich rekelnd auf die andere Seite drehte.

Also doch Corvin. Was hat er vor?

Erleichtert stieß sie die angehaltene Luft aus, als sich die Tür lautlos schließen ließ. Sie kannte Liors Gehör und wusste, dass er durch die kleinste Unachtsamkeit geweckt wurde.

Puuuhhh! Wenigstens einer, der noch richtig schlafen kann.

Mit wild klopfendem Herzen schlich Estelle zur Vordertür. Geräuschlos schlüpfte sie nach draußen in die Dunkelheit. Unsicher, was sie erwartete, stieg sie auf wackeligen Beinen die Treppe der Veranda hinunter. Der verdorrte Boden war frostig und rau, jeder Schritt schmerzte an den nackten Füßen. Die eben aufgegangenen Monde spendeten jedoch mittlerweile so viel Licht, dass sie sich problemlos fortbewegen konnte. Da hörte sie das dumpfe Röcheln erneut. Estelles Herz geriet ins Stolpern. »Corvin?«, flüsterte sie in die Schwärze hinein. Als sie keine Antwort erhielt, lief sie um das Haus herum. Vor ihr erstreckte sich der

See, dessen Wasser reflektierte das Mondlicht und bildete zauberhafte Lichtreflexe. Das wenige silberfarbene Licht tanzte flirrend auf der spiegelnden Oberfläche und umspielte eine Person, die sich am Ufer aufrichtete.

Corvin. Was zum ...

Der schummrige Schein ließ die ursprüngliche Schönheit der Flügel erahnen, die kraftvoll Richtung Himmel ragten. Ein Schimmer unterschiedlichster Farbtöne lag auf ihnen. Corvins Körper strotzte vor Kraft. Die Schmerzen, die ihn sonst in eine leicht gebückte Haltung zwangen, schienen verschwunden. Er reckte sich und stöhnte erleichtert auf.

Er hat kein Hemd an ... Diese Bauchmuskeln ... Wo sind die Narben? Was um alles in der Welt?

Regungslos stand sie da und schnappte verwundert nach Luft, während sich Corvin langsam umdrehte. Die ganze Härte war aus seinem Gesicht gewichen. Hinter Estelles Stirn explodierte ein kribbelndes Feuerwerk.

Versucht er, still mit mir zu sprechen?

Ein schiefes Grinsen umspielte seine Lippen. In einer fließenden Bewegung strich er sich eine verirrte Haarsträhne aus dem Gesicht.

Er sieht aus wie ein Hollywoodstar. Wie ist das möglich?

Mit schmerzenden Füßen lief sie zu ihm. Corvin harrte starr am Ufer aus, verfolgte jeden ihrer Schritte mit Argusaugen. Sie waren schwarz wie die Nacht, die sie umgab. Doch Estelle fand eine Milde darin, die alle Angst weichen ließ. So etwas hatte sie niemals zuvor gesehen.

Als sie vor ihm zum Stehen kam, suchte sie neugierig sein Gesicht nach den Narben ab, die am Vortag noch seinen Körper gezeichnet hatten. Verwundert schüttelte sie den Kopf. »Du siehst echt ... Wow ...«, stammelte sie.

Zaghaft berührte Corvin ihre Hand mit den Fingerspitzen. Ein glühendes Kribbeln breitete sich von ihrer Körpermitte aus, glitt in den Unterleib, die Kniekehlen und endete in den Fußspitzen.

Das ist verrückt!

Verblüfft über ihren eigenen Mut fuhr sie mit zitternden Fingern die Kontur der Flügel nach, die er weit von sich spreizte. Die schimmernde Hautschicht fühlte sich warm und weich an. »Ich dachte immer, Engel haben Flügel aus Federn. Ist das deine Haut?«, flüsterte sie heiser. Plötzlich hatte sie Angst, jemand könnte sie hören und diesen perfekten Moment zerbrechen.

Corvin nickte schmunzelnd, umschlang ihre Taille mit einem Arm und zog sie näher heran. Estelle entfuhr dabei ein quietschender Laut.

»Ich sagte dir doch, die Aurion und die Sarafin bilden eine Einheit«, raunte er ihr ins Ohr.

Estelle spürte eine bisher unbekannte Leichtigkeit. Die Schmetterlinge in ihrem Bauch brachten sie beinahe zum Fliegen.

Hab keine Angst. Ich werde nichts tun, was du nicht auch willst.

Erschrocken wich sie zurück. Hatte er das gerade wirklich gesagt, oder hatte sie das nur gedacht? Ein zarter Lufthauch umspielte ihre Stirn, während sie versuchte, ihre Gedanken zu ordnen.

Ist er in meinem Kopf?

»Bist du ... Wie ... Was passiert ...« Estelle war völlig verwirrt.

Corvins Antwort kam prompt; verschmitzt grinste er.

Weiß er, was ich denke?

Sanft strich er mit den Fingerspitzen Estelles Wirbelsäule entlang. Ihr Herz stolperte, als er sich zu ihr herunterbeugte.

Wir gehören zusammen.

Seine Lippen berührten ihre; erst flüchtig, dann entschlossen. Sein Atem, der eine wohltuende Wärme verströmte, breitete sich in ihr aus. Estelle wurde schwindelig, ihre Knie begannen augenblicklich zu zittern. Sofort umschlang Corvin ihre Taille noch fester.

Ist das dieses Aurionding?

Estelle konnte fühlen, wie etwas in ihr zurechtgerückt wurde, das nie ganz heil gewesen war. Schüchtern erwiderte sie den

Kuss. Nils, Alexander und die anderen Jungs, die sie bisher geküsst hatte, verblassten vollkommen. Sie seufzte berauscht, als Corvin seine Flügel um ihren Körper schlang. Die zarte Haut berührte ihre nackten Arme und Schultern, umhüllte sie wie ein schützender Kokon.

Verstehst du unsere Verbindung jetzt, Aurionmädchen?

Er ist wunderschön. Sogar perfekt ...

Plötzlich zog eine unerwartete Kälte auf. Corvins Lippen veränderten sich. Die Weichheit wich einer Härte, die Estelle erschaudern ließ. Ein Knacken, wie das Brechen von Knochen, zerriss den friedlichen Moment. Corvin erbebte. Seine Finger bohrten sich tief in Estelles Rücken. Sie stöhnte vor Schmerzen, versuchte, sich von ihm zu lösen.

Autsch!

Hab keine Angst. Vertrau mir.

Erschrocken öffnete sie die Augen und sah in Corvins schmerzverzerrtes Gesicht. Dünne Blutadern schimmerten erst schwach, dann schwarz unter seiner Haut. Er zuckte unkontrolliert, als raupendicke Narben an seinem Hals an die Oberfläche drangen.

Das ist total abartig.

Mit aller Kraft kämpfte sich Estelle aus der Umarmung und wischte sich angeekelt über den Mund.

Du ekelst dich!

Corvin starrte sie ausdruckslos an. Keuchend fiel er auf die Knie, vergrub knurrend den Kopf zwischen den Händen. Seine Schultern verkrampften. Wie ein sterbendes Tier rollte er stöhnend über den staubigen Grund. Die Haut der Flügel verdorrte vor Estelles Augen, bis sie die Knochen fest umschlang und zu zerbrechen drohte. Estelle würgte bei dem grotesken Anblick. Der bittere Geschmack von Galle stieg ihr in den Rachen. Angewidert schluckte sie gegen den Brechreiz an.

Stirbt er?

Zögernd ging sie einen Schritt auf ihn zu und streckte die Hand aus, obwohl sich ihr Körper dagegen sträubte. Vor Wut schnaufend schubste Corvin sie grob beiseite. Estelle stürzte und schürfte sich das Knie auf dem vertrockneten Untergrund auf. Finster blickte er sie an. Warum sagte er nichts? Warum schrie er sie nicht an? Neben der Wut, die von ihm ausging, spürte Estelle eine Bitterkeit, so schwarz und zäh wie Teer, in der sie unterging und zu ertrinken drohte. Panisch schnappte sie nach Luft, doch in ihre Lungen gelangte kein Sauerstoff. »Bitte hör auf! Was machst du mit mir?«, presste sie hervor. Verängstigt griff sie sich an den Hals. Corvin sah sie verzweifelt an.

Ich? Das bist du!

Fluchtartig sprang er auf und verschwand gebückt in der Dunkelheit. Estelle blieb keuchend auf der Wiese zurück. Die lauwarme Luft, die bei jedem Atemzug ihre Lungen flutete, brannte fürchterlich.

Was war das eben?

Verwundert ließ Estelle ihre Finger über ihre Lippen gleiten. Niemals zuvor hatte sie ein Junge so leidenschaftlich geküsst. Und noch niemals zuvor hatte sie sich jemand so nah gefühlt. Sie hatte in Jechton bereits alles intensiver gespürt. Doch das stellte alles bisher Erlebte in den Schatten. Es war atemberaubender und irgendwie intimer als ein gewöhnlicher Kuss gewesen. Das Zittern, das ihren Körper schüttelte, ebbte allmählich ab.

War er wirklich in meinen Gedanken? Und hat er mir die Luft genommen? Oder war ich das selbst? ... Wie? ... Ich hab ihn zerbrochen.

»Estelle!« Liors scharfe Stimme zerriss die nachdenkliche Stille. »Was machst du hier draußen?«

»Ich ... Ich konnte nicht schlafen und dachte, ich sehe mir die aufgehenden Monde mal genauer an.« Mit einer schnellen Handbewegung wischte sie die Tränen, die ihr über die Wangen liefen, aus dem Gesicht. Sie wusste, dass er die Lüge erkennen konnte. Einen Zentan zu täuschen, war beinahe unmöglich. Ihre Instinkte waren messerscharf.

»Komm rein! Es ist viel zu gefährlich im Freien. Außerdem musst du dich erholen, wir haben schließlich einen weiten Weg vor uns.« Lior stemmte fordernd seine Fäuste in die Hüfte.

Schwindelig von den Gefühlen erhob sich Estelle und rannte schwankend an Liors verwundertem Gesichtsausdruck vorbei direkt in ihr Zimmer. Sie wollte ihn nicht ansehen, wollte nicht, dass er den Kuss erkannte, der auf ihren Lippen lag. Den besten Kuss ihres Lebens. Wütend schlug sie die Zimmertür zu und warf sich auf das Bett, aus dem sie vor einer gefühlten Ewigkeit gekrochen war. Draußen hörte sie Lior wild fluchen.

Mit beiden Händen umfasste sie ihren Bauch, der nicht aufhören wollte zu kribbeln.

Ich hab mich doch nicht etwa in den Idioten verliebt?

Ihr Duft liegt in mir wie der Schmerz, der mich quält. Die Wut über ihre Oberflächlichkeit treibt mir den bitteren Geschmack von Galle in den Rachen und vertreibt den Frühling, den sie bringt. Ich unterdrücke das ekelerregende Verlangen, sie zu lieben, bis es wehtut. Die Schmerzen und die Finsternis verschlingen meine Seele täglich ein Stück. Es gibt kein Zurück mehr. Wenn sie mich hasst, kann mich nur der Tod noch retten.

18. Januar

Ausgiebig betrachtete Estelle ihr erschöpftes Spiegelbild. Glanzlos starrten ihre bernsteinfarbenen Augen sie aus dunklen Höhlen an. Gestern Nacht hatte sie etwas Einzigartiges gefunden, das wegen ihrer dummen Oberflächlichkeit zerbrochen schien. Corvin hatte mit ihr gesprochen, ohne die Lippen zu bewegen.

Er war in meinem Kopf. Das hat es also mit dem Aurion-Sarafin-Ding auf sich. Es war atemberaubend, intim und total irre.

Bestürzt stellte sie fest, dass sie Corvin noch immer spürte. Selbst die Erinnerung an die zarte Berührung der Fingerkuppen und an seinen warmen Atem brachte ihr Herz erneut zum Flattern. Sein Geruch, der sie schmerzlich an die Schillerallee an einem Herbsttag erinnerte. Alles in ihr verzehrte sich nach ihm, seinem Schutz, seiner Stärke und seinem ursprünglichen Aussehen. Doch warum war er verrückt nach ihr? Sie war eingebildet, hatte ihn mit einer unbedachten Handbewegung zerbrochen.

Wann bin ich so unsensibel geworden?

Sie liebte das, was sie gesehen hatte. Die Flügel, deren Farben schimmerten wie ein Regenbogen im Sonnenuntergang. Seine weiche Haut und die fein definierten Muskeln an seinem Bauch. Was, wenn er recht hatte und sie zusammengehörten? Konnte sie ihn trotz der Narben lieben? Wollte sie ihn überhaupt lieben?

»Geht es dir gut? Ich mache mir Sorgen um dich.« Minette tauchte hinter Estelle auf, legte ihren Kopf schief und musterte sie neugierig. Estelle zuckte verlegen mit den Schultern.

»Was siehst du an?«

Irritiert durch Minettes Frage löste Estelle den Blick von ihrem Spiegelbild. »Ich bin einfach kein Aurion«, seufzte sie.

»Glaub mir, du bist ein Aurion.«

»Vielleicht irrst du dich.« Estelle dachte an ihre erste Begegnung vor zwei Tagen. Die alte Frau hatte sich so liebevoll um sie gekümmert, ihre Wunden gereinigt, den Schmutz und die Angst der Nacht vom Körper gewaschen.

»Für dich und die anderen mag es noch nicht sichtbar sein. Er hat es begriffen und er ist total in dich verschossen.«

»Corvin?«, fragte Estelle ungläubig.

Minette schmunzelte. »Natürlich Corvin, wer denn sonst?«

Er kann mich nicht lieben.

»Ich bin gemein und unfähig zu lieben«, platzte es aus Estelle heraus. »Ich will meine Mutter retten, damit ich nach Hause kann. Nicht weil ich sie so schrecklich vermisse, sondern weil ich zu meinem Vater zurück will. Ich möchte ein ganz normales Leben führen. Stinklangweilig am besten. Ich bin selbstsüchtig und oberflächlich!« Angespannt presste Estelle die Lippen zusammen.

Minette erhob tadelnd den Zeigefinger. »Das denkst du, weil deine Welt ... unsere Welt so ist. Was fühlst du, wenn du ihn ansiehst? Wenn du ihn so ansiehst, wie er jetzt ist.«

Nachdenklich saugte Estelle an ihrer Unterlippe. Sollte sie die merkwürdigen Gefühle, die sie für Corvin empfand, offenbaren? Seit sie ihn kannte, stand ihre Welt auf dem Kopf. »Wenn er nicht in der Nähe ist, mach ich mir furchtbare Sorgen. Sobald er bei mir ist, durchfährt ein Kitzeln meinen Körper. Manchmal hab ich aber Angst vor ihm. Es ist alles sehr verwirrend.«

»Hast du vor ihm Angst oder davor, was mit deinem Herzen passiert, wenn du dich darauf einlässt?«

Estelle zog scharf die Luft ein. Sie hasste es, wenn ihr Schutzwall durchbrochen wurde, und Minette war darin eine wahre Meisterin. »Du hast selbst gesagt, dass er gefährlich ist. Er hat mehrere Sarafin getötet. Laut deiner abstrusen Erzählung ist seine Familie sogar für den ganzen Mist verantwortlich«, erwiderte Estelle eingeschnappt.

Minette stupste Estelle scherzhaft den Zeigefinger in den Bauch. »Ein frecher Aurion, dass ich so was in meinem Alter noch erleben darf.« Sie räusperte sich und blickte Estelle ernst an. »Ich weiß nicht, ob dich schon jemand über deine Bestimmung aufgeklärt hat. Eigentlich gehören Aurion und Sarafin zusammen.«

»Das weiß ich doch«, stöhnte Estelle genervt. Warum erzählten ihr alle ständig dieses Märchen aus längst vergangenen Zeiten.

»Es gibt seit Anbeginn der Zeit die Regel, dass die Aurion und die Sarafin eine Einheit bilden, die alles überdauern kann. Jeder Aurion gehört zu einem Sarafin und umgekehrt. Sie teilen alles, ihre Gefühle, ihre Gedanken und ihre Liebe.«

»Du willst sagen, Corvin und ich gehören vielleicht wegen irgendwelcher uralter Bestimmungen zusammen? Nicht weil ich es mir selbst aussuchen kann?«

Minette sah sie einige Sekunden schweigend an. »So in der Art«, erwiderte sie matt.

»Meine Mutter hat aber meinen Vater, einen Menschen, geheiratet. Ich bin gar kein reiner Aurion.«

»Zuria war mit Samael, ihrem Gegenstück, liiert, bis er dem Aroun verfiel. Ihr Herz war zerbrochen. Bartisam half ihr, diese unglückliche Zeit zu überstehen. Sie schloss sich dem Widerstand an und verschwand in den Trümmern von Jechton. Alle Regeln wurden damals außer Kraft gesetzt. Wer sagt, dass eure Bestimmung erfüllt werden muss?«

»Das hilft mir jetzt nicht sonderlich weiter«, antwortete Estelle verwirrt. »Gerade wolltest du mich doch noch davon überzeugen.«

Minette strich ihr eine Locke aus dem Gesicht. »Was ich damit sagen will, ist: Du musst nichts tun, was du nicht möchtest. Denke einfach daran, was du verpassen könntest. Vielleicht entgeht dir durch die Angst die Liebe deines Lebens.« Minette schwieg für einen Augenblick. »Du wirst dich und deine Abstammung erst finden können, wenn du die Liebe zulässt. Die reine vollkommene Liebe. Hör auf, dich dagegen zu wehren. Wer weiß, vielleicht kannst du sogar die Wende bringen.«

Wie soll in dieser dunklen Welt Liebe entstehen?

»Ich war schon mal verliebt. Es hat nie geklappt«, entgegnete

Estelle bedrückt.

Minette nickte wissend. »Was hast du dabei gefühlt?«

Estelle dachte an Nils und das Gefühl, das er bei ihr ausgelöst hatte. Er war zwei Köpfe größer, hatte verwuscheltes blondes Haar und sagenhaft blaue Augen. Alle Mädchen waren verrückt nach ihm, doch er wollte nur sie. Estelle stieß einen schmachtenden Seufzer aus. »Ich war verknallt, mit Schmetterlingen und so.«

Minette schmunzelte. »War er schön?«

»Ja. Wunderschön«, seufzte sie. »Aber als er mich geküsst hat. Igitt. Furchtbar. Da war alles vorbei.«

»Dann warst du in die Hülle verliebt. Die echte Liebe kommt von ganz tief innen. Sie raubt einem beinahe den Verstand und lässt dich unmögliche Dinge tun. Dinge, vor denen man sich sein Leben lang gefürchtet hat. Du musst dein Menschsein ablegen und den Aurion in dir entdecken, den er erkannt hat.«

»Warum weißt du so viel darüber?«

»Weil ich mittlerweile siebzig Jahre lebe und ich in Jarundo gelernt habe, was es heißt, wirklich zu lieben. Ich hatte das Glück, die Aurion vor dem Umbruch zu erleben. Jede Wut und Bosheit wich, wenn sie in die Nähe kamen. Die Sarafin waren damals so stolz. Hach, ich konnte meinen Blick kaum abwenden.« Minette strich sich eine graue Haarsträhne aus der Stirn. »Corvin sieht in seiner Urgestalt zum Anbeißen aus«, kicherte sie mädchenhaft.

»Du hast uns beobachtet?« Sofort schoss Estelle die Schamesröte ins Gesicht. »Wie peinlich«, stöhnte sie und vergrub ihre pulsierenden Wangen in den Handflächen.

»Hier draußen passiert eben nicht allzu viel. Gönne einer Frau doch ein wenig Spaß.« Schallend fing Minette an zu lachen. Einige Augenblicke vergingen, bevor sie wieder zu Atem kam. Dann sah sie Estelle erneut ernst an und sagte: »Ich weiß, dass ihr eine lange Reise vor euch habt und es wird alles andere als einfach werden. Aber denk an meine Worte: Mit Liebe lässt sich Unglaubliches ertragen.«

»Mal schauen«, murmelte Estelle.

Minettes Blick verdunkelte sich. »Ich habe die toten Sarafin gesehen.« Ihre Unterlippe begann zu zittern.

Estelle schwieg. Sie hatte plötzlich einen Kloß in der Größe einer Orange im Hals stecken.

Hat sie erkannt, dass ein Sarafin mit einem Stein erschlagen und nicht mit einem Dolch getötet wurde?

»Ich war in den Bergen heute früh. Ohne ihn hättet ihr nie ...«, Minette schüttelte den Kopf. »Wir sollten da gar nicht weiter drüber nachdenken, was passiert wäre, wenn. Es waren dreißig Sarafin. Dreißig verlorene Seelen, die dir alle Schlimmes angetan hätten. Damals als der Umbruch anfing, gab es viele Morde in den Bergen. Es war grausam. Ich habe die Toten mit den wenigen Sarafin, die gegen die Finsternis standhalten konnten, am anderen Ende des Sees beerdigt. Bis auch ihre Seelen gefallen waren. Jetzt sind die Felsspalten ihre Gräber.«

Estelle spürte wieder die kalten Hände der Sarafin auf ihrem Körper, die sie zu Boden drückten und ihren Rock nach oben schoben. Angewidert schüttelte sie das Gefühl der Hilflosigkeit ab. »Er ist so unberechenbar.«

»Er ist wütend, weil er einsam ist. Und das seit dem Tag, an dem seine Mutter starb.«

Estelle sah die blutverschmierte Klinge im Mondschein aufblitzen. »Sie gehört zu mir.« Die Erinnerung war so intensiv, dass das Bersten der Knochen und der Geruch des Todes sie umgaben.

Was, wenn wir wirklich zusammengehören? Wird er mir meine Unvollkommenheit verzeihen können? Ich muss unbedingt mit ihm sprechen.

20. JANUAR

»Ihr wollt wirklich schon aufbrechen?«, fragte Minette besorgt.

Lior wehrte ihre Zweifel mit einer flapsigen Handbewegung ab. »Ich weiß deine Gastfreundschaft zu schätzen, aber wir machen die Betten frei für andere Reisende.«

In Minettes Augenwinkeln blitzten die ersten Tränen auf. »Seit Monaten war niemand mehr hier. Es kommen immer weniger vorbei. Das ist kein gutes Zeichen«, seufzte sie und vergrub die Hände tief in ihrer grauen Schürze.

Estelle stand gedankenverloren neben ihm und suchte heimlich die Dunkelheit nach Corvin ab. Er war in der Nacht nicht zurückgekommen. Auch nicht am nächsten Tag. Hatte sie ihn so sehr verletzt?

Vielleicht ist es besser so. Ich kann ihm nicht das geben, was er braucht.

»Seid ihr wirklich ausgeruht genug, um die Reise fortzusetzen?«, fragte Minette ein weiteres Mal. Lior lächelte müde. Er zog ihre Hand aus der Schürze und drückte sie. »Wir können keinen Tag länger bleiben. Die Zeit ist knapp.«

Minette nickte müde. »Ich weiß. Findet Zuria, sonst wird Jarundo untergehen. Du bist jederzeit willkommen«, seufzte Minette. »Du gehörst zu meiner Familie.«

»Ich weiß.« Lior griff in seine Tasche und kramte eine braune Papiertüte heraus. »Nimm«, forderte er sie auf.

Minette nahm zögernd die Tüte entgegen und warf einen raschen Blick hinein. »Das kann ich unter keinen Umständen annehmen.« Ihre Hand wanderte zitternd zu ihrem Mund. Ungläubig schüttelte sie den Kopf. »Das geht nicht.«

»Ich habe es extra für dich besorgt. Sieh es als Geschenk von Bartisam und mir an, wo auch immer er momentan sein mag. Du wirst es hier draußen früher oder später benötigen.«

»Was ist das?«, wollte Estelle neugierig wissen.

»Dein verrückter Begleiter hat mit drei Rationen Licht mitge-bracht«, schniefte Minette. »Ich habe seit Monaten kein Licht mehr bekommen. Für meine Füße ist die Strecke bis Jechton zu weit.« Verlegen wischte sie sich eine Träne aus dem Augenwinkel. »Die letzten Sarafin machen eine Durchreise beinahe unmöglich. Die Schmerzen meiner Knochen werden langsam unerträglich.«

»Sobald wir fort sind, gehst du ins Haus und nimmst eine Ra-tion«, sagte Lior ernst.

Minette nickte erleichtert. Unvermittelt schlang Estelle ihre Arme um sie. Schon wieder ein Abschied von jemand, den sie zu schnell in ihr Herz geschlossen hatte. Erst Bartisam, der spurlos verschwunden war, dann Yaney, die sie zurücklassen mussten, und nun auch noch Minette. Wann nahm diese Reise endlich ein Ende?

»Versprich mir, vorsichtig zu sein«, wisperte Minette. Estelle vergrub das Gesicht in ihrem weichen Haar, das in kleinen Wel-len über ihre schmächtigen Schultern fiel und nach Lagerfeuer und Kölnisch Wasser duftete. »Pass auf dein Herz auf. Wenn du der Liebe nie eine Chance gibst, geht es irgendwann von allein kaputt«, flüsterte sie weiter. Minette löste die Umarmung, kniff Estelle in die Wange und grinste sie verschmitzt an. »Vergiss das nicht.«

»Werd ich nicht«, murmelte Estelle.

»Nun wird es aber Zeit.« Minette nickte den beiden ein letztes Mal zu, bevor sie seufzend die Treppe ihrer Veranda nach oben stieg.

Lior ergriff Estelles Arm und strafte sie mit einem mahnenden Blick. »Die gefallenen Sarafin können nur durch das Aroun für wenige Augenblicke ihre Urgestalt wieder erlangen.«

Er hat uns gesehen!

Estelle fixierte den Boden. Seit der ereignisreichen Nacht war sie Lior aus dem Weg gegangen. Unter seinen strengen Blicken hatte sie bereits geahnt, dass es zu einer Standpauke kommen würde.

»Hörst du mir zu? Er nimmt Aroun, dass aus Aurion gemacht wird. Du bist ein Aurion«, fügte Lior belehrend hinzu. Seine Stimme erbebte und seine Barthaare standen in alle Himmelsrichtungen ab. »Verstehst du, was ich sage?«

Estelle nickte benommen. Ein unmenschliches Brennen schoss ihr durch die Brust. Sie berührte die Haut an der Stelle, von der der Schmerz ausging. Ihr Herzschlag ging unkontrolliert und viel zu schnell. Drehschwindel setzte ein, ihr Kopf fühlte sich plötzlich wie in Watte gepackt an. Das Licht der Petroleumlampen verschwamm vor ihren Augen.

»Er braucht das Aroun!«

Warum quält er mich?

»Schon gut«, zischte Estelle heiser. Sie blinzelte mehrmals, bis die Konturen zurückkamen.

Lior entfuhr ein verärgertes Fauchen, dann starrte er sie mit geweiteten Pupillen an. »Das ist nicht meine Schuld.«

»Ich weiß«, flüsterte Estelle schwerfällig. Ihre Zunge lag wie Zement in ihrem Mund.

»Wir müssen uns beeilen und haben keine Zeit für Spielchen. Ich sag es noch genau einmal: Halt dich fern von ihm.«

Estelle spürte Corvins Anwesenheit, bevor sie ihn sehen konnte. Seine Wut traf sie wie ein spitzer Pfeil in die Magengrube. Er wartete keinen Steinwurf entfernt in der Dunkelheit. Die Kapuze seines Umhangs hatte er tief ins Gesicht gezogen.

Warum nimmst du das Aroun?

Das Licht der Petroleumlampe blitzte in Corvins dunklen Augen auf.

Weil ich nicht anders kann, Bürschchen!

Prüfend sah sie den Sarafin an. Hatte er eben den Mund bewegt?

Wie?

Das wäre dann wohl dieses Aurionding.

Fassungslos stand Estelle da. Wie konnte er in ihrem Kopf

sein? Hatten nicht alle immer beteuert, dass das seit dem Beginn des Umbruchs unmöglich war?

Ich bin wirklich sein Gegenstück und er nimmt das Aroun. Scheiße!

Verwirrt schnürte Estelle ihren Umhang enger. Die plötzliche Kälte, die sie umgab, ließ sie frösteln. Sie drehte sich ein letztes Mal zu Minette um, die ihnen von der Veranda aus nachblickte. Dann verschwand sie mit Lior und Corvin in der unheilvollen Schwärze.

Die mächtigen Türen, die zur Empfangshalle führten, öffneten sich schleppend. Brückner trat ein und sah den Kanzler lange an. Seine Stirn lag in tiefen Falten, die keine erfreulichen Nachrichten erahnen ließen.

Vorsichtig richtete sich der Kanzler auf. Er wollte unter keinen Umständen gebrechlich erscheinen. »Was schauen Sie so ernst?«, zischte er gereizt.

»Herr Kanzler, es sieht miserabel aus. Wir können die Organe partout nicht verändern. Die genetisch modifizierten der Zuchtstation sind ebenfalls unbrauchbar.« Brückner zögerte einen Moment. Nervös huschte sein Blick durch das Zimmer.

»Was ist los?«, bohrte der Kanzler weiter nach.

Die Anspannung des Arztes war beinahe greifbar. »Die momentane Erkenntnis ...« Brückner räusperte sich verlegen, bevor er weitersprach. »Es scheint, als würde der Verfall tatsächlich von Ihnen ausgehen. Ihr Körper stößt sämtliche Organe ab, selbst wenn Tests mit anderen Probanden gezeigt haben, dass die Organe intakt sind. Egal ob männlich oder weiblich, jung oder alt. Die Zeitspanne wird außerdem bedenklich kurz.«

Vor Erschöpfung stöhnend lehnte sich der Kanzler gegen die perlmuttfarbene Rückenlehne des Bettes. Er konnte die Kraftlosigkeit seines Körpers nicht länger verbergen. Zu sehr zerrte der Zustand an seinen schwächer werdenden Nerven. Müde vergrub er das Gesicht zwischen seinen groben Händen.

»Sie tragen den Ring noch immer?«, stellte der Arzt besorgt fest, als er den schnörkellosen Ring an der Hand des Kanzlers entdeckte. Beunruhigt fuhr er mit den Fingern über seine rot unterlaufenen Augen.

»Ich werd ihn niemals ablegen«, nuschelte der Kanzler. »Niemals! Das wissen Sie genau.«

»Vielleicht wäre es an der Zeit?«, erwiderte Brückner sanft, während er auf ihn zuging.

Wütend blickte der Kanzler auf. Der Arzt stand neben dem Bett und streckte seine zitternde Hand nach ihm aus. Für einige Sekunden, die dem Kanzler wie eine Ewigkeit vorkamen, schwiegen sie. Brückner lächelte verlegen, als er mit dem Zeigefinger die fieberheiße Stirn seines alten Freundes entlangstrich. Ein wohltuender Schauer durchfuhr den Kanzler und ließ die beißenden Schmerzen in der Brust, die ihn seit Monaten plagten, für einen Moment verblassen.

»Sie ist schon so lange fort«, flüsterte Brückner traurig. »Ich vermisse dich, Jens. Ich weiß, dass du irgendwo da drin bist.«

Die gefühlsduseligen Worte des Arztes katapultierten ihn schlagartig zurück in die Realität. Er war der alleinige Herrscher dieser Welt. Kein Lebewesen durfte sich ihm ungefragt auf solche Weise nähern oder sprechen. »Was bildest du dir ein?«, brüllte er. »Wer sagt, dass du dir darüber Gedanken machen sollst? Du bist hier, um mich zu heilen.«

Brückner zuckte erschrocken zusammen. Angst loderte in seinen blauen Augen auf. Ein Gefühl, das der Kanzler genoss.

»Ich wollte nur ... Du ...«, stammelte er verwirrt.

Wutentbrannt sprang der Kanzler aus dem Bett und schleuderte ein Kissen quer durch den Raum. Wie ein tollwütiges Tier streifte er schnaufend umher. Die Schmerzen in seiner Brust verschlimmerten sich täglich. Seine Muskeln brannten bei jedem Schritt, brachten ihn langsam um den Verstand. Wann würden die Qualen endlich aufhören? Warum konnte ihn niemand heilen? Wollten sie ihn vielleicht gar nicht heilen? War das ein Putschversuch?

»Es tut mir leid, ich dachte ...«

»Du wirst dafür bezahlt, eine Lösung zu finden«, schrie der Kanzler. »Wenn du kein Heilmittel findest, bist du nutzlos. Und du weißt, was mit nutzlosen Individuen passiert!«

Regungslos verharrte Brückner in der Mitte des hell erleuchteten Zimmers. Einzig unter der Arbeitsuniform schlotterten seine Beine. In der blank polierten Oberfläche des Fußbodens spiegelte sich sein angstverzerrtes Gesicht. Schwer schluckend schloss er die Augen und ließ den Zorn des Kanzlers über sich ergehen. Der spürte, wie die unkontrollierbare Wut weiter in ihm anschwoll. Er war für seine tobenden Wutausbrüche bekannt. Wutausbrüche, bei denen er schon so manchen unschuldigen Soldaten hatte hinrichten lassen oder ihn sogar eigenhändig getötet hatte. So hatte er auch sie verloren. In einem Anfall der Raserei war ihr Leben auf einen Schlag zerbrochen. Mehr als fünfundzwanzig Jahre war das nun her und er trug den Ring noch immer. Es war das Andenken an eine einzigartige Frau, die ihn geliebt hatte. Selbst als er bereits am dunklen Abgrund stand, hatte sie versucht, ihn zu halten.

Brückner atmete scharf ein. Mit kratziger Stimme presste er hervor: »Wir kennen uns seit fünfunddreißig Jahren. Ich dachte, wir hätten ein Verhältnis des Vertrauens. Wir hatten dieses Verhältnis, bevor ... bevor wir hierherkamen. Bevor du ... Sie sich verirrt haben.«

Der Kanzler blieb abrupt stehen und schaute seinen langjährigen Weggefährten prüfend an. Er rümpfte die Nase, bat ihn aber mit einem Kopfnicken, weiterzusprechen. Trotz der Abscheu, die er an den meisten Tagen gegen die freundschaftliche Liebe des Arztes empfand, sehnte er sich gerade jetzt danach. Auch wenn er das niemals zugeben konnte. Gefühle ließen einen schwach aussehen. Und er hasste Schwäche.

Nervös knetete Brückner seine Hände, bis sich die Haut der Fingerknochen weiß färbte. »Ich muss Ihnen sagen, dass Sie vorsichtiger sein müssen. Eine schnelle Lösung ist nicht in Sicht. Aufregung ist pures Gift für Sie. Vielleicht wäre es besser«, er seufzte schwer, »Sie würden das Alte hinter sich lassen.«

Die kochend heiße Wut verpuffte schlagartig. Seufzend ließ sich der Kanzler auf einen silberfarbenen Sessel nieder. Sein Herz war zerbrochen und schuld daran war er allein. Seine Finger glitten über einen goldenen Rahmen, der auf einem Glastisch neben ihm stand. Sie war so schön gewesen. Ein Juwel unter allen Frauen und er hatte sie besessen. Doch warum hatte sie ihn immer so reizen müssen. Sie kannte sein ungestümes Wesen, kannte die

Dunkelheit in seiner Seele. »Wir könnten Ourakorgane verwenden«, keuchte er. Die wulstige Narbe auf seiner Brust pulsierte im Takt seines Herzschlages.

Brückners Augen schimmerten glasig. Mechanisch schüttelte er den Kopf. »Die spiegelverkehrten Organe der Ourak sind bei der Transplantation zu instabil. Und politisch wäre es ein nicht wiedergutzumachender Fehler, die Ourak sind Ihre Verbündeten. Wir können zwar Häftlinge töten, für Studienzwecke wären es aber zu wenige. Wir benötigen Tausende. Das haben wir doch bereits vor Jahren entschieden.«

Müde sackte der Kopf des Kanzlers nach vorn. Warum konnte Brückner ihm nicht helfen? »Haben wir keinerlei Erkenntnisse?«

Brückner atmete schwer ein. Hibbelig trat er von einem Fuß auf den anderen, zögerte, bevor er weitersprach. »Wie ich schon sagte. Wir haben den Verdacht, dass der Verfall von Ihnen ausgeht. Wir können den Zersetzungsprozess durch keine äußeren Einflüsse erzeugen.« Er starrte auf den Boden. Seine Hände strichen mechanisch über den weißen Stoff seiner Arbeitsuniform, glätteten die wenigen Falten. »Aber ich werde alles tun, um herauszufinden, woran es liegt. Ich werde dich ... Sie niemals sterben lassen.«

Der Kanzler schloss nickend die Augenlider. Er spürte Brückners durchdringenden Blick auf seinem Körper. Warum ging dieser Mensch ihm so unter die Haut? »Weil du ihn liebst«, hätte Cecilia ihm geantwortet. Angestrengt fuhr er sich mit den Fingern durch das zerzauste Haar. »Gibt es etwas Neues von Julet?«, wechselte er müde das Thema. Er hatte genug von seiner Vergangenheit.

»Der Prostituierten?«

»Natürlich, oder kennen Sie noch eine andere Julet?«

»Lentar ist weiter auf der Suche. Sie ist jedoch wie vom Erdboden verschluckt. Ebenso der Sarafin und das Mädchen. Ohne das Licht des Aurion werden wir die Standards schwer halten können. Der letzte Aufenthaltsort, den wir erhalten haben, war eine

Pension in den Bergen. Sie sollte unbedingt ein paar Tage vor der Gala in Hanton sein. Schließlich muss ich zuerst einige Tests an ihr durchführen.«

Ausgelaugt massierte der Kanzler seine zerfurchte Stirn. »Wo um alles in der Welt ist Julet?« Vor Monaten hatte sie von Harok und der Sonne geschwärmt. Hatte sie sich mögli-cherweise in den Norden abgesetzt? Wie konnte einfaches Sonnenlicht seine Macht und den Reichtum, den er ihr gegeben hatte, überwiegen? »Kontrollier die Passagierlisten der Zeppeline. Wenn Mawet Julet findet, soll er sie direkt zu mir bringen. Was den Aurion angeht, machen Sie sich keine Sorgen, er wird das Mädchen zu uns führen.«

»Ich werde Lentar gleich Bescheid geben. Die Listen werden sofort ausgewertet, wenn er es nicht bereits getan hat«, antwortete Brückner hastig.

»Warum verlassen mich alle?«, murmelte der Kanzler gedankenverloren. Seufzend legte er den Kopf in den Nacken und schloss die Augen.

»Warum Sie verlassen werden? Ähm ... Ich denke ... Ich werde Sie nicht verlassen, wenn Sie das meinen.«

Da war er wieder, der Hass auf die Sentimentalität seines alten Freundes. Er hätte ihn damals zurücklassen sollen. Brückner hatte Cecilia geliebt wie eine Schwester. Wenn er den Arzt anblickte, konnte er selbst nach all den Jahren die unausgesprochenen Vorwürfe sehen. »Lassen Sie mich allein«, schnaufte der Kanzler, als die Erinnerungen ihm die Kehle zu-schnürten.

Brückner nickte. »Du bist wie ein Bruder für mich.«

Liebe. Das alles verschlingende Gefühl. Widerwärtig und vollkommen fehl, wenn man der mächtigste Mann der Welt werden wollte.

»JETZT! SOFORT! RAUS HIER!«

Brückner zog scharf die Luft ein. »Bitte! Wir zwei sind doch schon so lange ...«

»RAUS! Ich ertrage dich nicht mehr!«, brüllte der Kanzler aus

Leibeskräften. »Und hör endlich auf, mich zu duzen!«

Hastig wischte sich Brückner die tränennassen Augen trocken, während er davonstürmte.

»Ich bin kein Schwächling«, flüsterte der Kanzler heiser. Mit zitternden Fingern griff er Cecilias Foto und schleuderte es gegen die Wand.

20. JANUAR

Um sie herum herrschte Totenstille. Vor Stunden hatten sie aufgehört, miteinander zu sprechen. Allein das Knirschen der Schritte auf dem steinigen Untergrund war in der Dunkelheit zu vernehmen. Estelle war es egal, sie dachte sowieso ununterbrochen an Corvin, das Aurion-Sarafin-Ding und ihre Abstammung. Was konnte er in ihren Gedanken lesen? Alles? Oder nur Gedanken, die sie auf eine bestimmte Weise an ihn übermittelte? Selbst wenn er ihr Gegenstück war, spielte es keine Rolle. Die menschliche Seite in ihr unterdrückte die des Aurion nach wie vor. Außerdem schluckte er Aroun.

Aurion sind keine Mörderinnen. Sie vergeben. Ich kann nicht ...

Plötzlich breitete sich ein beißendes Gefühl in ihrer Brust aus. Verwundert blickte sie auf und erwischte Corvins eisigen Blick.

Mein Gott, fühle ich etwa seine Wut? Ich bin zwar enttäuscht, aber so etwas Raues habe ich noch niemals gefühlt.

Erschrocken hakte sie sich bei Lior unter und schmiegte sich eng an seinen warmen Körper, der ihr Schutz bot.

Lior strich sanft über Estelles Handrücken. »Bald sind wir auf der Giroschebene. Dann wirst du mein altes Zuhause sehen«, flüsterte er.

»Da freue ich mich schon drauf«, log sie. In Wahrheit wollte sie nirgends lieber sein als in der Schillerallee; ihrer Heimat.

Der Horizont schimmerte bereits silbern. In Kürze würde die vollkommene Finsternis des Tages alles verschlingen. Die Petroleumlampen durchdrangen nur noch spärlich die Dunkelheit. Estelle vermisste in diesem Moment nicht allein die Sonne, sondern auch die Jahreszeiten. Der Sommer stand bevor, die Schwärze verschluckte jedoch sämtliche Sonnenstrahlen. Im Süden des Landes herrschte daher durchweg ein ähnliches Klima. Wehmütig dachte Estelle an Peters Rosen und die pinken Blütenblätter der Nachbargärten, die im Wind über die Straße wirbelten.

Wie der Frühling in Jarundo wohl aussieht? Bunt? Wie in der Schillerallee?

Erschöpft schlurften sie nebeneinander her. In den vergangenen Stunden waren sie weit gekommen. Der Untergrund veränderte sich zunehmend. Die Steine wichen feinem Sand, der ihre Füße sanft umspielte. Verstohlen musterte Estelle Corvin, doch er würdigte sie weiterhin keines Blickes.

Ich will nichts mehr von ihm wissen.

Lior hob die Hand und blieb abrupt stehen. »Wir sollten eine Rast einlegen. Dort vorne beginnt die Giroschebene. Sobald wir sie erreicht haben, müssen wir bis Yanok durchlaufen. Die letzten Ausläufer der Felsbrocken bieten uns den nötigen Schutz für eine angenehme Pause. Was denkt ihr?«

»Bitte hinsetzen«, flehte Estelle drängend.

Corvin starrte Lior angriffslustig an. »Seit wann befinden wir uns in einer Demokratie?«

Liors Atem entwich zischend, als er scharf ausatmete. »Dann nehme ich mal an, wir können hier pausieren.«

Corvin verzog seinen Mund zu einem spöttischen Grinsen. Er machte einen ausladenden Knicks und verbeugte sich tief. »Wie Ihr wünscht«, sagte er gespielt hochnäsig. Demonstrativ lässig glitt er an einem Felsen entlang zu Boden.

»Er treibt mich in den Wahnsinn«, fauchte Lior.

Estelle, die Corvins direkten Blicken auswich, zuckte verlegen die Schultern. Vorsichtig stellte sie ihre Petroleumlampe auf den staubigen Untergrund. Die leuchtende Schneekugel flutete den Erdboden und offenbarte zum Entsetzen aller ein grausames Geheimnis. Estelle entfuhr ein spitzer Schrei. In einem Felsvorsprung unmittelbar neben ihr lagen Hunderte Skelette. Abgetrennte Flügel, die mit bereits mumifizierter Haut überzogen waren, ragten inmitten der Knochen empor. »Ist das ekelig.« Estelle schüttelte sich angewidert.

Lior schwenkte seine Lampe in den dunklen Vorsprung. »Das ist wirklich schrecklich«, keuchte er entsetzt. »Die armen Seelen.«

»Die sind verhungert«, antwortete Corvin gleichgültig. »Oder sie haben sich die Flügel ausgerissen.«

Estelle würgte leise bei der Vorstellung, Corvin könnte sich dasselbe antun. »Warum?«

»Immer dieses ständige Warum. Was liegt zwischen den Überresten?«, erwiderte Corvin genervt.

Lior und Estelle traten neugierig einen Schritt näher. Ungläubiges Stöhnen erfüllte den Felsspalt, als das Licht von kleinen funkelnden Steinen reflektiert wurde.

»Wahnsinn«, raunte Lior.

»Diamanten?«, fiepste Estelle heiser. »So viele Diamanten.«

»Da hast du deine Antwort, Bürschchen«, sagte Corvin teilnahmslos.

»Es scheint ihn kalt zu lassen«, flüsterte Lior ihr ins Ohr.

Doch Estelle wusste es besser. Corvin spielte ihnen etwas vor. Sie spürte eine bleischwere Müdigkeit, die nicht aus ihrem Innersten kam. Für zwei lange Atemzüge schloss sie die Augen, um die absonderliche Verbindung, die zwischen ihnen bestand, zu durchtrennen. Ohne groß darüber nachzudenken, griff sie in den Felsvorsprung und steckte sich eine Handvoll Diamanten in die Innentasche ihres Umhanges.

»Lass das!«, knurrte Lior fassungslos. »Das ist unangebracht.«

»Wer weiß, wozu die noch nützlich sein könnten«, erwiderte Estelle, verwundert über ihre eigene Abgebrühtheit. Vor ihrer Ankunft wäre sie allein bei der Vorstellung, in einem Berg aus Knochen nach Diamanten zu fischen, in Ohnmacht gefallen. Sie hatte sich verändert, seit sie hier war. Sehr verändert.

»Das werden nicht alle sein«, raunte Corvin. »Die Überreste sind bis tief in die Giroschebene verstreut.« Mithilfe seiner Petroleumlampe entzündete er ein kleines Lagerfeuer. Die orangefarbenen Flammen tänzelten in seinem leeren Blick. »Ich halte die erste Wache«, presste er hervor.

Estelle?

Estelle schreckte aus einem Dämmerzustand auf. An Schlaf war nicht zu denken, der harte Untergrund hinterließ schmerzhafte Druckstellen auf ihrem mit blauen Flecken übersäten Rücken.

Autsch!

»Ja«, flüsterte sie und sah sich verwirrt um. Corvin saß gegenüber von ihr und bohrte einen Stock in den Sand. Seine dunklen Augen wanderten dabei ungeniert über ihren Körper.

Ich nehme das Aroun, weil ich ohne es ...

Ein wohltuender Schauer glitt ihre Wirbelsäule nach oben, um in ihrem Kopf wie ein Feuerwerk zu explodieren. Während er in ihren Gedanken umherschwirrte, schloss sie für einen kurzen Moment die Augenlider und atmete tief ein.

Weil ich ohne es nicht mehr leben kann. Ich brauche es. Verstehst du das nicht? Ich bin nicht ich, wenn ich es nicht nehme.

Seine Stimme in ihrem Kopf klang verzweifelt, beinahe flehend. Estelle konnte es nicht länger leugnen. Corvin war ein Süchtiger. Ein Endora. Alle Sarafin wurden schlussendlich zu Endora. Nur dass sie nie das Stadium der Chento erreichten, weil sie zu stolz waren, um als seelenlose Wesen zu enden. Sie begingen Selbstmord, indem sie ihre Flügel herausrissen, in den Schluchten der Berge einen qualvollen Hungertod starben oder in brutalen Kämpfen ihr Leben verloren. Er war süchtig und alles, was er zum Überleben brauchte, war das Licht, das sie in sich trug. Daher kamen auch die graue Haut und die Knochen, die langsam zerbrachen. Minette hatte sich getäuscht. Genau wie sie. Niemals würden sie eine Einheit bilden. Die Wahrheit legte sich wie ein dunkler Schatten über ihr Herz. Das Letzte, was sie wollte, waren Gefühle für einen Süchtigen.

Wenn das alles vorbei ist, trennen sich unsere Wege. Ich werde Jarundo verlassen und dieses Aurionding ist dann endgültig für mich gestorben. Ich bin kein Aurion! Und du bist, seit wir uns kennen, unausstehlich.

Ich? Unausstehlich? Jede Minute, die wir zusammen sind, fühle ich, dass sich deine Seele nach meiner ausstreckt. Doch du bist erst auf mich zugegangen, als ich in meiner Urgestalt war. Und dann wirfst du mir vor, ich wäre ein Endora? Du hast keine Ahnung von uns oder diesem Land. Du kennst ja nicht mal dich selbst.

Du hast mich geküsst. Nicht ich dich.

Das Kribbeln wurde stärker. Die Haare an ihrem Arm standen senkrecht. Estelle unterdrückte das Verlangen, die Hand nach ihm auszustrecken, sich in dem Gefühl zu verlieren, das sie verband, wenn er sie berührte.

Du hast dich nicht dagegen gesträubt. Was bist du für ein Aurion? Und wer ist dieser blonde Kerl, der dich küssen durfte?

Corvins Augen funkelten sie feurig an.

Was? Wie bitte?

Ich habe gesehen, wie er dich angetatscht und geküsst hat. Was für ein Weichei. Was hat er vorzuweisen, außer seinem Gesicht? Du müsstest wissen, dass du unfähig bist, ihn zu lieben.

Redete er etwa von Nils? Wann hatte sie das letzte Mal an ihn gedacht?

Du fühlst meinen Herzschlag, der für dich allein bestimmt ist, und denkst an den Typ ... Weil er schön ist und ich es nicht bin. Deine Oberflächlichkeit kotzt mich an.

Estelle schäumte vor Wut. Sie hatte Corvins Herzschlag erst einmal gespürt, als sie die 3. Zone über einen Aufzug verlassen hatten. So lange sah er also bereits in sie hinein?

Und was bist du für ein Sarafin? Du kannst meine Gedanken seit Tagen lesen und sagst mir nichts?

Du hättest es längst merken können. Doch alles dreht sich ausschließlich um dich – dein Empfinden, dein Leben, deine Mutter. Deine Gedanken sind vergiftet von Selbstsucht.

Estelles Ohren rauschten. Ihre Lippen bebten, als sie die Tränen, die ihr in den Augen standen, zurückhielt.

Die anderen haben recht. Du willst nur mein Licht!

Corvin lachte verbittert.

Welches Licht? Du bist der dunkelste Aurion, den ich jemals gesehen habe. Deine Mutter hatte selbst an der Maschine mehr Licht.

Estelle schnappte hörbar nach Luft. Niemals zuvor hatte sie jemanden gehasst.

Corvin wich angewidert zurück. Zorn flackerte in seinen Augen auf.

Warum nimmst du das Aroun? Du tötest meine Mutter.

Ich?

Willst du mich auch töten?

Was? Bürschchen, du wirst es nie begreifen. Dein menschlicher Geist ist beschränkt.

Estelle krallte ihre Finger in den Sand. Ihre Gefühle tobten wie ein Wirbelsturm. Sie konnte keinen klaren Gedanken mehr fassen.

Du wirst alles tun, um an meine Gabe heranzukommen.

Halt einfach die Klappe!

Wer ist denn bitte in meinen Kopf drin. Lass mich endlich in Ruhe.

Und wieder dreht sich alle nur um dich, Aurionmädchen.

Dann wurde es still. Totenstill. Mit der Stille kam eine Leere, die Estelle erzittern ließ. Schützend schlang sie ihren Umhang um den Körper und blickte in die Dunkelheit. Ihr gesamter Körper schmerzte. Die Traurigkeit, die in Jechton über sie hergefallen war, lag erneut bleischwer auf ihr. Sie verabscheute Corvin, im gleichen Atemzug sehnte sie sich jedoch nach ihm. Nach seinen dunklen Augen, die sie ansahen, wie sie noch niemand angesehen hatte. Und die in diesem Augenblick auf ihrem Rücken ruhten; voller Zorn und Schwermut. Sie fühlte sich schuldig für alles, was sie gesagt hatte. Doch wie sollte sie ihm verzeihen? Er nahm das Aroun und tötete mit jeder Pille Zuria ein Stück mehr.

22. JANUAR

Endlich hatten sie das gruselige Gebirge hinter sich gelassen. Die groben Steine waren vollständig einem pulverartigen Sand gewichen, den ein lauer Wind die karge Steppe entlangtrieb. Das war also die Giroschebene, auf der vor siebzehn Jahren die große Schlacht entbrannt war. Liors Heimat, bevor er alles verloren hatte, und wahrscheinlich Zurias letzter Aufenthaltsort in Jarundo.

Du dumme Zuria. Warum bist du zurückgegangen?

Ein tiefes Brummen lag auf der Ebene wie ein gigantischer Bienenschwarm.

»Hört ihr das auch?«, fragte Estelle verwundert. »Was ist das?«

»Das sind die Windräder des Kanzlers. Auf der Giroschebene weht das ganze Jahr über ein angenehmer Wind. Er verwendet ihn, um Strom für Jechton zu erzeugen. Eigentlich ein genialer Einfall, wenn man bedenkt, von welchem Mann er kommt.« Lior zeigte Richtung Westen. Die unzähligen Stelzen, die aus der Dunkelheit emporragten, reflektierten das Mondlicht.

»Auf der Ebene stehen ungefähr vierzig Stück davon. Daher das monotone Brummen. Noch so eine Sache, warum der Widerstand nicht gewinnen konnte. Niemand will auf den Luxus verzichten. Bevor der Kanzler kam, gab es keine Elektrizität. Wir lebten einfach, aber glücklich.«

»Bei uns zu Hause gibt es viele Windräder«, erwiderte Estelle.

»Ich würde mir gern deine Welt ansehen«, antwortete Lior nachdenklich.

»Irgendwann wirst du sie bestimmt sehen.«

»Ja irgendwann«, flüsterte Lior matt. Die beiden wussten jedoch, dass das nie passieren würde.

Winzige Erhebungen ragten aus dem sandigen Untergrund und ließen Estelle immer öfter stolpern. Sie schwenkte ihre Lampe Richtung Boden und kniff die Augen zusammen, um besser sehen zu können. Knochen säumten die gesamte Ebene, feine Splitter, vom Sand über die Jahre abgerieben.

»Sind das alles Sarafin?«, fragte Estelle stirnrunzelnd, als sie die Menge an sterblichen Überresten sah.

»Hier liegen die Überbleibsel der großen Schlacht. Zentan, einige Ourak und natürlich viele Sarafin. Wenn wir weiter vordringen, wirst du ein ganzes Meer entdecken.« Lior schluckte schwer.

So viele Tote! Der Kanzler ist wirklich geisteskrank.

»Warst du nach der Schlacht noch einmal auf der Giroschebene?«

Lior schüttelte den Kopf. »Früher wuchs auf der Ebene ein dichtes, saftiges Gras, das einem bis in die Kniekehlen reichte. Am Morgen roch es nach Tau und am Abend lag ein süßlicher Geruch in der Luft. Die Soldaten des Kanzlers haben alles niedergerannt. Keine zwei Tage später kam die Dunkelheit. Ohne das nährende Licht der Sonne kann kein Gras wachsen. Die Giroschebene ist eine staubige, unbewohnbare Wüste geworden.«

»Wohl eher ein Massengrab.« Neben ihnen klirrte es. Corvin kickte wahllos Knochen beim Gehen vorwärts.

»Könntest du das lassen? Das ist respektlos!«, fauchte Lior ungehalten.

»Sie sind tot, es wird sie kaum stören. Außerdem hast du mir gar nichts zu sagen. Ich begleite euch, weil ihr ohne mich keine Chance habt, an Zuria heranzukommen. Schon vergessen?« Wütend trat er nach einem Schädel, der im hohen Bogen durch die Finsternis rauschte und dumpf auf dem vertrockneten Boden aufschlug. Estelle verspürte den Drang, ebenfalls einen Knochen zu kicken. Der bedeutungsschwere Ort verlor dank Corvin an Kraft.

Alle behaupten, dass die Aurion den Sarafin den Ausgleich geben. Wieso fühlt es sich dann so an, als hätte er mehr Einfluss auf mich? In dieser Welt ist tatsächlich alles aus den Fugen geraten.

Je weiter sie gingen, desto holpriger wurde es. Sie liefen kreuz und quer, um nicht auf die Überreste der Schlacht zu treten. Wohin sie auch blickten, lagen Schädelknochen und Flügelskelette. Daneben verrostete Klingen, Schilde und dazwischen vereinzelt Überbleibsel von Pistolen.

Eine Schlacht im Mittelalter, die mit Waffen aus der Zukunft gewonnen wurde. Sie hatten nie eine Chance gehabt.

»Ihr hattet nie eine Chance gegen die Waffen des Kanzlers«, murmelte Estelle.

Lior nickte wissend. »Wir wussten nicht, dass solche Waffen überhaupt existieren. Der Kampf hielt mehrere Tage an. Wir dachten, es wird ein Sieg für den Widerstand. Doch dann tauchte plötzlich eine dunkle Armee auf. Wie durch Zauberhand fielen die Ersten tot zu Boden. Danach ging alles ganz schnell. Die wenigen, die sich retten konnten, schafften es, einige der Waffen von der Ebene zu schmuggeln. Jahrelang haben wir vergeblich versucht, sie nachzubauen.«

»Daher hat Bartisam seinen Revolver also.«

Nachdenklich strich sich Lior die krausen Barthaare glatt. »Wie du dir vielleicht denken kannst, konnten wir die eigenartige Munition nicht produzieren. In der Waffe befanden sich vor deiner Ankunft noch drei Kugeln.«

»Das tut mir leid«, seufzte Estelle. »Wegen mir habt ihr eine verloren.«

»Das muss es nicht. Der Kanzler setzte sie damals ein, weil er wusste, dass er mit den Waffen unserer Heimat keine Chance hat. Dabei war sein Slogan für die einfache Bevölkerung: **Harte Arbeit und Fleiß führen zu einem reinen Wohlstand.** Eine Farce, wenn man bedenkt, wie er seine Verbündeten zu angeblichen Adligen machte und Gold und Edelsteine in Umlauf brachte. Für ihn waren diese Güter der reine Wohlstand. Er hält die kleinen Leute aus der 2. Zone dadurch bei Laune. Wer sich unanständig verhält, und damit meine ich, gegen die Steuern oder das System rebelliert, ist unrein und wird in die 3. Zone verbannt, hingerichtet oder verschwindet in einem Kerker. Die Ourak haben sich blenden lassen. Ich weiß noch, wie der erste Zeppelin von

Jechton nach Hanton flog. Es war atemberaubend.«

»Haben die Sarafin auch in der Schlacht gekämpft?«

»Sarafin sind Krieger«, wisperte Corvin, der die letzten Minuten ungewöhnlich still gewesen war.

»Es gab viele, die auf unserer Seite gekämpft haben, aber auch etliche, die auf der Seite des Kanzlers standen«, erklärte Lior.

Estelle leuchtete erneut den Boden ab, um besser sehen zu können, wohin sie trat. Direkt vor ihr lag ein abgerissener Flügel. Die Haut war grau, doch an manchen Stellen kämpfte sich ein goldener Schimmer an die Oberfläche. Der Anblick schnürte ihr die Kehle zu. Angewidert machte sie einen großen Schritt und stieg über das Geripppe hinweg.

Sie könnten an Corvins Rücken hängen.

Yanok glich einem Trümmerfeld. In weiter Ferne konnte man bereits die Ruinen erken-nen, die nach der Schlacht übrig geblieben waren. Kleine Feuerstellen flackerten zwischen den Trümmern auf und verrieten die letzten Überlebenden an die Finsternis.

Estelle kamen sofort Bilder aus dem Geschichtsunterricht in den Sinn. Soldaten, die durch zertrümmerte Straßen marschierten und ihre Macht demonstrierten. Plünderungen und weinende Kinder, die verwaist in den Ruinen hausten.

Was für ein selbstsüchtiger Mensch tut anderen so etwas Abscheuliches an?

»Ich hasse den Kanzler«, murmelte sie mit zusammengebissenen Zähnen.

»Wir alle«, antwortete Lior abwesend, sein Blick stur vorwärts gerichtet.

Nicht weit von der Stadtgrenze entfernt, im Westen der Ebene, stand eine gigantische Lagerhalle. Große Frachtschiffe mit lauten Schiffsschrauben am Heck hoben auf der Rückseite der Halle ab und schwebten Richtung Norden. Die grellen Scheinwerfer, die wie suchende Augen über Yanoks Trümmer glitten, entblößten das ganz Ausmaß der Katastrophe. Bunte Fassaden ragten wie untergegangene Schiffe aus dem staubigen Boden der Steppe. Rote, blaue, grüne Ruinen, die an ein Kaleidoskop erinnerten.

»Yanok war eine wunderschöne Stadt. Farbenfrohe Bauten mit flachen Dächern, auf denen wir uns zu allen Tageszeiten aufhielten«, erklärte Lior heiser.

Estelle betrachtete die Lagerhalle, die wie ein Parasit neben der Stadt emporwuchs. »Das sieht aus wie ein Gebäude aus meiner Welt.«

»Wenn die Gerüchte zutreffen, werden dort etliche Zentan gefangen gehalten«, entgegnete er bedrückt.

Corvin räusperte sich. Stundenlang hatte er geschwiegen, seine Stimme klang beinahe fremd in Estelles Ohren. »Es ist wahr. Sie verschiffen die Zentan von hier nach Jechton. Was auch immer in der Halle vor sich geht, es muss grauenvoll sein. Im Palast wurde ständig davon gesprochen, doch niemand traute sich, das Unheil laut auszusprechen.«

Estelle unterdrückte das unbändige Verlangen, ihn zu berühren. Selbst wenn sie ihm nicht direkt in die Augen sah, konnte sie seine Gefühle wahrnehmen und die waren widersprüchlicher denn je. Sagte er die Wahrheit oder verschwieg er etwas?

»Ich hatte gehofft, dass unser Kontakt aus Harok einfach hysterisch ist«, knurrte Lior. Schlagartig blieb er stehen und starrte von Estelle zu Corvin. Im schummrigen Licht der Petroleumlampe flackerte Zorn in seinen grünen Augen auf.

Was ist das für ein eigenartiges Gefühl? Ich kann es nicht richtig deuten. Wut? Traurigkeit? Oder ist es Sehnsucht?

»Macht das Licht aus. Und zieht eure Kapuzen tiefer ins Gesicht. In der Dunkelheit sind wir vor den Strahlern der Frachtschiffe geschützt.«

Estelle schwieg, so schwer es ihr auch fiel. Tausende Fragen brannten ihr auf der Zunge, die auf einen besseren Zeitpunkt warten mussten.

Das Brummen der Windräder hing über der Giroschebene wie das unheimliche Surren eines alten Radios. Die Monde verschwanden gänzlich hinter dem Horizont. Zurück blieb ein feines Glühen, denn im noch weit entfernten Norden ging soeben die Sonne auf. In der bedrückenden Schwärze des Tages marschierten sie schweigend den Trümmern entgegen.

Estelle zog scharf die Luft ein, als sie das Stadttor oder vielmehr das, was davon übrig geblieben war, durchschritten. Ein einsamer aus Stein geklopfter Torbogen, zerlöchert von Patronen und Brandstellen ragte in den sternenlosen Himmel. Der laue Wind ließ die leeren Scharniere des Tores quietschend vor- und zurückschwingen.

»Es gab vier Stadttore. In jede Himmelsrichtung eines. Sie waren selbstverständlich reine Zierde. Bevor der Kanzler kam, hatten wir keine Feinde in Jarundo.«

Yanok glich einer Geisterstadt. Rechts und links säumten Ruinen die breite Hauptstraße, die einst gepflastert schien. Bergeweise türmten sich die Steine am Wegrand. Zwischen den Bergen aus Schutt und Asche, die über den Boden wirbelte, huschten verängstigte Zentan geduckt durch die Gassen. In der Luft hing eine Mischung aus Staub und Rauch, der die Atemwege unangenehm verstopfte. Estelle hustete gereizt. Schützend hielt sie sich den Umhang vor Mund und Nase.

Wie kann hier überhaupt jemand überleben?

Seit sie die Stadtgrenze überschritten hatten, war Lior in schlechter Verfassung. Sein Fell war ungewöhnlich struppig. Fahrig blickte er sich in der Dunkelheit um. Er trauerte offensichtlich um seine Heimat. Doch Estelle spürte noch etwas anderes. Wen hatte er verloren? Die Nächte in Jechton hatte er auf einsamen Streifzügen durch die 2. Zone verbracht. Zaghaft berührte sie seinen Arm. Erschrocken zuckte er zurück. Mit aufgerissenen Augen sah er sie an, dann huschte ein scheues Lächeln über sein verschrecktes Gesicht.

»Geht es einigermaßen?«, fragte Estelle besorgt.

Lior nickte angespannt und zeigte auf eine schmale Gasse

rechts vor ihnen. »In der Mitte steht mein Haus ... Wenn es nicht zerstört wurde. Unsere Pause sollte dieses Mal länger ausfallen, um zu Kräften zu kommen. Wir sind schon weit gekommen, ich bin wirklich sehr stolz auf uns«, erwiderte Lior mit zusammengebissenen Zähnen.

Grinsend hakte sich Estelle bei ihm ein. »Ich bin auch stolz auf uns. Vor allem in den Schuhen«, kicherte sie. »Wer hätte gedacht, dass ich damit überhaupt aus Jechton rauskomme?«

Liors Mundwinkel zuckten und Estelle vernahm eine ehrliche Spur von Freude.

Endlich. Ich ertrage seine Traurigkeit nicht.

Corvin trottete derweil gelangweilt hinter ihnen her. »Ich habe mega Hunger«, dröhnte er. »Ich hoffe, du hast noch was Essbares in deiner Tasche.«

»Und wieder einmal demonstriert uns Corvin, wie einfühlsam die Sarafin sein können«, entgegnete Lior genervt. Sein Arm spannte sich unter Estelles Hand deutlich an. Er versuchte krampfhaft, die Fassung zu bewahren. »Überspann den Bogen nicht«, knurrte er.

Corvin entfuhr ein unterdrücktes Lachen. Er räusperte sich und grummelte kaum verständlich: »Aurion. Kleiner, oberflächlicher Aurion.«

Estelle blickte stur geradeaus, als sie seinen fordernden Blick auf ihrem Hinterkopf spürte.

24. Januar

Erschöpft streifte sich Estelle die Schuhe von den Füßen und ließ sie achtlos auf den Boden plumpsen. Liors Haus hatte die Schlacht, zum Erstaunen aller, beinahe unbeschadet überstanden. Es stand weit nördlich und war daher von den Angriffen geschützt gewesen, die sich südlich des Stadtkerns und auf der gesamten Ebene abgespielt hatten. Die Häuser des äußeren Stadtrings hatten weitaus weniger Glück gehabt, sie waren restlos zerstört.

Faustgroße Löcher klafften in den Wänden von Liors altem Zuhause. Der feine Staub der Steppe peitschte über den Fußboden. Eine beigefarbene Pulverschicht bedeckte die zer-schlissenen Möbel. Die rote Wandfarbe platzte an mehreren Stellen auf und rieselte zu Boden. Grüne Stoffbahnen hingen zerrissen neben den zwei Fenstern herab.

Estelle saß auf einem niedrigen Hocker aus Holz, direkt vor einem flachen Tisch. Sofort dachte sie an Liors karg eingerichtete Hütte in der geheimen Stadt.

Yaney, ich vermisse dich so sehr. Hoffentlich bist du in Sicherheit.

Corvin kauerte auf der anderen Seite des Raumes in einem abgewetzten Ohrensessel und schlief. Seine Gefühle waren den gesamten Tag widersprüchlich gewesen. Nach außen hin schienen ihn die Auswirkungen des Krieges nicht sonderlich zu kümmern. Die Überreste der Häuser, die letzten Überlebenden und die sonderbare Lagerhalle. Doch Estelle hegte den Verdacht, dass es sich hierbei um eine reine Schutzmaßnahme handelte.

Vielleicht sind seine Gefühle so widersprüchlich, weil er ein Süchtiger ist? ... Ach, was weiß ich. Für die nächste Pille würde er bestimmt alles tun.

Trotz der Wut, die in ihr brodelte, schweifte ihr Blick ständig zu ihm. Seine Flügel lagen neben ihm auf der Lehne des Sessels, verdeckt durch den Stoff seines Hemdes. Ihre ursprüngliche Form tauchte in Estelles Erinnerung auf, sofort begannen ihre Fingerkuppen zu prickeln.

Wie fühlt sich seine Haut jetzt an? Ist sie noch immer so weich?

Corvins Brust hob und senkte sich gleichmäßig. Estelles Vorhaben, unter keinen Um-ständen über ihn nachzudenken, war soeben kläglich gescheitert. Zu allem Übel dachte sie in diesem Moment an den atemberaubendsten Kuss der Menschheitsgeschichte.

Wann bin ich so ein dummes, schmachtendes Mädchen geworden? Das ist kaum auszuhalten.

Gähnend zog sie die Beine an und schlang ihren Umhang um den Körper. Erschöpft legte sie den Kopf auf die Knie und schloss die Lider. Nachdem sie die letzten Vorräte verschlungen hatten, war Lior wortlos in den zweiten Stock verschwunden. Stunden vergingen ohne ein Lebenszeichen von ihm. Langsam wuchs bei Estelle die Ungeduld. Welches dunkle Geheimnis bedrückte den Katzenmann?

Nervös rutschte sie auf dem Hocker hin und her, bis es kein Halten mehr gab. Eilig schlich sie die schmale Wendeltreppe nach oben. Am Treppenabsatz hielt sie inne und schielte in das obere Stockwerk. Dort entdeckte sie einen offenen hellblau gestrichenen Raum mit drei großen Fenstern. Außer der Eingangstür schien es in Liors Haus keine weiteren Türen zu geben. Estelle wunderte sich zunehmend über die fehlende Privatsphäre.

Zwei Zimmer und keine Türen? Hat er hier allein gelebt? ... Oh mein Gott! Natürlich. Er ist verheiratet. In Jechton hat er von seiner Frau erzählt. Aber wo ist sie?

In der Mitte saß Lior zusammengesunken auf dem Boden zwischen bunten Decken und starrte die Wand an. »Komme rein«, hauchte er.

»Woher ...«

»Du bist ein Fliegengewicht, trampelst aber wie eine Horde Reduco die Treppe rauf«, unterbrach Lior sie mit einer wedelnden

Handbewegung. »Setz dich zu mir und frag, was du die ganze Zeit schon fragen willst.«

Mist, er kennt mich mittlerweile einfach zu gut.

»Hast du hier mit deiner Frau gelebt?«, flüsterte sie und ließ sich neben Lior auf den staubigen Kissen nieder. Er sah sie nicht an, doch seine Barthaare zuckten, als sie den Kopf an seine Schulter schmiegte.

»Ja. Mit unserem Sohn Loun«, sagte er heiser.

Estelle schluckte trocken. »Ich wusste, dass du jemand suchst. In Jechton dachtest du, ich hätte ihn bei den Schlachtern gesehen«, stellte sie erschüttert fest.

Lior nickte steif. »Ihn oder Netti.« Nervös knetete er die blaue Decke, auf der sie saßen, mit zittrigen Fingern. Auf dem meerblauen Stoff klebten grüne Steinchen wie Grashalme, die der Wind hin und her wiegte. »Meine Frau hat die Decke am Tag seiner Geburt fertiggestellt. Siebzehn Jahre ist eine lange Zeit. Eine sehr lange Zeit. Fast ein ganzes Leben.« Lior räusperte sich verlegen. In seinen Augenwinkeln blitzten die ersten Tränen auf.

»Warum hast du uns das verschwiegen?«, flüsterte Estelle.

»Ich konnte sie nicht vor den Soldaten beschützen. Ich hatte eine Aufgabe in meinem Leben und die habe ich gründlich vermasselt. Wir Zentan schützen die, die wir lieben. Ich hätte meine Frau und mein Kind niemals im Stich lassen dürfen.«

Estelle schloss die Augen. Sie spürte die Verzweiflung, die von Lior ausging. Sie war unerträglich, ließ ihre Atmung schwerer werden und ihren Verstand träge.

»Ich habe die Giroschebene hinter mir gelassen, weil ich wusste, dass die gefangenen Zentan in die Stadt gebracht wurden. Damals gab es diese Halle noch nicht.«

Estelle griff nach Liors Hand. Kein Wunder, dass er so darauf aus war, Estelle vor Corvin zu beschützen. Er hatte Angst, ihr könnte etwas zustoßen wie seiner Familie. »Weiß Bartisam davon?«

Lior schüttelte mechanisch den Kopf. »Sie müssen irgendwo

da draußen sein. Ich habe jahrelang ganz Jechton abgesucht.«

Estelle kuschelte sich enger an den Zentan und sah aus einem der Fenster. Die ersten Sterne funkelten wieder am Himmel. Bald würden auch die Monde aufgehen und der Dunkelheit die Kraft nehmen. »Du wirst sie finden«, versuchte sie, Lior aufzumuntern. Sie glaubte jedoch selbst nicht an die Worte, die ihren Mund verließen. Zu viel Grausames hatte sie in dieser Welt bereits erfahren.

Jarundo wird niemals so werden wie zuvor. Es ist vorbei.

Der Klang der Stadt drang zu ihnen hinauf. Das Knistern eines nahe liegenden Feuers, das leise Flüstern eines Zentan, das Brummen der Frachtschiffe, das sich über Yanok legte. Stumm saßen sie nebeneinander. Außerstande etwas sagen zu können, das die Wunden, die der Kanzler aufgerissen hatte, heilen konnte.

25. JANUAR

Mit einem rauen Lappen wusch Estelle den feinen Staub von ihrem Körper. Er hatte sich überall festgesetzt; in den Haaren, auf der Haut, sogar in den Ohren. Ekel überkam sie bei dem Gedanken, dass das weiche Pulver mehr war als bloßer Sand. Die abgeschliffenen Überreste auf der Steppe verrieten, woraus er wirklich bestand. Ein Gemisch aus Erde und Knochen, das über den blutgedüngten Boden wirbelte. Sobald sie auch nur einen Fuß neben die Wanne setzte, würde sich das Pulver erneut an ihr festsetzen.

Igitt! Igitt! Igitt! ... Ich sollte jetzt nicht darüber nachdenken und einfach das heiße Bad genießen.

Lior hatte im Hinterhof, unter einem Schutthaufen, seine alte Zinkwanne wiedergefunden. Minutenlang hatte er fröhlich vor sich hin gegrummelt und stolz die Wanne mitten im Hof platziert. Der letzte Brunnen, der weder versiegt noch durch die Leichen verpestet worden war, versorgte die übrig gebliebenen Bewohner mit lebensnotwendigem Wasser und spendierte Estelle ein entspanntes Badevergnügen. Zuerst war sie nicht sonderlich darauf erpicht gewesen, in aller Öffentlichkeit ein Bad zu nehmen. Doch Lior hatte ihr versichert, dass die überlebenden Zentan kein Interesse hatten, einen Aurion zu begutachten. »Du bist umschlossen von Gebäuden. Schließlich badest du nicht auf dem Marktplatz der 2. Zone. Beruhig dich endlich und steig in die Wanne. Wir anderen wollen heute ebenfalls das Vergnügen haben. Ich denke, wir haben genug gemüffelt. Außerdem gehört das Heilbad in den Hinterhöfen zu unserer Kultur. Früher, als wir noch in Zelten lebten, badeten unsere Vorfahren bei Nacht unter sternenklarem Himmel. Dazu verwendeten sie ganz spezielles Heilwasser einer Quelle, die leider seit Jahren versiegt ist.«

Schlussendlich war sie murrend in die Wanne gestiegen,

genoss es nun aber umso mehr. Seufzend ließ sie das lauwarme Wasser über ihre Oberarme laufen. Direkt neben ihr auf dem Boden brannte ein Feuer, auf dem ein Wassertrog vor sich hin köchelte.

Die Hämatome an ihrem Körper schimmerten mittlerweile schwarz. Sobald sie mit den Fingern darüberfuhr, durchzuckte sie ein stechender Schmerz. Erschöpft lehnte sich Estelle zurück.

Der Nachthimmel hing voller kleiner weißer Punkte, der Schein der zwei Monde floss über Yanok und entblößte auf eine Neues die Narben der Stadt. Ihre Bewohner waren längst verschwunden. Vereinzelt kämpften Zurückgebliebene, die die Schlacht überlebt hatten, um ihre Existenz.

Hält der Kanzler wirklich Zentan in der Lagerhalle gefangen? Ich kann nicht glauben, dass ihn allein Habgier oder Hass antreibt. Irgendeinen Plan muss er verfolgen.

Allmählich kühlte das Wasser ab. Gedankenversunken beugte sich Estelle über den kalten Rand der Wanne und fischte nach dem Wassereimer. Ein warmer Schauer ließ sie plötzlich zusammenzucken.

Oh, nein. Es ist jemand hier. Von wegen niemand interessiert sich für einen badenden Aurion.

»Lior? Bist du das?« Ihre Stimme flatterte mehr, als ihr lieb war. Suchend blickte sie sich in der Dunkelheit um. Die Häuserwände verschluckten jedoch sämtliches Licht, das vom Himmel in den Hof fiel.

In Jarundo darf man keine Schwäche zeigen, schoss es ihr durch den Kopf. »Wer ist da? Ich weiß, dass jemand hier ist«, zischte sie selbstsicherer. Panisch suchte sie mit der Hand den Boden rings um die Feuerstelle ab.

Wo bekomme ich jetzt eine Waffe her? Ich könnte in die Glut greifen und ein brennendes Stück Holz ... oder den Wasserkübel?

Bürschchen, du wirst dich irgendwann selbst umbringen.

Estelle schnappte hörbar nach Luft. Corvin. Ihre Stirn prickelte vertraut, als er in ihrem Kopf auftauchte. Blitzschnell schlang sie die Arme um ihre Knie und strich sich die nassen Haare aus dem Gesicht.

Wie lang brauchst du noch? Andere wollen vielleicht auch ein Bad nehmen.

»Ich hab mich zu Tode erschreckt«, zischte sie.

Das war nicht meine Absicht, Bürschchen.

»Wo bist du?«

Hier drüben.

Corvin trat aus dem Schatten der Häuserschlucht und grinste verschmitzt.

»Das ist nicht witzig.« Nervös zog Estelle die Beine enger an ihren Körper. Konnte er etwa sehen, dass sie zitterte? »Bleib sofort stehen.« Ihre Stimme klang ungewohnt schrill.

Unbeeindruckt warf Corvin seinen Umhang zu Boden.

Wäre der Aurion vielleicht bereit, mich baden zu lassen? Ich stinke bis zum Himmel.

»Jetzt?«, fragte sie verwundert und blickte sich Hilfe suchend nach Lior um.

»Ja, jetzt«, antwortete er barsch. Langsam begann er, die Schnüre seines weiten Hemdes zu lösen.

»Was machst du?«, kreischte sie hysterisch und rutschte ein Stück tiefer ins Wasser.

»Ich zieh mich aus, weil ich jetzt baden gehe.«

»Aber ... Aber ... ich bin noch hier.«

Du bist wirklich süß, wenn du so stammelst.

Also ... ich ...

Sogar deine Gedanken stammeln. Mach ich dich so nervös?

»Nein«, keuchte Estelle heiser.

Corvin stemmte die Hände in die Hüfte. Abschätzig wiegte er seinen Kopf hin und her »Ich bin mir da nicht so sicher.«

Den Gefallen werde ich ihm nicht machen ... Kann er eigentlich alle Gedanken von mir lesen?

Corvins Grinsen wurde breiter. »Jetzt sei so nett und steig aus der Wanne. Ich ertrage meinen eigenen Geruch nicht mehr.«

Angeekelt hob er den Arm, um an seiner Achsel zu riechen. »Oder willst du vielleicht schnüffeln?«

»Igitt!«, fauchte sie. »Ist ja schon gut, ich komme raus.« Estelle nickte genervt und wartete darauf, dass Corvin sich umdrehte. Er blieb jedoch unbeeindruckt stehen. Musternd wanderten seine dunklen Augen über ihr Gesicht und ihre Schultern.

»Ähm ... Dreh dich um.« Dachte er ernsthaft, dass sie vor ihm aus der Wanne stieg?

Ein schwaches Lächeln umspielte seine Mundwinkel.

Keine Angst, du wärst nicht die Erste.

Estelle zog scharf die Luft ein. Was bildete sich dieser Sarafin eigentlich ein? Niemals zuvor hatte ein Junge sie nackt gesehen und so würde das erste Mal auf keinen Fall ablaufen.

Ich weiß längst, dass ich der Erste ...

Estelle kreischte vor Entsetzten laut auf. Hatte er etwa alles in ihr erforscht? Ihre intimsten Gedanken, die sie weder mit Anna oder Peter teilte? Sofort vergrub sie ihr Gesicht in den Händen. »Das ist so peinlich! So unglaublich peinlich!«, murmelte sie wie ein Mantra, in der Hoffnung, die Situation würde sich in Luft auflösen.

Hör auf zu schreien, ich dreh mich ja schon um. Kein Grund, so auszurasten!

Demonstrativ langsam machte er kehrt und wippte genervt mit einem Bein.

»Wehe du schaust rüber«, zischte Estelle.

»Ich werde stur geradeaus blicken.«

Estelle zögerte.

»Versprochen«, sagte er und hob seine rechte Hand. »Sarafin-Ehrenwort.«

Darauf kann man wohl nicht wirklich zählen.

Autsch! Bürschchen, deinen Pfeile sind treffsicher.

Ups ... Ich ...

Jetzt mach schon. Ich will hier drüben keine Wurzeln schlagen.

Sie wartete einige Sekunden, um sicherzugehen, dass er sein

Versprechen hielt. Dann sprang sie hastig aus der Wanne und warf panisch das Unterkleid, das auf Liors Hocker neben der Feuerstelle lag, über ihre Schultern. Der Staub zu Estelles Füßen wurde aufgewirbelt, wie zu erwarten, saugte er sich sofort an ihrer feuchten Haut fest.

Igitt!

Corvin durchfuhr ein Ruck. Langsam dreht er sich nach rechts.

»Stopp!«, kreischte sie. Aufgeregt knöpfte sie die Bluse zu und versuchte, das Mieder zu schnüren. Ihre zitternden Finger machten das Ganze aber zu einer schier unlösbaren Aufgabe.

Verdammt.

Brauchst du vielleicht Hilfe?

»Nein, danke«, keuchte sie. Wie eine Wahnsinnige zurrte sie an ihrem Bustier.

Das dauert ja ewig.

»Halt die Klappe, ich bin gleich fertig.«

Corvin fuhr ohne Vorwarnung herum und sah Estelle grinsend von oben bis unten an.

Ist dir kalt?

»Nein warum?«, japste Estelle. Abwehrend zuckte sie mit den Schultern.

Du zitterst.

»Mir ist warm«, sagte sie und spannte sämtliche Muskeln an, um das Zittern, das ihren Körper seit seiner Anwesenheit durchfuhr, zu unterdrücken.

Du bist nervös. Hatte ich also doch recht. Du bist verrückt nach mir.

»Nein!« Zornig hob sie ihre Schuhe vom Boden auf und stapfte an ihm vorbei. So ein Schwachsinn musste sie sich nicht geben. Sie mussten Zuria finden, für eine Teenie-Highschool-Romanze war keine Zeit.

Corvin wirbelte herum, griff Estelles Arm und zog sie zurück. Mit beiden Händen presste er sie gegen die raue Hauswand. In Gedanken befand sie sich augenblicklich wieder in dem Abwasserkanal unterhalb der 1. Zone. Nur mit dem einen Unterschied:

Sie hatte jetzt keine Angst mehr. Sie war wütend und enttäuscht.

Corvin stand so dicht vor ihr, dass sie seinen Atem auf ihren Lippen spüren konnte. Ihr Herz schlug wilde Purzelbäume, auch wenn ihr Verstand sich dagegen wehrte.

Ich kann es fühlen.

Er beugte sich herunter und küsste sie sanft. Seufzend schloss Estelle die Lider und gab sich dem wohligen Gefühl hin, das sie von den Zehenspitzen bis in den Haaransatz durchfloss.

Du gehörst zu mir. Wir haben eine Bestimmung.

Estelle stöhne leise auf, was Corvin noch breiter grinsen ließ.

Du bist mein Gegenstück. Du machst mich makellos. Ohne dich bin ich wertlos.

Estelle blinzelte verwirrt und sah seine aschfahle Haut im Mondlicht. Er war ein Endora, egal, welche Lügen er ihr in Gedanken erzählte. Er küsste sie wegen ihres Lichts, nicht weil er sie mochte. Angeekelt von seinen Absichten wich sie zurück. Ruckartig öffnete er die Augenlider. Sein Blick war flehend, doch nach was verzehrte er sich wirklich?

»Das ist vollkommen falsch. Du bist ständig in meinem Kopf drin und ich habe keinen blassen Schimmer von meiner Bestimmung, oder wie das alles funktionieren soll.« Ihre Gefühle fuhren Achterbahn. Wollte sie aus freien Stücken in seiner Nähe sein, oder manipulierte er sie? Schließlich war sie, was ihre Gaben anging, völlig ahnungslos.

Corvin kniff die Augen zusammen.

Antworte mir richtig.

Estelle schüttelte energisch den Kopf. »Ich bin ein Mensch. Du bist arounsüchtig. Die Zukunft ist für uns beide ausgelöscht.« Sie wollte nur noch weg von ihm und der grausamen Vorstellung, einen Endora geküsst zu haben.

Corvins Griff wurde stärker. Er presste sie fester gegen die Hauswand und starrte sie grimmig an.

Ich habe mein Leben für dich aufs Spiel gesetzt und würde es wieder tun. Und was tust du? Hör auf zu leugnen, wer du bist. Ich werde dich vervollständigen. Ich liebe dich.

Estelle japste erschrocken: »Ich ... Ähm ...«

»Was ist hier los?«, knurrte Lior hinter Corvin. »Wenn du an deinen Fingern hängst, solltest du sie jetzt besser bei dir behalten.«

Corvin trat einen Schritt zurück, riss die Arme in die Luft und sagte gelassen: »Schon gut, Katzenmann. Kein Grund, sich so aufzuregen. Wir haben uns nur unterhalten.« Estelle warf er einen verachtenden Blick zu, der sie durchbohrte wie ein Schwert.

»Das sah mir nicht nach Reden aus!«, fauchte Lior.

Estelle stand sprachlos zwischen den beiden.

Passiert das gerade wirklich?

»Du kannst mit deinem Aufpasser gerne verschwinden. Ich würde dann in Ruhe ein Bad nehmen.« Corvins Stimme zitterte ungewöhnlich stark.

Lior fauchte erneut und schubste Estelle durch die Hintertür ins Haus. Mit einem lauten Knall flog die Tür ins Schloss. Estelle blickte beschämt zu Boden. Sie hatte seine Warnungen ignoriert und es wieder passieren lassen. Stumm wartete sie auf einen Wutausbruch.

»Habe ich das eben richtig gesehen? Ihr sprecht im Stillen?«

»Ja«, nuschelte sie verlegen. Der Fußboden war mit bunten Mosaiksteinen verziert; weiße und blaue Steine, die wellenförmige durch das untere Stockwerk flossen.

»Seit wann?«, fragte Lior mit Nachdruck.

Draußen schüttete Corvin den Inhalt der Wanne aus.

»Ich kann es ... Seit der Nacht in den Bergen. Er wohl schon, seit wir die 3. Zone verlassen haben.«

Wasser wurde nachgeschüttet.

Zieht er gerade sein Hemd aus?

Entsetzt schüttelte sie den Kopf.

Ich darf an solche Sachen gar nicht denken!

»Erstaunlich. Er ist dein Gegenstück«, raunte Lior. »Das erklärt so einiges.«

Verlegen zuckte Estelle die Schultern. »Minette hat das auch gesagt.«

»Die gute Minette hat es also sofort erkannt. Was willst du jetzt tun?«, fragte er verwundert.

Was sie jetzt tun sollte? Wo blieb der erwartete Wutausbruch?

»Selbst wenn er mein Gegenstück ist, wie soll ich ihm vollkommen vertrauen? Er nimmt das Aroun«, murmelte sie und löste den Blick von den Fliesen.

Liors Stirn lag in tiefen Falten. »Da hast du wohl recht. Aber es ist dennoch außergewöhnlich. Es gibt keine Aurion in Freiheit mehr. Die wenigen, die überlebt haben, sind verbraucht. Die Sarafin sind gefallene Wesen oder bei der Schlacht gestorben. Und ihr beide trefft euch. Was für ein Zufall«, raunte Lior, während er sich nachdenklich über den Mund strich. »Was für ein Zufall.«

Gedankenversunken stand Estelle im oberen Stockwerk und fuhr mit den Fingern die feinen waagerechten Kerben an der Wand entlang. Sie dokumentierten offenbar Louns Wachstum. Die letzte Kerbe reichte ihr gerade einmal bis zur Taille. Estelle zog scharf die Luft ein. In der Schillerallee gab es ebenfalls eine solche Messlatte; am Rahmen der Küchentür. Peinlich genau hatte Peter jedes halbe Jahr ihren Wachstumsschub mit einem schwarzen Fineliner festgehalten. Direkt neben seinen verblassten Linien, die Peters Vater begonnen hatte. »Irgendwann werden deine Kinder hier verewigt«, hatte er grinsend erklärt. Estelles Linien endeten an ihrem dreizehnten Geburtstag.

Warum habe ich bloß damit aufgehört? Hatte ich damals bereits meine volle Größe erreicht? Ich kann mich nicht mehr daran erinnern. Warum war ich bisher so unachtsam mit meinen Erinnerungen? Sie sind das Einzige, was ich jetzt noch habe.

Lior war in der Stadt unterwegs, in der Hoffnung, alte Bekannte und Verwandte zu finden. Loun und seine Frau hatte er seit ihrer Ankunft nicht ausfindig machen können. Niemand hatte sie gesehen oder etwas von ihnen gehört.

Aufgewühlt dachte sie an ihre Reise. Wie sollten sie zu dritt Zuria retten? Ein Katzenwesen, ein Süchtiger und ein Mädchen, das keine Ahnung hatte, welche Fähigkeiten sie besaß. Sie waren offiziell aufgeschmissen.

Vielleicht war das von Anfang an eine Schnapsidee?

Das leise Plätschern des Wassers kroch durch das Fenster, das zum Hof zeigte, direkt in Estelles Gedanken. Neugierig riskierte sie einen verstohlenen Blick. Corvin saß in der Wanne und schrubbte wie ein Getriebener seinen Körper. Gehetzte Bewegungen schossen über die dünne Haut, färbten sie feuerrot. Estelles Magen zog sich ruckartig zusammen. Dann schwirrte ein einsamer Schmetterling darin umher. Er sah so grotesk aus mit den verdorrten Flügeln und den dunklen Adern, die das Mondlicht gräulich schimmern ließ. Ein Wasserspeier, der auf magische Weise zum Leben erweckt worden war.

Verwirrt von ihren Gefühlen, warf sie sich auf die Decken, die Lior auf dem Boden zu einem Nachtlager aufgetürmt hatte. Ihr pochendes Gesicht vergrub sie tief in den kühlen Laken.

Sie sieht allein den Endora in mir. Den Mörder, den niemand lieben kann? Doch alles, was ich tue, ist für sie. Für ein Mädchen, das nicht erkennt, wer sie ist. Ich muss sie bis nach Hanton bringen und den Lohn erhalten, der mir zusteht.

Mit langen Schritten hastete er den schmalen Gang entlang. Die Narbe auf seiner Brust pulsierte heute ungewöhnlich stark. Kalter Schweiß bildete sich bereits nach nur wenigen Metern auf seiner Stirn. Er spürte, dass das Herz schwächer wurde. Ganz zu schweigen von den restlichen Organen in seinem Körper. Doch all die Schmerzen waren nichts zu dem Glücksgefühl, das ihn vor einigen Stunden heimgesucht hatte. Mawet hatte Yaney Wittley ausfindig gemacht. Das arrogante Arschloch hatte mal wieder bewiesen, dass sein Leben mehr wert war als das der anderen Soldaten.

Yaney Wittley, die Frau von Trevon Wittley, dem wohl bekanntesten Widerstandskämpfer, saß in der Falle. Auch wenn dieser längst tot war, stellte er eine Gefahr dar. Jeder Kontakt, ob Ehefrau, Kinder, Geschwister und ferne Verwandte, musste ausgelöscht werden, um jegliches Heldentum im Keim zu ersticken. Vor Jahren war es zwar still um den Widerstand geworden, dennoch war der Kanzler auf Rache aus. Was hatte er schon zu befürchten? Sollte die 3. Zone in Rebellion verfallen, würde er sie einfach niederbrennen. Die hohen Schutzmauern würden die 2. und 1. Zone schützen. Die eigentliche Gefahr ging mittlerweile jedoch von der 1. Zone aus. Die Reichen wollten selbst noch vermögender werden und ihre Moral sank täglich. Um die 1. Zone bei Laune zu halten, benötigte er die 3. Zone mit ihren Freudenhäusern. Über die anderen sonderbaren Möglichkeiten, mit denen gehandelt wurde, dachte er gar nicht erst nach. In der 3. Zone gab es für jede Perversion einen Anbieter.

Verdammt!

Wie hatte er die Machtgier der Ourak unterschätzen können? Er hatte ihnen den kleinen Finger gereicht und sie umschlangen wie Blutegel seinen gesamten Arm. Wenn es kein Aroun oder reines Licht mehr gab, würde die 1. Zone den Aufstand proben. Vielleicht konnte er den Spieß umdrehen? Und die Bewohner der 2. Zone reich beschenken. Sie würden aller Voraussicht nach für ihn kämpfen.

Doch zuerst musste er Yaney mit eigenen Augen sehen.

Lentar wartete am Ende des Ganges auf ihn. Gebrechlich stand er vor der Stahltür, die ihn von der Frau seines Feindes trennte. Als er den Kanzler erblickte, verbeugte er sich tief. »H-H-Herr K-Kanzler. W-ir h-h-haben sie so-sofort h-herbringen l-l-lassen. Do-Do-Doktor B-Brückner hat i-i-ihr be-be-bereits d-d-das W-W-Wahrheitsserum ve-ve-verabreicht.« Keu-chend schob Lentar die massive Tür zur Seite und deutete dem Kanzler an, einzutreten.

Der Raum lag in vollkommener Dunkelheit. In der Mitte saß eine Frau, festgeschnallt auf einem Stuhl. Ein heller Lichtkegel umhüllte sie. Ihre blonden, schulterlangen Haare hingen in nassen Strähnen herab. Sie sah erbärmlich aus. Schweiß und das Blut einer Platzwunde rannen ihr über das Gesicht. Ihre rot unterlaufenen Augen starrten orientierungslos in die Dunkelheit. Hinter ihr in der schützenden Schwärze stand Mawet, stocksteif, die Arme vor der Brust verschränkt. Er hatte sie aufgespürt, in der Wohnung ihrer Schwester. Zwanzig Jahre, nachdem sie spurlos verschwunden war. Er machte seinem Ruf als bester Späher alle Ehre.

Die Fingerspitzen des Kanzlers pulsierten bei Yaneys Anblick und dem Gedanken, seine Hände um ihren weichen Hals zu legen. Er würde sie nicht töten, nur so lange zudrücken, bis ihr Atem stoßweise ging. Dann würde er seine Finger für einige Sekunden lockern, bis die Hoffnung in ihren Augen wieder aufflackerte, um ihr erneut die Luft zu nehmen. Stundenlang konnte dieses Spiel dauern. Bis eines ihrer Organe aufgeben würde. Ein breites Grinsen huschte über die spröden Lippen des Kanzlers. Einen fahlen Beigeschmack hatte die Vorstellung jedoch – seine Gliedmaße verloren täglich an Kraft. Brückner musste eine Lösung finden. Er wollte nicht als schwächlicher Krüppel enden. Niemand hatte Respekt vor schwachen Individuen.

»Wurde sie schon gefoltert?«

»W-W-Was?«, stotterte Lentar erschrocken, gleichzeitig wich

er etliche Schritte zurück.

»Ich möchte wissen, ob wir es zuerst auf die alte Tour versucht haben. Gefangene ge-stehen meist, wenn man die chirurgischen Werkzeuge auspackt.«

»A-A-Aber d-d-das W-W-Wahrheitsserum?«

»Natürlich!« Mawets Stimme ließ den Greis zusammenzucken. Nachdenklich musterte der Kanzler den jungen Offizier. Konnte der Mann eine Gefahr werden? Vor Wochen hatte den Kanzler das erste Mal ein ungutes Gefühl beschlichen. Mawet hatte ihm in einem scheinbar unbeobachteten Moment verachtend entgegengeblickt. Er musste vorsichtiger sein, durfte keinerlei Schwäche vor den Soldaten zeigen. Das Militär war nach ihm die tragende Kraft in Jarundo. Einst sollte es zu seiner Sicherheit dienen, doch mittlerweile stellte das Militär womöglich eine Gefahr für seine Macht dar.

Brückner schlug sich genervt die Hand an die Stirn. »Keine Ahnung, woher Ihre seltsamen Vorstellungen kommen. Offiziell gibt es kein Wahrheitsserum. Ich kann sie vielleicht mithilfe der Droge überlisten und sie verrät uns etwas. Sie wird uns aber keinesfalls jedes kleine Geheimnis aus ihrem Leben ausplaudern.«

»Warum sind wir dann hier?«, polterte der Kanzler.

»Weil sie zum Erstaunen aller der Folter von Offizier Mawet standgehalten hat. Außerdem habe ich bei ihr einen Herzfehler diagnostiziert. Eine anhaltende Folter hätte sie nicht überlebt. Daher kommt nun das Serum zum Einsatz. Ich kann ihre Werte im Auge behalten und sie bleibt uns so lange erhalten, wie wir sie brauchen.«

Der Kanzler schnaufte gereizt. »Wie wurde sie gefoltert?«

Brückner atmete laut ein und aus. »Waterboarding und Schläge.«

»Wie lange?«

»Herr Kanzler muss ...«, Brückner räusperte sich.

»Fünf Stunden insgesamt, davon eine Stunde im Wasser. Dabei sind dem Arzt die zusätzlichen Herzschläge aufgefallen«, antwortete Mawet stolz.

»In meiner alten Heimat würde man Sie als Soziopath in die Klapse sperren. In Jarundo machen Sie eine steile Karriere. Passen Sie auf, dass Ihnen der Ruhm nicht zu Kopf steigt. Sonst ist er schneller ab, als Ihnen lieb ist.« Mit der Hand vollführte der Kanzler eine schneidende Geste an seinem Hals.

Mawet nickte verhalten.

»Sehr schön. Dann fangen sie mit Ihrer dämlichen Befragung an«, sagte der Kanzler abfällig an den Arzt gerichtet.

Brückner schüttelte kaum merklich den Kopf, drehte Lentar und dem Kanzler den Rücken zu und beugte sich über Yaney. »Frau Wittley, können Sie mich verstehen?«, fragte er mit weicher Stimme.

»Wer ist in der Dunkelheit?«, keuchte sie benommen.

»Niemand. Nur Pfleger, die Sie im Auge behalten. Wir wollen, dass es Ihnen gut geht.«

Der Kanzler ballte seine Hände zu Fäusten. Seine Atmung beschleunigte sich und seine Zähne zermahlten einen Fluch, der auf seinen Lippen lag. Er hasste es, als niemand betitelt zu werden.

»Sagen Sie mir jetzt, wo Sie waren?«

»Bei meiner Schwester«, murmelte Yaney.

»Waren Sie die ganze Zeit dort?«

Yaney schüttelte träge den Kopf.

»Sie müssen keine Angst haben. Ich bin Arzt, ich werde auf Sie achtgeben.«

Ungeduldig zupfte der Kanzler Fusseln von seiner Uniform. Am liebsten würde er die Verräterin mit dem Kopf nach unten aufhängen und so lange schmoren lassen, bis ihr Blut aus Mund, Nase und Ohren lief.

»Wo waren Sie?«, fragte Brückner in einem sanften Tonfall, der die Wut des Kanzlers weiter schürte.

»In Sicherheit«, murmelte Yaney.

»Waren Sie allein in Sicherheit?«

»Nein. Wir waren viele.« Yaney röchelte schwer. »Was passiert mit mir?«

Der Kanzler zog scharf die Luft ein. Er trat einen Schritt vor, wurde von Brückner aber mit dem ausgestreckten Arm zurückgehalten. »Waren Sie in einem Haus?«

»Ich war ... in einer Stadt.«

Angespannt straffte der Kanzler seine Schultern. Er griff nach Lentars Arm und drückte fest zu. Der alte Mann keuchte gequält auf.

»Mussten Sie weit gehen, um zu Ihrer Schwester zu gelangen?«

»Nein.«

»Sie waren also in Jechton, richtig?«

Wieder nickte Yaney. Ihr Blick surrte orientierungslos durch die Dunkelheit. »Wer ist noch hier?«

»Frau Wittley, es ist alles in Ordnung.«

»Das ist doch völliger Blödsinn! Sie soll uns endlich sagen, wo sie sich versteckt hat. Wenn nötig, schlage ich ihr die Antworten aus dem Körper.« Vor Wut schnaufend, drückte der Kanzler den Arzt zur Seite und baute sich vor Yaney auf. »Wo warst du?«, brüllte er sie an. Spuckefäden spannten sich über seine rauen Lippen. »Wo?«

Yaney riss die Augen auf und starrte ihn fassungslos an. »Du ... Du ... Teufel«, schleuderte sie ihm entgegen.

»Sag es mir! Sag mir, wo du warst!«, schrie er. »Sag es, oder ich bringe deine Schwester um!«

Yaney schluchzte laut auf. »Es ist geheim.«

»Was ist geheim?«, brüllte er ihr direkt ins Gesicht.

»Die geheime Stadt«, jammerte sie halb bewusstlos. »Es ist geheim! Ich darf nicht ...« Ihre Augenlider flatterten, dann sackte ihr Kopf zur Seite.

Abrupt hielt der Kanzler inne und blickte verwundet von Brückner zu Lentar, der sich zitternd in die Ecke des Raumes verzogen hatte. »Spinnen jetzt eigentlich alle? Was für eine geheime Stadt?«

Brückner zuckte mit den Achseln. »Wenn Sie mich wieder meine Arbeit machen lassen, könnte ich es Ihnen vielleicht sagen.«

Knurrend ging der Kanzler einige Schritte zurück. »Seien Sie bloß vorsichtig. Auch Sie sind ersetzbar.«

Brückner hob beschwichtigend die Hände, bevor er sich erneut Yaney zuwandte. »Frau Wittley hören Sie mich?«, flüsterte er ihr ins Ohr, während er ihr ein Fläschchen Riechsalz unter die Nase hielt.

Yaney öffnete schwerfällig die Augen und blinzelte gegen das grelle Licht an. »Was?«, keuchte sie benommen.

»Sie haben mir gerade von einer geheimen Stadt erzählt. Können Sie mir sagen, wo sie sich befindet?«

Widerspenstig schüttelte sie den Kopf.

»Verstehe. Weil sie geheim ist«, erwiderte Brückner gespielt gleichgültig.

Yaney nickte, ein erleichtertes Lächeln umspielte ihre Mundwinkel.

Brückner stoppte seine Befragung und schwieg einige Augenblicke. Nachdenklich strich er sich die blonden Haare zurecht und sah den Kanzler durchdringend an. »Es macht vielleicht auf den ersten Blick keinen Sinn. Aber sie sagte, sie war die ganze Zeit in Jechton. Dann behauptet sie wiederum, in einer geheimen Stadt gewesen zu sein. Jahrelang war sie nicht auffindbar. Bis vor wenigen Tagen, als sie unseren Spähern in die Fänge ging.« Gedankenverloren runzelte er die Stirn. »Dafür gibt es nur eine plausible Antwort; irgendwo in Jechton befindet sich eine Zone, von der wir nichts wissen.«

»Was?«, keuchte der Kanzler erschrocken.

»Durch den Einsatz der Droge wirkt sie zwar verwirrt, aber wenn wir die Puzzlestücke zusammenfügen, macht es Sinn. Wie hätte sie sich sonst jahrelang vor Ihnen verstecken können?«

»Fragen Sie das Miststück, wo diese verdammte Zone sein soll«, zischte der Kanzler den Arzt an.

»Ich habe es doch bereits erklärt. Das Serum hilft lediglich, Informationen leichter zu erhalten. Sie wurde über Jahre hinweg trainiert, unter Folter zu schweigen. Und das hat sie schließlich mehrere Stunden getan. Ich bin Arzt, kein Folterknecht. In ein paar Tagen werde ich die Befragung fortführen. Je öfter die Befragungen stattfinden, desto eher bekommen wir weitere Informationen, weil dann ihr Urteilsvermögen nachlassen wird.«

»Verflucht!« Aufgeregt fuhr sich der Kanzler durch die aalglatt gegelten Haare. »Unter meiner Herrschaft gibt es keine geheime Zone! Wie konnte das passieren? Wie? Lentar!«

Ein heiseres Wimmern drang aus der Dunkelheit. »J-J-Ja H-Herr K-K-Kanzler.«

»Was weißt du über eine geheime Zone?«

»N-Nichts«, weinte der alte Mann auf.

»Komm gefälligst her, wenn ich mit dir rede, und verstecke dich nicht wie ein jämmerlicher Zentan.«

»E-E-Entschuldigen S-S-Sie.« Lentar trat zitternd neben den Kanzler und blickte ver-ängstigt zu Boden.

Was war dem Greis in seiner Kindheit widerfahren, dass er zu so einer erbärmlichen Figur verkommen war. Mit einer schnellen Handbewegung griff der Kanzler Lentar im Genick und zog ihn dicht zu sich. »Du kennst doch jeden in der Stadt. Wie konnte so eine Schattengesellschaft entstehen?«

Lentar schluckte trocken. Seine Augen waren vor Angst weit aufgerissen.

»Was glotzt du so?«

»N-N-Nichts«, stotterte er.

Der Kanzler pfiff verächtlich. Er verstärkte seinen Griff um Lentars Hals und schleuderte ihn wie eine Puppe zu Boden. Keuchend schlug der Greis auf dem Boden auf.

Brückners Augen verengten sich, als er das schmerzverzerrte Gesicht des Mannes sah. »Ich dachte, Lentar ist Ihnen von Nutzen?«

»B-B-Bin i-ich«, weinte Lentar herzzerreißend. Schützend hielt er seine zitternden Hände über den Kopf.

Der Kanzler atmete flach, seine Schläfen pulsierten unangenehm. Er fasste sich an die Brust und spürte sein Herz außer

Takt schlagen. Lentars Unwissenheit ärgerte ihn maßlos. Warum wusste sein Privatsekretär so wenig über die Zustände in Jechton? Das Verlangen, ihn für sein Fehlverhalten zu bestrafen, war glühend heiß. Irgendwann würde er dem Greis sein dürres Genick brechen. Das Geräusch würde ihn mit Sicherheit tagelang glücklich einschlafen lassen und die lästigen Albträume würden für einige Stunden verschwinden. »Wo ist ihre Schwester?«, knurrte er.

»Wir haben sie in einem anderen Trakt untergebracht. Ich wollte sie als Druckmittel behalten«, erklärte Mawet sachlich. »Wenn das Serum versagen sollte, werde ich ihre Schwester vor ihren Augen foltern. Das wird auf jeden Fall helfen.«

Der Kanzler wandte sich nickend Brückner zu. »Ich möchte alles wissen. Wer in dem geheimen Versteck ausharrt und wo es sich befindet. Außerdem möchte ich wissen, ob der Sarafin und unser neuer Freund etwas darüber wissen. Können Sie das aus ihr herauspressen?«

Brückner wippte leicht vor und zurück. »Möglich. Aber zuerst muss sie sich erholen. Ihr Gesundheitszustand ist äußerst bedenklich. Sobald sie fit genug ist, wird sie eine erneute Dosis erhalten und einer Befragung unterzogen werden.«

»Ich will, dass in der Zwischenzeit mehrere Späher mithilfe von Fußsoldaten die gesamte Stadt auf den Kopf stellen. Wenn es diese geheime Zone wirklich geben sollte, dann werdet ihr sie ausfindig machen.«

»Jawohl!« Mawet salutierte hastig, bevor er eilig verschwand.

Der Kanzler blickte auf Yaney herab. Ihre rot unterlaufenen Augen starrten leer in die Dunkelheit. Mit ihrer Zunge benetzte sie ihre aufgeplatzten Lippen. Ihr weicher Körper hing schlaff auf dem silberfarbenen Stuhl, ihre Kleidung war nass von der Folter. Sie war stark, das machte sie interessant und verabscheuungswürdig zugleich. Wäre sie keine Feindin, hätte er sie gern als Verbündete auf seiner Seite gewusst. »Sobald es neue Erkenntnisse gibt, möchte ich umgehend informiert werden.

Ich muss wissen, ob dieser Mistkerl ein falsches Spiel mit mir spielt. Und kümmern Sie sich um Lentar, ich glaube, ich habe ihn kaputtgemacht.« Der Kanzler trat einen Schritt vor und tippte mit der Fußspitze den am Boden liegenden Greis an. Lentar blieb regungslos liegen.

Brückner nickte stumm.

26. JANUAR

Ein heiseres, schmerzerfülltes Fauchen riss Estelle aus einem schwarzen, traumlosen Schlaf. Benommen blickte sie sich um. Wo waren Lior und Corvin? Schlaftrunken schob sie ihre Hand zwischen die zerwühlten Laken, die noch immer eine angenehme Wärme abgaben.

Warum haben sie mich nicht geweckt?

Im Hinterhof hörte sie Lior monoton murmeln. Eine zweite, unbekannte Stimme redete währenddessen auf ihn ein.

Was ist da los?

Mühsam rappelte sie sich auf und zog ihre Schuhe heran. Wie sie den Anblick der puppenhaften Damenschuhe mittlerweile verabscheute. Der klappernde Absatz verriet sie bereits Sekunden, bevor sie sich jemand nähern konnte. Sie wurden auch kein Deut bequemer. Ganz im Gegenteil, diese Schuhe waren eine einzige Zumutung. Da in Yanok ein mildes Klima herrschte, beschloss Estelle, barfuß herumzulaufen. Der Sand und sein widerlicher Ursprung waren zu einer schwachen Erinnerung verblasst. Er war sowieso überall, in jeder Ritze, jedem Kleidungsstück, den Haaren, und wenn man zu kräftig einatmete, in der eigenen Lunge. Estelle hatte keine Lust mehr, einen Gedanken daran zu verschwenden.

Fröhlich schleuderte sie die Schuhe in die Ecke und stürmte die Treppe hinunter. Am Treppenabsatz blieb sie jedoch verwundert stehen. Liors Umhang hing über einem Haken an der Wand neben der Eingangstür. Der Boden war gefegt, der Tisch vom Staub befreit und die grünen Vorhänge verschwunden. Es sah aus, als wäre Lior niemals fort gewesen.

Hat er etwa Loun gefunden und nach Hause gebracht?

Mit klopfendem Herzen ging Estelle zur Hintertür.

Bitte, Loun, sei da. Wir brauchen ein Wunder.

Sie atmete einmal tief ein, zog dann hastig die Tür auf und trat voller Hoffnung in den Hinterhof. Lior und Corvin saßen mit einem Zentan an einem Lagerfeuer. Estelle kniff die Augen zusammen und musterte den Fremden argwöhnisch. Er hatte ein silbernes Fell und tieftraurige sonnengelbe Augen. Die braune Stoffhose, die er trug, hing in Fetzen um seine Beine. Das meerblaue Hemd hatte ebenfalls schon bessere Tage gesehen. Estelle schluckte die bittere Enttäuschung herunter.

Er ist zu alt. Das kann nicht Loun sein.

»Da bist du ja endlich. Du hast so fest geschlafen, ich wollte dich nicht wecken«, sagte Lior und winkte sie zu sich. Estelle konnte anhand seiner geweiteten Pupillen sehen, dass irgendetwas vorgefallen war.

Lior blickte fahrig zwischen ihr und dem Fremden hin und her. »Du musst unbedingt Abaska, einen alten Freund der Familie, kennenlernen. Ich habe ihn in einer Ruine am östlichen Stadtrand aufgespürt«, erklärte Lior, während er Abaska freundschaftlich auf die Schulter klopfte.

Estelle ging auf die beiden Zentan zu. Zögernd reichte sie Liors Freund die Hand.

Er musterte sie interessiert, bevor er die Begrüßung erwiderte. »Ich habe die letzten Stunden viel von dir gehört.« Abaska lächelte gequält, als Estelle mit dem Daumen sanft über das Fell an seinem Handrücken strich.

»Tatsächlich?«, antwortete sie und lächelte ebenfalls.

»Sie ist wirklich eine Augenweide. Du hast nicht übertrieben.«

Verlegen drängte sich Estelle neben Lior auf den staubigen Boden. Corvin saß ihr gegenüber und starrte abwesend in die Dunkelheit.

»Warum hast du gefaucht?«, fragte sie neugierig. Lior schluckte schwer, dann ließ er seine Augen ziellos umherwandern. Abaska presste die Lippen zusammen, bis nur noch ein schmaler Strich übrig blieb.

Was ist hier los?

»Abaska behauptet, dass Loun in der Halle ist«, antwortete Corvin auf ihre stille Frage. Verärgert warf er einen Stock in den lodernden Schlund der Flammen.

»Was?«, schrie Estelle. »Loun ist in der Halle?« Fassungslos rieb sie sich den restlichen Schlaf aus dem Gesicht.

Abaska nickte bekümmert. »Ja«, keuchte er.

Lior zwirbelte ruhelos seine Barthaare zwischen Daumen und Zeigefinger. Er schien meilenweit entfernt.

»Du bist ganz sicher, dass er dort ist?«, hakte Estelle ungläubig nach.

»Die Halle auf der Giroschebene ist eine gigantische Anlage, in der Hunderte Zentan gefangen gehalten werden. Mein Sohn ist vor zwei Wochen entkommen, damals war Loun im selben Trakt eingesperrt wie er.«

Für welche Perversionen benutzt der Kanzler die Zentan?

»Wie geht es deinem Sohn?«

Abaska strich mechanisch über seinen Handrücken; sie spürte, dass er in tiefer Trauer verharrte.

»Er ... Er ...«, stotterte Abaska.

»Er wird bald sterben«, vollendete Corvin gefühlskalt den Satz. Estelle warf ihm einen raschen, missbilligenden Blick zu. Als Antwort zuckte er bloß teilnahmslos die Schultern.

Der Zentan atmete hörbar aus. »Am Anfang erzählte er mir von Loun und den anderen Kindern aus Yanok, irgendwann ist er ... anders geworden.« Lior ergriff die Hand seines Freundes und umschloss sie fest. Es erstaunte Estelle immer wieder, wie unverhohlen die Zentan ihre Gefühle zeigten.

Er ist anders geworden? Was meint er damit?

»Wie ist er nach all den Jahren entkommen?« Corvins Stimme triefte vor Argwohn. Natürlich konnte er die Geschichte nicht so stehen lassen.

»Er war in einem Frachtschiff auf dem Weg Richtung Harok. Eine Luke stand offen, durch die ist er ins Freie gelangt. Leider war der Frachter da schon zu weit oben. Wir haben ihn nur deshalb gefunden, weil er sich bis zur Stadtgrenze geschleppt hat.«

Corvin nickte schwerfällig, zähneknirschend zerknickte er ein dünnes Stück Holz zwischen den Fingern. Für den Bruchteil einer Sekunde streifte sein Blick Estelle.

Selbsthass.

Das Gefühl tauchte plötzlich ungefiltert in ihrem Kopf auf.

Was war das?

Corvins riss verwundert die Augen auf.

Kam das von ihm? War das sein Gefühl? Aber wie?

»Glaubst du, Loun ist noch am Leben?«, fragte Lior beinahe scheu und katapultierte Estelle damit zurück in die Realität.

»Alle Kinder aus Yanok sind dort oder waren es. Falls sie das Erwachsenenalter erreichen, werden sie mit Frachtschiffen fortgebracht. Wenn ich mich nicht irre, ist Loun jetzt dreiundzwanzig? Er wird dann wohl bald die Lagerhalle verlassen.«

Was stellt der Kanzler mit den Zentankindern an? Und warum werden sie irgendwann weggebracht? Das ergibt alles keinen Sinn.

»Was hat der Kanzler mit ihm gemacht?«, fragte Estelle.

Abaska zuckte mit den Schultern. »Immer wieder frage ich ihn, was passiert ist, doch er macht sofort dicht. Er zittert unaufhörlich; sobald seine Augen zufallen, schreckt er schreiend auf. Er wird von einem Geist getrieben, der die Krallen tief in seine Seele schlägt.« Abaska betrachtete nachdenklich die tanzenden Feuerzungen. Selbst sein Schatten, der auf der Hauswand flackerte, schien gebrechlich. Wann hatte der Zentan das letzte Mal geschlafen? Oder richtig gegessen?

»Der Kanzler hat unsere Kinder all die Jahre vor unseren Augen in der Halle gefangen gehalten. Mein Sohn wurde wohl früher verschifft, weil er eine offene Wunde am Rücken hat, die nicht von dem Sturz herrührt. Er sagt, sie hätten keine Verwendung mehr für ihn, was auch immer das bedeuten soll. Aber eines weiß ich, wenn Loun gesund ist, ist er noch in der Halle.«

»Sie werde nach Harok gebracht? Bist du dir da sicher?«,

presste Corvin hervor.

Abaska sah ihn emotionslos an. »Der Zentanhandel ist längst in Harok angelangt.«

»So weit ist es schon gekommen?«, flüsterte Estelle mit zitternder Stimme.

Abaska stockte, dann nickte er müde. »Jarundo ist verloren.«

Lior, der die ganze Zeit schweigend neben ihnen gesessen hatte, schlang seine Arme um den Körper und wippte gedankenverloren vor und zurück.

»Geht es dir gut?«, fragte Estelle besorgt und rutschte ein Stück näher an ihn heran. Liebevoll legte sie ihren Arm um seine angespannten Schultern. »Lior, sag doch was.«

Mehrere Augenblicke verstrichen, bevor Lior aus der Traurigkeit auftauchte. »Ich werde Loun holen.«

»Was?« Estelle schnappte erschrocken nach Luft. Sie schaute zu Corvin, fing seinen entsetzten Blick auf.

»Das geht nicht! Was wird aus Zuria?«

»Ich muss es tun. Ich kann die Giroschebene auf keinen Fall verlassen, ohne ihn da rauszuholen. Oder es wenigstens zu versuchen.« Die Entschlossenheit in seinen Augen ließ sie erschaudern. Er hatte soeben eine Entscheidung getroffen.

»Wenn wir Zuria befreien, wird auch er überleben. Sie wird uns alle retten. Das habt ihr gesagt«, keuchte Estelle. Das Feuer vor ihr begann, unruhig zu flackern, dann drehte es sich unkontrolliert im Kreis. Ihr Magen krampfte und kalter Schweiß bildete sich in ihrem Nacken.

Corvin lachte schrill wie eine Hyäne. »Wenn sie überhaupt noch genug Kraft hat.«

»Sie wird genug Kraft haben, sonst war das alles umsonst«, kreischte Estelle fuchsteufelswild. Was war in den letzten Stunden passiert? Glaubte plötzlich niemand mehr an ihre Mission?

Was wird aus mir, wenn wir es nicht schaffen? Ich will hier auf keinen Fall bleiben. Ich hasse dieses Land!

Es geht momentan nicht um dich, falls du es noch nicht bemerkt haben solltest.

Halt deine Klappe.

»Ich muss es tun. Ich bin ihm das schuldig«, wisperte Lior.

»Und wir sollen hier auf dich warten? Oder wie hast du dir die ganze Sache vorgestellt? Was, wenn du nicht zurückkommst? Gehen wir dann ohne dich weiter? Wie lange sollen wir warten? Das kannst du uns nicht antun! Wir haben eine Mission! Die hatten wir bis gestern jedenfalls.«

Lior strich Estelle mit zitternden Fingern eine Haarsträhne aus dem Gesicht. »Versuch, mich zu verstehen«, flüsterte er.

Estelle ließ ihren Kopf in seiner Handfläche ruhen. Mit dem Daumen streichelte er sanft über ihre Wange. Estelle blickte auf und sah in seine gutmütigen grasgrünen Augen. Plötzlich verspürte sie einen ziehenden Schmerz in der Brust, welcher sich pulsierend ausbreitete wie Nadelstiche bei eisig kalter Winterluft.

Was passiert mit mir?

Unvermittelt stand sie auf einer weiten Ebene, deren Gras rot leuchtete. Die Sonne hing bereits tief am Horizont. Estelle drehte sich um ihre eigene Achse. Um sie herrschte ein heilloses Chaos. Sterbende Zentan lagen zwischen verwundeten Ourak, die vergeblich versuchten, den Reichssoldaten mit ihren modernen Waffen zu entkommen. Dazwischen kämpften Zentanfrauen um ihre Kinder wie Löwenmütter.

Das ist die Giroschebene. Mein Gott.

Überraschend wurde sie mit einem harten Schlag brutal niedergestreckt. Keuchend sackte sie zu Boden. Schwere Stöcke schlugen unbarmherzig auf ihren wunden Oberkörper ein. Panisch rang sie nach Luft, während ihre Rippen unter der Wucht der Schläge bedenklich knackten. In unmittelbarer Nähe schrie eine Zentanfrau ihren Namen, als sie von drei Soldaten überwältigt wurde. Lachend schleiften sie die weinende Frau an ihren Beinen hinter sich her.

Dröhnend landeten imposante Frachtschiffe auf der brennenden Ebene. Ihre Segel verdunkelten die Landschaft wie

schwarze Gewitterwolken. Zwischen blutüberströmten Leichen stand ein weinendes Kind. Loun. Er weinte, rief immer wieder in ihre Richtung. Doch das Brummen der Schiffe war zu laut; seine Schreie blieben stumm.

Über der Steppe hing eine große Aschewolke, die wie silberner Regen zu Boden rieselte und sich mit dem Blut der Zentan vermischte, das im verbrannten Untergrund versickerte. Das letzte Mal, dass sie Loun und seine Mutter gesehen hatte, war, als die Klappe des Frachters nach oben gezogen wurde und die beiden verschluckte. Sie schrie, bis ihre Stimme versagte. Ein junger, dunkelhaariger Mann tauchte vor ihr auf. Bartisam. Er packte sie an den Schultern und zog sie brüllend hinter ein abgestürztes Transportschiff. Sie hatte alles verloren.

Eine Träne stahl sich aus Estelles Augenwinkel, die von Lior fortgewischt wurde. Ihr bleischweres Herz lag wie ein Fremdkörper in ihrer Brust. Gequält hob sie ihren pulsierenden Kopf und blickte in die Runde. Abaska und Corvin saßen unverändert vor dem Lagerfeuer; die Zeit schien für sie anders zu verlaufen zu sein. Lior schaute sie traurig, aber unwissend an.

Oh mein Gott. Das war Liors Erinnerung. Wie lang hat sie gedauert? Und warum kann ich plötzlich in seine Erinnerung sehen?

Wo warst du, Bürschchen?

Was?

Wie war das möglich? Liors Schicksal war binnen weniger Augenblicke zu ihrem geworden. Sie teilten ab diesem Moment den brennenden Schmerz der Ungewissheit sowie das letzte Bild, das Lior von seiner Familie übrig geblieben war. Ein Frachtschiff und die stillen Schreie seines geliebten Sohnes. Sie konnte unter keinen Umständen weiterleben, wenn sich Loun wirklich in der Halle aufhielt. »Ich werde dich begleiten«, sagte sie bestimmt. Zu zweit hatten sie vielleicht eine Chance, Loun aus den Fängen des Kanzlers zu befreien. Ihren Loun.

»Das kann ich auf keinen Fall zulassen.« Lior sah sie entgeistert an.

»Du spinnst wohl!«, erwiderte Corvin entsetzt.

»Wenn du gehst, geh ich auch. Die Chance, dass Zuria noch genug Licht hat, um uns alle zu retten, ist gering. Wenn wir es schaffen, Loun da rauszuholen, dann hat sich das Risiko allemal gelohnt. Möglicherweise ist das das Einzige, was wir bewirken können.«

Liors Blick verdunkelte sich. »Estelle, es ist zu gefährlich. Ihr müsst euch um Zuria kümmern, versprecht mir das. Ihr seid womöglich die letzte Chance, die Jarundo hat. Was ist denn plötzlich mit dir los?«

»Da gebe ich dem Katzenmann recht«, donnerte Corvin dazwischen.

Estelle schenkte ihm keinerlei Beachtung. Sie atmete einmal tief ein und durch den Mund gleichmäßig wieder aus. »Es mag verrückt klingen, aber ich konnte sehen, was dir damals auf der Steppe passiert ist. Ich war in deinem Körper, nur eben viele Jahre früher. Die Sonne ging gerade unter, als deine Frau und dein Sohn in den Frachter geworfen wurden. Ich habe die Schläge gespürt. Du hattest keine Chance gegen die Soldaten. Dein Schmerz und deine Vergangenheit gehören jetzt irgendwie zu mir. Dich allein gehen zu lassen, wäre ein Verrat an mir und den Gefühlen, die ich gefühlt habe und die ich noch immer fühle. Loun gehört zu mir, obwohl ich ihn niemals gesehen habe.«

Lior lächelte matt. »Oh, Estelle«, flüsterte er mit Tränen in den Augen. »Weißt du, was das bedeutet?« Seine Stimme bebte.

»Nicht so richtig.« Verlegen kratzte sie sich am Kopf. »Ich liebe Loun wie meinen Sohn oder Bruder? Es ist total verwirrend.«

»Du trägst eine mächtige Gabe in dir, die langsam herausbricht. Eine sehr ... sehr mächtige Gabe.«

Er erkennt den Aurion in mir?

»Kannst du mein Licht jetzt sehen?«, fragte sie neugierig.

Lior drehte Estelles Gesicht Richtung Feuer. Stirnrunzelnd betrachtete er sie. »Schwach. Etwas hindert dich daran, dein Licht vollkommen freizusetzen. Aber das ist in dieser Umgebung kein

Wunder.«

»Wie sieht es aus?«

Lior schmunzelte. »Das lässt sich schwer in Worte fassen. Es ist ein Aufflackern der Güte, Liebe und Barmherzigkeit, die euch Aurion auszeichnet. Du leuchtest schließlich nicht wie eine Fackel. Es geht eher darum, was ich fühle, wenn ich dich anblicke. Deine Bestimmung ist es, Schlechtes in Gutes zu wandeln.«

Corvin pfiff scharf die Luft aus, dann kickte er einen Stein in die Glut. »Euch ist klar, dass wir uns auch gleich persönlich stellen können. Warum sind wir so weit gegangen, um uns jetzt durch ein Gerücht von den Plänen abbringen zu lassen?«

»Mein Sohn war dort und hat Loun gesehen. Nennst du mich etwa einen Lügner?« Abaska fletschte wütend die Zähne.

»Lass gut sein, alter Freund. Der Sarafin möchte den Aurion schützen, das ist alles«, sagte Lior und legte ihm die Hand auf die Schulter.

Schnaufend wischte sich Abaska über den Mund, aus dem bereits der Speichel tropfte.

»Estelle, Corvin hat recht. Wir dürfen kein unnötiges Risiko eingehen«, erklärte Lior.

»Hätte ich gewusst, wo mein Sohn ist, ich wäre sofort zu ihm gegangen«, sagte Abaska entsetzt. »Willst du ihn dort lassen?«

»Allein ist es zu gefährlich, ich muss dich begleiten«, antwortete Estelle.

Lior betrachtete sie forschend. »Wenn ich ohne dich gehe, wirst du mir dann heimlich folgen?«

»Mit Sicherheit«, erwiderte Estelle lauthals.

»Nicht, wenn ich es verhindern kann«, konterte Corvin knurrend. Wütend verschränkte er die Arme vor der Brust.

Du gehst nirgendwo hin.

Wenn du willst, dass ich jemals mit dir auf diese Art spreche, dann musst du uns wohl oder übel helfen.

Du kleines ... Das nennt sich Erpressung.

Ich würde sagen, eher ein Austausch von Gefälligkeiten.

»Lior, es ist sehr gefährlich, aber mit einem Aurion und einem Sarafin kannst du es vielleicht schaffen«, sagte Abaska ehrfürchtig.

»Ein gefallener Sarafin und ein Aurion, der zu schwach für die eigenen Kräfte ist«, erwiderte Corvin gereizt.

»Lior, lass mich dir helfen. Bitte«, flehte Estelle. »Ich könnte es mir nie verzeihen, wenn wir ihn zurücklassen. Nicht nach allem, was ich gesehen habe. Wenn es unsere Bestimmung ist, retten wir Loun und meine Mutter. Stell dir vor, wir finden Zuria nicht oder kommen zu spät, dann müssen wir mit der Schuld leben, es nicht wenigstens versucht zu haben. Loun ist jetzt auch ein Teil von meinem Leben. Du kannst mich nicht ausschließen.«

Bist du fertig mit deiner flammenden Rede?

»Sicher, dass du keine Angst hast?« Lior legte seinen Kopf schief und musterte sie ausgiebig.

Hastig schüttelte sie den Kopf. Ihre Angst lag in den Bergen bei den Sarafin begraben. Corvins feuriger Blick traf sie wie ein Schlag in die Magengrube. Sie spürte, dass er ihre Entscheidung hasste.

Lern erst mal deine eigenen Gefühle deuten, bevor du dich wie ein Aurion aufspielst. Das, was du fühlst und als Mut bezeichnest, ist Verachtung für die Tat, die du begangen hast. Du hast vielleicht keine Angst mehr vor dem Tod oder vor Gewalt, doch die Liebe jagt dir so viel Angst ein, dass du noch immer vor ihr flüchtest.

Was weißt du schon von der Liebe?

Mehr als du dir vorstellen kannst.

Ich liebe Loun.

Du bist ... Ich könnte dich ... Wann wirst du es endlich kapieren?

Lior nickte unentschlossen, während er Estelle und Corvin nachdenklich betrachtete.

Estelle klatschte aufgeregt in die Hände. »Dann wäre das also geklärt.«

Corvin atmete tief ein. Wütend ballte er seine Hände zu Fäusten. »Ich werde euch begleiten. Ohne mich habt ihr keine Chance.«

»Moment! Nicht so schnell. Bevor wir etwas entscheiden, werden wir Raoul aufsuchen. Ihr werdet mich nur begleiten, wenn wir mehr über die Halle erfahren. Sonst bleibt ihr beide hier.«

»Wo sie hingeht, da geh ich auch hin«, knurrte Corvin. Zornig blickte er sie über die tanzenden Feuerzungen hinweg an.

Estelle spürte, wie ihre Wangen zu glühen begannen. Egal, wie abweisend sie zu ihm war, er hielt zu ihr. Wie gern würde sie jetzt in ihn hineinsehen, wie sie es eben bei Lior getan hatte. Seine Vergangenheit durchforsten und seine Zukunft sehen – wenn das möglich war. Sie wollte mehr über die unsichtbare Verbindung herausfinden, die sie immer wieder in seine Nähe zog. Doch das war unmöglich. Solange er das Aroun schluckte.

27. JANUAR

Estelle stöhnte leise auf, als sie Abaskas Hütte betrat. Der süßliche Duft von Wundsekret hing schwer in der Luft. Raouls Wunde musste riesig sein, wenn der Geruch bereits die gesamte Hütte einnahm. Eine Petroleumlampe in der Mitte des Raumes spendete spärliches Licht, sodass sie lediglich Umrisse wahrnehmen konnte.

Lior atmete stoßweise, während er Abaska in die Dunkelheit folgte.

»Er wird dir nicht helfen können. Raoul ist in einem sehr schlechten Zustand«, sagte Abaska müde.

Corvin ging so dicht hinter Estelle, dass sie seinen warmen Atem in ihrem Nacken spüren konnte. »Dem Geruch nach zu urteilen, wird er die Nacht nicht überleben«, murmelte er.

»Behalt deine Gedanken bitte für dich«, zischte Estelle zurück.

»Es ist aber die Wahrheit.«

»Wir benötigen mehr Informationen. Ich kann uns nicht blind in die Halle gehen lassen. Abaska, ich brauche einen Plan von Raoul. Bitte lasse uns mit ihm sprechen. Ich muss meinen Sohn finden«, bat Lior seinen alten Freund. »Ich darf Estelle auf keinen Fall unnötig in Gefahr bringen.«

Abaska nickte schwerfällig, ging vor einem Kissenmeer in die Hocke und flüsterte: »Raoul. Ich habe Louns Vater hier.«

»Loun«, keuchte es in der Dunkelheit.

Estelle stockte. Eine gekrümmte Gestalt raffte sich auf und kroch in ihre Richtung. Es glich einem Horrorfilm. Ungelenke Bewegungen wurden als Schatten an die Wand geworfen. Verwirrt beobachtete Estelle das grausame Schauspiel. Der Gedanke, davonzulaufen, schoss ihr durch den Kopf. Konnte sie den Anblick ertragen? War sie stark genug? Verängstigt wich sie einen Schritt zurück und rempelte Corvin an.

»Immer auf der Flucht, kleiner Aurion«, wisperte Corvin ihr ins Ohr. Der arrogante Tonfall in seiner Stimme fachte Estelles Mut wieder an. Vorsichtig trat sie näher, blieb jedoch hinter Lior und Abaska stehen.

Ich bin keine Heulsuse. Ich werde das schaffen!

»Raoul, ich bins, Lior.« Sanft strich der Katzenmann Raoul über das zerschundene Gesicht.

»Loun«, keuchte er erneut.

»Wie geht es dir?«

»Das soll wohl ein Witz sein«, grummelte Corvin.

Abaska knurrte leise.

»Ich sehe Blumen. Sie kitzeln meine Fußsohlen«, seufzte Raoul.

Liors Rücken spannte sich bei der zusammenhanglosen Antwort an. »Dein Vater hat erzählt, dass du meinen Sohn gesehen hast?«

»Wir alle sind Söhne. Seine Söhne.«

Estelle zog scharf die Luft ein. Sie spürte, dass Raoul zu verwirrt war, um eine klare Antwort zu geben. Hatte er den Verstand verloren oder waren es die Schmerzen, die ihn in eine Fantasiewelt trieben?

Lior ließ sich jedoch nicht beirren. »Warst du mit Loun zusammen?«

Raouls Hand schoss plötzlich in die Höhe. »NEIN! Bitte! Lasst mich sterben!«, schrie er aus Leibeskräften. »Weiß. Alles weiß. Wo sind die Farben? Die Sonne?«, keuchte er.

Estelle wich erschrocken zurück.

Was hat man ihm dort angetan?

»Der ist doch total matschig im Kopf«, murrte Corvin.

Abaska wirbelte zähnefletschend herum. »Was fällt dir ein, so über meinen Sohn zu sprechen?«

»Abaska, lass es. Er ist die größte Nervensäge, die rumläuft, aber wir brauchen ihn«, knurrte Lior, der ebenfalls aufgesprungen war.

Abaska fauchte, umrundete Corvin und setzte sich erneut zu

seinem Sohn.

»Ihr Zentan seid ziemlich zickig, das muss ich schon sagen. Ständig am Zähnefletschen, aber wenn es darauf ankommt, verliert ihr den Krieg«, stichelte Corvin unbeirrt weiter.

Liors Pupillen schwollen zu schwarzen Murmeln an. Sein Nasenrücken schlug bereits kleine Wellen. »Sag das noch mal!«, donnerte er. Estelle spürte, dass Lior sich nicht mehr lange zusammenreißen konnte.

Du dummer Idiot, sei endlich still.

»Lasst mich es versuchen«, sagte Estelle, um der Situation die Schärfe zu nehmen. »Wir müssen wissen, wie viel Wachen in der Halle sind. Und ob der Kanzler noch andere Sicher-heitsvorkehrungen getroffen hat. Vorkehrungen, die ihr nicht erkennen könnt, weil sie aus meiner Welt stammen.« Sofort herrschte absolute Stille.

»Kommt gar nicht infrage«, raunzte Corvin sie an. »Du wirst auf keinen Fall in seine Gedankenwelt eintauchen. Wer weiß, was da drin los ist bei dem Quatsch, den er die ganze Zeit von sich gibt.«

Lior blickte Estelle hoffnungsvoll an. Sie wusste, er würde es ihr niemals verbieten. Alles, woran er denken konnte, war Loun. Genau wie sie.

Ich werde unseren Loun in Raouls Gedanken finden.

»Du willst mich wohl verarschen?« Corvin verschränkte die Arme vor der Brust.

»Es wäre einen Versuch wert«, erwiderte Abaska. »Sie hat schließlich auch deine Vergangenheit gesehen.«

»Bitte.« Lior trat einen Schritt zur Seite.

»Er tut das aus reiner Selbstsucht. Du kannst Nein sagen!« Corvin schnaufte genervt.

»Ich weiß. Aber ich habe Liors Erinnerung in mir. Ich muss wissen, was passiert ist. Ich kann nicht einfach so weitergehen«, erklärte sie ruhig. »Loun ist ein Teil von mir. Versteh mich doch.«

Fahrig strich Corvin seine Haare aus der Stirn, als er ihr den

Rücken zuwandte. Sie spürte die Wut, die seine Muskeln durchzuckte.

Angst.

Was? Hat er Angst um mich? Egal ... Wir müssen Loun finden.

Mit klopfendem Herzen ging Estelle auf das Häufchen Elend zu. Je näher sie kam, desto intensiver wurde der ekelerregende Geruch. Langsam kniete sie sich vor Raoul auf dem Boden. Er sah erbärmlich aus. Seine silberfarbenen Augen waren vor Schreck weit aufgerissen. Der Mund zu einer Fratze verzerrt. Dicke Narben wölbten sich unter seinem braunen Fell. Das Leinentuch, das Abaska fürsorglich um seinen Oberkörper gewickelt hatte, triefte bereits. Eine dunkle Flüssigkeit bahnte sich ihren Weg an die Oberfläche. Corvin hatte recht. Raoul würde die Nacht nicht überleben. Ein Grund mehr, in seine Erinnerung zu tauchen. Sie musste wissen, auf was sie sich einließen. Zaghaft streckte sie ihre Hand aus und berührte Raouls zitternden Unterarm. Mit angehaltenem Atem zwang sie sich, in die wirren Augen des Zentan zu blicken. Eine unbekannte Kraft zog an ihr, dann war sie fort.

Ein grelles Licht an der Decke blendete sie so sehr, dass sie wild blinzelte. Männer in weißen Uniformen blickten auf sie herab. Ein mechanisches Piepen dröhnte in ihrem pulsierenden Schädel.

Skalpelle. Blut. Ein Schrei. Der Schmerz war unbeschreiblich. Eine Fratze tauchte vor ihr auf. Sie lachte und lachte und lachte. Ein kreischendes Lachen. Weiße Wände. Hunderte Zentan in einer Reihe. Kettenrasseln. Ein Fauchen.

Orientierungslos schaute sie sich um. Sie war in einem Raum, doch Estelle war sich nicht sicher, ob es real war. Sie zwang ihren Blick in die Ecken. Keine Kameras. Schwarz gekleidete Männer. Waffen. Estelle wusste, dass sie in Intervallen kamen. Sie konzentrierte sich. Biss die Zähne zusammen. Vier Ebenen. Zuchtstation. Eine große Halle. Der Intervall war in Stunden. Zehn Stunden. Tagelang Ruhe. Kinderweinen brach über sie herein. Sie weinten um ihre Eltern. Wochenlang. Estelle spürte

ein Würgen in ihrer Kehle. Sie keuchte. Wollte Abaska sehen. Ihren Vater. Tränen rannen ihre Wangen hinab. Loun drückte freundschaftlich ihren Arm. LOUN!

Estelles Herz pochte wild. Ihre Ohren surrten, während die dumpfen Farben um sie herum langsam wieder Konturen fanden. Die Welt schwankte wie auf hoher See. Die Gefühle und Erinnerungen waren wirrer und intensiver gewesen als bei Lior. Loun hatte sie jedoch sofort erkannt. Die Erinnerung war frisch, wenn überhaupt nur einige Wochen alt. Aus dem Kind war ein junger Mann geworden. Sie war nicht imstande zu sagen, woher sie es wusste, es war mehr ein Gefühl. Als hätte sie Loun erst vor wenigen Tagen gesehen.

Ist Raoul vielleicht wirklich verrückt? Seine Erinnerung war wie ein Albtraum.

Lior saß neben ihr und massierte fürsorglich ihre bebenden Schultern. »Geht es dir gut?«, wollte er besorgt wissen.

»Was ist passiert?«, forderte Abaska sie auf. »Du hast nach Loun gerufen.«

Corvin stand mit geballten Fäusten in der Mitte des Raumes. »Lasst sie erst mal zu Atem kommen«, knurrte er.

Estelle atmete einmal tief durch. »Es war sehr verwirrend«, sagte sie Sekunden später wahrheitsgetreu. Doch wie sollte sie den beiden Männern, die sie mit hoffnungsvollen Augen ansahen, von den Grausamkeiten erzählen? Ihre Söhne hatten Furchtbares erlitten. Dinge, die sie kaum aussprechen konnte. Estelle entschied sich für die einfache Lösung. »Loun war dort, wie Abaska es erzählt hat«, murmelte sie. Sie mussten ja nicht alles erfahren.

Lior seufzte erleichtert. »Mein Sohn ist also am Leben.« Sofort spürte Estelle die Welle der Erleichterung, die ihn umgab. »Die Erinnerung war frisch. Loun muss am Leben sein.«

Corvin blickte sie nachdenklich an. »Was hast du noch gesehen?«

Warum starrt er so?

Estelle räusperte sich verlegen. »Es ist eine Halle mit verschiedenen Ebenen. Am besten zeichne ich eine Karte, dann werden wir uns besser zurechtfinden.«

»Das ist eine sehr gute Idee«, sagte Lior und klatschte voller Tatendrang in die Hände.

»Was noch?«, bohrte Corvin weiter nach.

»Es gibt keine Überwachungskameras und die wenigen Wachmänner tauchen nur alle zehn Stunden auf«, erzählte Estelle, während sie hastig aufstand. Sie wollte weg von Raoul; weg von den grausamen Erinnerungen, weg von dem eigenartigen Gefühl, das sich in ihr anstaute. Beging sie einen Fehler, wenn sie die seltsamen Bilder verschwieg? Das Blut, die verzerrten Fratzen?

Es hat sich so real angefühlt. Die Erinnerung werde ich nie wieder los.

Estelles Magen lag wie ein Stein in ihrem Bauch. Die gewalttätigen Eindrücke flimmerten hinter ihren eigenen Gedanken weiter.

»Dann packen wir es an.« Lior half Raoul zurück in eine liegende Position und klopfte seinem alten Freund Abaska auf die Schulter.

»Sicher, dass das alles ist?«

Wenn das, was ich sehe, nur die Hälfte von dem ist, was du gesehen hast, sind meine Bedenken berechtigt.

Estelle ignorierte Corvins Einwände. Sie hatten diese eine Chance, ein Leben zu retten, vielleicht die letzte Chance, bevor sie selbst starben.

»Was bist du denn plötzlich so misstrauisch?«, fragte Lior den Sarafin verwundert.

»Und warum lässt du dich so schnell einlullen? Ohne alle Fakten zu kennen.«

»Ich lasse mich nicht einlullen«, fauchte Lior.

»Ich habe keinen Bock, dass wir wegen falscher Hoffnungen etwas Dummes tun. Hier geht es doch nicht um falsche Hoffnungen, oder?«, sagte er scharf an Estelle gerichtet.

Soll ich Lior sagen, dass ich nicht sicher bin, ob Raoul bei Verstand ist? Ich vermisse Loun, obwohl ich ihn niemals getroffen habe. Ich liebe ihn sogar. Ich muss ihm helfen, egal wie.

Corvins Augen weiteten sich.

»Natürlich nicht«, blaffte sie ihn an. Sie hatte schließlich keinen blassen Schimmer, wie Erinnerungen funktionierten. Vielleicht waren traumatische Erinnerungen immer ungeordnet.

Liors Erinnerung war klar. Bei Raoul bin ich gesprungen und hatte keinerlei Orientierung von Ort oder Zeit. Was stimmt nicht?

»Papa. Ich sehe die Wolken«, murmelte Raoul plötzlich. Verwundert blickte Estelle auf, da ein eigenartiges Gefühl der Schwerelosigkeit ihren Körper einnahm.

»Was?« Abaska beugte sich zu Raoul. »Welche Wolken?«

Raoul starrte an die dunkle Decke. »Sie sind wunderschön.«

Ein eisig kalter Luftzug fegte über den Boden. In weiter Ferne vernahm Estelle ein unheimliches Flüstern.

»Es ist so weit«, raunte Corvin.

Estelle riss die Augen auf. »Du meinst, er wird ...«

Corvin nickte bedrückt.

Wenn du stark genug bist, kannst du den Tod spüren.

Estelle schwieg. Sie fühlte bereits die sinkende Temperatur, ein Gefühl von Watte, auf der sie zu stehen schien, und eine Gleichgültigkeit, die sie schützend einhüllte. Doch Corvin hatte kein Recht, davon zu erfahren. Niemand sollte wissen, wie sonderbar sich der Tod anfühlte.

Abaska legte sich neben seinen Sohn auf die Kissen. »Was siehst du noch?«, wisperte er beruhigend. Er nahm die Hand seines erwachsenen Kindes und hielt sie fest umschlossen.

Lior schluckte trocken.

»Die Sonne.« Raouls Augen schimmerten glasig.

»Ist sie schön?«

»Wunderschön.«

Abaska hüllte Raoul schützend in eine Decke, dabei lockerte er nicht einmal den Griff um dessen Hand. Estelle sah einen Vater, für den sein Kind noch immer fünf Jahre alt war. Der Anblick brach ihr beinahe das Herz. Schweigend harrten sie minutenlang aus und lauschten Raouls ungleichmäßigem Atem. Niemand traute sich, auch nur ein Wort zu sagen.

»Papa«, flüsterte Raoul. Abaska hob den Kopf, um Raoul anzusehen.

»Ich werde jetzt wohl gehen«, sagte dieser gefasst.

Estelle erschauderte bei den Worten. Ihr Blick wanderte zu Corvin, der mit gesenktem Haupt neben ihr stand und die Hände in den Taschen seiner Hose vergrub.

»Ich weiß …«, Abaskas Stimme brach, als Raoul einen letzten langen Atemzug nahm. Die Luft entwich aus seinen Lungen, dann stahl sich ein Lächeln auf seine Lippen. Der Schrei des Zentan hallte von den Wänden wider. Er drückte seinen toten Sohn an die Brust und weinte herzzerreißend.

Lior keuchte schwer. Er stützte sich mit den Fäusten auf dem Boden ab. Tiefe Schluchzer erschütterten seinen Körper.

Estelle würgte trocken. Das vertraute Gefühl, zurückgelassen zu werden, schnürte ihr die Kehle zu.

Armer Abaska. Armer Lior. Warum kann ich euch nicht helfen. Sollte ich nicht eure Gefühle verändern können.

Es war das Schlimmste, das Estelle bisher erlebt hatte. Die Schreie des Katzenmannes schwollen zu einem unkontrollierten Jammern an. Krampfhaft presste Estelle die Augenlider zusammen und versuchte, sich an das Gefühl der Ruhe zu erinnern. An Peter und Gudrun, die Schillerallee. Alles, was ihr Erlösung schenkte. Doch da war nichts als Dunkelheit.

Irgendwie muss es gehen. Ich kann es schaffen. Ich bin ein Aurion. Wo ist das Licht?

»Bürschchen, wir sollten Abaska allein Abschied nehmen lassen«, raunte Corvin.

»Was?«, keuchte sie und blickte ihm in die Augen.

Corvin runzelte nachdenklich die Stirn. Estelle spürte, dass er in Gedanken mit ihr sprechen wollte. »Die beiden werden eine

Zentanzeremonie abhalten. Wir können danach Raouls Grab besuchen«, sagte er zu ihrer Verwunderung laut.

»Aber ich ...«

Corvin schüttelte den Kopf. »Du wirst es lernen. Das ist aber nicht der richtige Zeitpunkt dafür.«

Estelle nickte kaum merklich. »Lior ...«

»Er kann dich im Moment sowieso nicht hören«, schnitt ihr Corvin sanft das Wort ab. »Lior wird kommen, sobald sie ihre Zeremonie beendet haben.« Ungeschickt half er ihr auf die Beine, indem er sie an ihrem Kragen nach oben zog. Estelle ließ zu, dass er seine Hand auf ihren Rücken legte und sie auf die dunkle Gasse schob. Seine Anwesenheit hatte eine beruhigende Wirkung auf sie. Ruhe flutete ihren wirren Geist und verwies die aufsteigende Panik in ihre Schranken. Das Weinen, das aus der Hütte drang, verlor ebenfalls an Kraft.

War er das?

Corvin ging stumm neben ihr her, seine Hand blieb auf ihrem Rücken liegen.

»Ich muss eine Karte zeichnen«, murmelte sie.

»Alles zu seiner Zeit«, raunte er.

29. Januar

Die Monde hingen satt am Himmel. Die Gesteine des Friedhofes schimmerten silbern unter ihrem Licht. Die Nacht verbreitete stets ein trügerisches Bild. Frieden und Normalität beschlichen Estelle beim Aufgang der Monde, als wäre der Kanzler und all das Leid keine Realität. Doch Raouls Erinnerung hatte sie in die Abgründe eines wahnsinnigen Mannes blicken lassen.

Die Gräber waren wild über den gesamten Friedhof verteilt und schienen keiner Ordnung zu folgen. Einige Gräber sahen gepflegt aus, andere standen kurz vor dem Verfall oder waren nur mit Müh und Not, als solche zu erkennen. Um den Platz gab es weder eine Mauer noch eine Kirche oder einen Ort, an dem die Toten zur letzten Ruhe aufgebahrt wurden.

Raoul lag zwischen zwei alten Gräbern, deren Grabsteine bereits vor Jahren zerfallen waren. Die Erde war frisch aufgeschüttet worden, es roch vermodert und salzig. Der beißende Geruch schoss Estelle in die Nase, angewidert verzog sie das Gesicht. Die Erde der Giroschebene war tot. Konnte man den Schaden überhaupt rückgängig machen? Oder war das Land verloren?

Ich will endlich wieder den Wald riechen oder das Meer oder eine frisch gemähte Wiese.

Abaska hatte einen Steinklotz am Kopf des Grabes platziert. Darauf standen die Initialen seines Sohnes, eingeritzt mit einem Messer. Die Geburt – und Sterbedaten fehlten. Estelle blickte sich verwundert um. Die Grabsteine in unmittelbarer Nähe trugen ebenfalls nur die Namen der Toten. »Warum steht nirgends, wann sie geboren oder gestorben sind?«

»Wenn wir tot sind, spielt es keine Rolle mehr, wann wir diese Welt betreten oder verlassen haben.«

»Das ist furchtbar traurig.« Estelle konnte die Vorstellung kaum ertragen, einfach ausradiert zu werden.

»Ich finde das sehr vernünftig. Wir kümmern uns um die Grabstätten unserer Vorfahren, so lange, bis wir selbst sterben, dann geraten sie in Vergessenheit. Das ist ein ganz natürlicher Kreislauf.«

»Das heißt, dein Grab wird auch irgendwann von allein verschwinden? Sieht es deshalb hier so verwildert aus?«

Lior nickte. »Wenn wir Loun nicht finden, werde ich direkt nach meinem Tod vergessen werden. Genauso wie Abaska und Raoul nach Abaskas Tod«, presste Lior hervor.

»Das stimmt nicht. Ich werde dich niemals vergessen«, erwiderte sie trotzig.

Lior lachte ein leises Lachen. »Das ist nett von dir ... aber ...«, seine Stimme brach in viele kleine Splitter, die Estelles Herz durchbohrten. Sie wusste ohnehin, was er sagen wollte. Wenn sie bei ihrem Vorhaben starben, würden ihre Gräber nie existieren. Sie würden irgendwo in der Giroschebene verrotten.

Lior verlor sich erneut in seinen düsteren Gedanken und starrte auf den Erdhügel. Minuten verstrichen, in denen das Unbehagen über den Ort und seine Bedeutung weiter anschwoll. Im letzten Glimmen der sterbenden Nacht wurden ihr die vielen frischen Gräber erst richtig bewusst. Hügel neben Hügel, Hunderte Zentan, die nach der Schlacht gefallen waren. Woran waren sie gestorben? Krankheit? Mord? Der Lichtmangel? Weit und breit gab es keine Möglichkeit, an reines Licht zu gelangen. Trotzdem blieben die Zentan in den Trümmern ihrer Heimat, versteckt vor den Augen des Kanzlers.

Um die unheimliche Stille zu durchbrechen, räusperte sie sich verlegen. Lior blickte sie an und schien tatsächlich für eine Sekunde bei ihr zu sein. Estelle nutzte die Chance und stellte die Frage, die ihr seit Stunden im Kopf umherspukte. »Warum seid ihr damals nicht geflohen?«

Lior schluckte. »Wir haben die Lage vollkommen falsch eingeschätzt. Einige Zentan sind mithilfe der Aurion in die Heimat unserer Vorfahren geflohen. Wir dachten, eine Flucht sei noch nicht nötig. Wenn ich doch nur wüsste, was mit ihnen passiert ist. Wenn die Kinder alle in die Halle gebracht wurden, wo ist dann Netti meine Frau?« Lior begann, vor dem Grab unruhig auf und ab zu tigern.

Estelle zuckte mit den Schultern. »Das habe ich mich auch schon gefragt.«

»Zu wissen, dass sie kurz nach der Schlacht getrennt wurden, bricht mir das Herz.«

Estelle scharrte mit den Füßen im staubigen Untergrund. Sie spürte, dass er dachte, den Verstand zu verlieren. Was konnte sie tun, um seinen Schmerz zu lindern?

Vielleicht denken die Aurion an etwas Bestimmtes? Oh, man! Ich werde nie jemand von seinen düsteren Gedanken heilen können.

»Wie fühlte sie sich an?«

Abrupt hielt sie inne und schaute Lior verwundert an. »Was?«

»Meine Erinnerung.« Forschend musterte er sie.

»Eigenartig.« Estelle grübelte. Wie sollte sie das Erlebte in Worte fassen?

»Mehr nicht?« Lior schmunzelte, was Estelle erleichtert zur Kenntnis nahm.

Sie schluckte den Knoten in ihrem Hals hinunter und begann zu erzählen: »Ich wurde mit einem Schlag einfach in dich hineinkatapultiert. Plötzlich war ich auf der Giroschebene. Ich war mir bewusst, ich zu sein, doch als ich Loun und deine Frau sah, wusste ich, dass es deine Erinnerung ist. Gleichzeitig war ich mir sicher, dass Loun mein Sohn ist. Unsere Gefühle wurden irgendwie zusammengemixt. Ich kann es kaum beschreiben.«

Lior war stehen geblieben und starrte sie eine gefühlte Ewigkeit fassungslos an. »Das Schlimmste an der Erinnerung sind seine stummen Schreie«, keuchte er.

»Ich weiß«, flüsterte sie erschöpft. Ihre Schultern sackten in sich zusammen. »Ich werde das Bild von ihm und die Panik nicht los. Sobald ich meine Augen schließe, sehe ich ihn vor mir. Wie hältst du das aus?«

Lior umschlang ihren Körper mit seinen Armen und bettete sein Kinn auf ihrem Scheitel. Estelle schmiegte sich eng an ihn und atmete seinen Duft ein. Sofort setzte das vertraute Gefühl von Geborgenheit ein, das er bei ihr auslöste.

»Ich werde auf dich aufpassen«, raunte er ihr ins Haar.

Du wirst es versuchen.

»Wann werden wir aufbrechen?«, murmelte sie an seine warme Brust.

Lior entwich ein tiefer, langer Seufzer. »Ich habe gehofft, du würdest deine Meinung doch noch ändern. Aber nach dem, was du mir erzählt hast, wird das wohl kaum geschehen. Wie könnte ich es dir verbieten?«

Estelle nickte in sein weiches Hemd. »Ich lasse dich auf keinen Fall allein dort reingehen. Jetzt, da ich Raouls Erinnerung in mir trage, bin ich der Kompass.« Sie löste widerwillig die innige Umklammerung und blickte nach oben in sein Gesicht. Das letzte Licht der Monde entblößte die Unruhe in seinen Augen. »Ich weiß, du machst dir schreckliche Sorgen. Aber sei einmal realistisch. Welche Chancen haben wir ohne dich, Harok oder Hanton zu erreichen? Und du allein in der Halle? Zu dritt sind wir stärker. Wir sind in Jechton blind losgelaufen und hoffen auf ein Wunder. Aber hier, auf der Giroschebene, können wir vielleicht ein Wunder erleben. Wir können vielleicht deinen Sohn retten, und wenn wir Glück haben, werden wir danach meine Mutter finden.«

Lior schwieg.

»Sind wir gut vorbereitet?«, wollte sie wissen, um sich von dem nervösen Grummeln, das sich in ihrem Magen ausbreitete, abzulenken. Für Zweifel war keine Zeit mehr.

»So gut es eben geht. Dank Raouls Erinnerung und deiner Gabe haben wir eine detaillierte Karte der Halle. Er war schließlich jahrelang dort gefangen. Die Ourak lieben die Routine, was ihnen in unserem Fall zum Verhängnis wird. Wir kennen ihre Abläufe. Wenn wir uns daran halten, kommen wir ohne Probleme rein und wieder raus.«

»Unser Plan, Zuria zu retten, hat sich nicht annähernd so durchdacht angehört. Wir verbessern uns von Mission zu Mission«, lachte Estelle schrill.

Ich kann nicht fassen, dass wir es so weit geschafft haben. Nur um dann vor einer Lagerhalle im Dreck zu liegen. Natürlich will der Katzenmann seinen Sohn finden. Das war aber nicht unser Plan. Doch was soll ich machen? Ich weiß, dass Raouls Erinnerungen wirr waren. Und ich weiß auch, dass sie aus Liebe in den Tod gehen würde. Einer Liebe, die aus einem anderen Geist entspringt, ihr nicht gehört. Sie ist noch immer ahnungslos.

Zu sehen, wie sie meine Welt verließ, um in die Erinnerungen des Katzenmannes zu tauchen, schnürte mir die Kehle zu. Ich konnte ihre Abwesenheit körperlich spüren; auch wenn es nur Sekunden waren. Kalt und einsam legte sich die Erkenntnis, ohne sie unvollkommen zu sein, über mich. Allein durch sie fühle ich mich lebendig. Kein Aroun kann sie jemals ersetzen. Ich will sie jeden Tag, bis der Tod mich holen kommt, küssen.

30. Januar

Hell erleuchtet lag die Halle auf der Westseite der Ebene. Vier Strahler beleuchteten das Gebäude. Die Monde waren vor wenigen Minuten untergegangen und kämpften am Horizont gegen die alles verschlingende Dunkelheit an. Einen Steinwurf von der Halle entfernt kauerten Estelle, Corvin und Lior und warteten, dass die Monde den Kampf endgültig verloren.

Hinter dem baulichen Monstrum hob ein Frachtschiff ab. Die Rotoren wirbelten den staubigen Untergrund auf und fegten ihn über die Steppe hinweg. Estelle vergrub das Gesicht schützend in ihrem Umhang. Die Strahler des Schiffes kreisten bedrohlich über Yanok, als es Richtung Norden davonflog.

»Dann stimmt es also. Sie fliegen nach Harok«, sagte Corvin.

Lior nickte und erwiderte: »Ich wollte es auch nicht glauben. Seine Macht breitet sich wie eine Seuche aus. Bald ist ganz Jarundo infiziert.«

»Abaska meinte, außerhalb der Halle gebe es keine Bewachung. Ich schätze, der Kanzler hat genug Angst verbreitet, dass niemand freiwillig in die Nähe der Halle kommt.«

»Darauf kannst du Gift nehmen«, raunte Corvin.

»Die Brandschutztür an der Südseite der Halle ist unser Eingang. Wir müssen durch einen großen Raum, an dessen Ende ein Treppenhaus uns nach unten zur Ebene 4 führt. Dort werden die Kinder festgehalten«, erklärte Estelle.

Endlich verloren die Monde den Kampf gegen die sternenlose Finsternis. Bevor sie losgingen, schnürte Estelle ihre Schuhe auf und warf sie in den Sand. Corvin und Lior sahen sie fragend an.

»Das Geklacker wird in der Halle zu viel Aufmerksamkeit erregen. Wenn wir wiederkommen, kann ich sie mitnehmen.«

»Wenn wir wiederkommen«, presste Corvin hervor.

»Keiner hat dich gebeten, mitzukommen«, entgegnete Estelle

spitz.

Deine Entscheidung zwingt mich dazu.

»In Raouls Erinnerung gab es lediglich vier Wachposten und die halten sich alle in den unteren Ebenen auf«, erklärte sie weiter. Estelle wollte von Corvins Zweifeln nichts wissen. Sie waren hier, um Loun zu retten und die Leere in ihrem Herzen zu füllen, die Raouls Erinnerung hinterlassen hatte.

»Vier zu viel also. Wir gehen rein und suchen die Ebene 4. Wenn wir Loun nicht innerhalb von zehn Minuten finden, verschwinden wir«, sagte Corvin. Er verschränkte die Arme vor der Brust und stellte sich Lior drohend in den Weg.

»Ja, so wie es besprochen wurde«, schnaufte dieser.

»Ich wollte es nur noch einmal klarstellen. Nicht, dass es später zu Missverständnissen kommt.«

Lior stemmte die Hände in die Hüfte. »Ich würde vorschlagen, wir setzen uns langsam in Bewegung.«

»Nach Ihnen!«, erwiderte Corvin mit einer tiefen Verbeugung. Lior rollte die Augen und stapfte durch die Dunkelheit davon.

Die Hintertür lag an der Südseite der Halle, nur wenige Meter von einem Leuchtkegel entfernt.

»Was für eine Verschwendung«, fluchte Lior, als er den großen Scheinwerfer, der die Halle in ein grelles Licht kleidete, näher beäugte. »Jechton geht zugrunde und der Kanzler beleuchtet im Nirgendwo eine Halle. Über das Licht würden sich die Bewohner der 3. Zone wirklich freuen.« Wütend zerrte Lior vergeblich an der Tür.

»Abgeschlossen. Wer hätte das gedacht«, sagte Estelle achselzuckend.

Corvin schob sich an Lior vorbei und untersuchte neugierig die Tür. »Kein Problem«, erwiderte er und zog den Dolch aus der Scheide an seinem Hosenbund.

»Worauf wartest du?« Lior wippte ungeduldig auf den Ballen auf und ab.

»Du bist so eine Nervensäge«, zischte Corvin, während er die Klinge ansetzte.

»Nein. Warte, bis das nächste Frachtschiff abhebt«, flüsterte Estelle und umklammerte seine Hand. »Du wirst viel zu großen Lärm machen.« Ein warmes Kribbeln breitete sich in ihrer Handfläche aus. Entsetzt ließ Estelle los und versteckte ihre zitternden Finger unter ihrem Umhang. Schweigend warteten sie in der Dunkelheit, bis erneut laute Rotorengeräusche zu hören waren.

»Jetzt«, sagte Estelle.

Corvin schob den Dolch in den Türspalt und hob die Angeln mit einer kraftvollen Bewegung aus der Verankerung. »Hab ich's nicht gesagt?«, erwiderte er sichtlich stolz und drückte die ramponierte Tür beiseite.

»Angeber«, raunte Lior.

»Nur kein Neid«, antwortete Corvin schnippisch.

Wachsam schlichen sie in die Halle. Kaum hatten sie die Türschwelle überschritten, blieben sie schlagartig stehen. Eine karge Deckenbeleuchtung brachte sie zum Blinzeln. Sie befanden sich in einer Art Vorraum. An den Wänden hingen blütenweiße Uniformen, klobige Arbeiterschuhe standen akkurat aufgereiht darunter. Die Luft roch scharf nach Desinfektionsmittel.

»Hiervon war keine Rede!«, knurrte Corvin aufgebracht.

Mist. Den Raum hab ich in Raouls Erinnerung nicht gesehen. Vielleicht waren Teile davon doch viel älter?

»Wir müssen zur Ebene 4«, flüsterte Lior ungeduldig und marschierte auf eine weitere verschlossene Tür zu. Langsam drehte er den Türknopf, öffnete sie einen Spaltbreit und lugte mit einem Auge hinein. »Sieht aus wie ein Vorratsraum, in dem gigantische Regale stehen«, wisperte er und winkte Estelle und Corvin hinter sich her.

Ich habe auch keine Regale gesehen. Verdammt.

Angespannt schlichen sie in den angrenzenden Raum. Licht spendete eine Leuchtquelle auf dem Fußboden, die den Untergrund in einem diffusen Eisblau erstrahlen ließ. Regale, die bis unter die Decke reichten, teilten den Raum in mehrere Abschnitte. Lior ging voraus, entzündete seine Petroleumlampe und leuchtete ihnen den Weg. In den Regalen, zu ihrer Rechten, befanden sich seltsam wirkende Geräte sowie einfache ärztliche Hilfsmittel: Stethoskope, Skalpelle, Mullbinden und Kanülen. Estelle bewunderte die altertümlich aussehenden Apparaturen.

Einige Meter weiter enthüllte der Lichtkegel Reagenzgläser neben braunen Flaschen. Im Vorbeigehen las Estelle die Etiketten laut vor: »Zentangallensaft, Zentanhaut.« Fassungslos schnappte sie nach Luft. »Was ist das hier?«, wisperte sie. Lior, der dicht vor ihr lief, blieb unvermittelt stehen. Corvin griff in das Regal zu seiner linken und zog einen gläsernen Zylinder heraus, in dem ein zusammengekrümmter Zentanembryo schwamm.

»Das ist ja schrecklich«, keuchte Estelle.

Der Embryo war in zwei Hälften geteilt, sodass man die winzigen Organe sehen konnte, die schwach im Licht schimmerten. Das Herz hatte einen bläulichen Glanz, der Magen grün, die Nieren gelb und die Leber violett. Jedes Organ in dem leblosen Körper hatte eine andere Färbung. So etwas hatte Estelle nie zuvor gesehen. Corvin drehte das Glas. Je nach Lichteinfall leuchteten die Farben unterschiedlich stark. »Zentan 15368 – gesunder Embryo mit intakten Organen. Nach der Geburt verstorben.«

Lior stand neben Corvin und rührte sich keinen Zentimeter. Seine Gesichtsmuskeln bebten. In Estelle tauchten schlagartig mehrere Gefühle auf: Wut, Trauer, Ekel, Hoffnungslosigkeit. Behutsam stellte Corvin den Embryo zurück. »Lasst uns gehen«, flüsterte er. Ungewohnt einfühlsam legte er Lior die Hand auf den Rücken und schob ihn sanft den Gang entlang. Doch sie kamen nur ein paar Schritte weit, ehe Lior erneut in eine Schockstarre verfiel. In den Regalen stapelten sich unzählige Behälter, voll von Embryonen und bunten Organen. Lior sackte stöhnend zu Boden. Geistesgegenwärtig griff Corvin nach ihm, bevor er hart aufschlug.

»Es sind Hunderte, wenn nicht sogar Tausende«, keuchte

Estelle. Die Organe schimmerten wunderschön und grotesk zugleich. Ein Meer aus Farben, das den Tod mit sich trug.

Warum wurden sie getötet? Kein Wunder, das Raoul verrückt geworden ist.

»Zentan 23589 – Leber wurde abgestoßen. Poröse Gefäße.«

Lior schloss die Augen. Eine Träne rollte aus seinem Augenwinkel und verschwand in seinem dichten Fell. »Die Gerüchte sind wahr. An den Zentan werden Versuche vorgenom-men«, flüsterte er kaum hörbar.

Corvin nickte. »Ich hatte schon länger den Verdacht.«

»Was will er mit den ganzen Organen?«, fragte Estelle aufgewühlt.

»Es hält sich hartnäckig das Gerücht, dass er krank ist«, antwortete Corvin. »Oft sieht man ihn wochenlang nicht. Plötzlich taucht er dann kerngesund auf, stärker denn je. Vielleicht forschen sie an einem Heilmittel? Vielleicht sind die Zentan das Heilmittel?«

»Zentan 1865 – Herz wurde entnommen. Nach sechs Monaten völlige Zersetzung«, las Estelle weiter.

»Was, wenn Loun eine dieser Nummern ist?«

»Das werden wir gleich rausfinden. Laut Raoul befindet sich die 4. Ebene direkt unter uns«, sagte Estelle und holte die Karte, die sie mithilfe seiner Erinnerung angefertigt hatte, aus ihrer Umhangtasche.

Skalpelle. Blut. Ein Schrei. Unbeschreibliche Schmerzen. Eine Fratze tauchte vor ihr auf. Sie lachte und lachte und lachte.

Estelle schüttelte angewidert den Kopf. Raouls Erinnerung war, seit sie sich in der Halle befanden, stärker geworden. Sie hatte immer öfter Schwierigkeiten, sich auf das Hier und Jetzt zu konzentrieren.

»Alles in Ordnung?«, wollte Corvin besorgt wissen. Seine Augen verengten sich zu dünnen Schlitzen.

»Ja, ja. Wir sind hier«, erklärte Estelle hastig. Sie deutete mit dem Finger auf die Mitte der Zeichnung. Corvin sollte ihre Unsicherheit nicht spüren. Wegen ihrer dummen Gefühle waren sie schließlich Lior gefolgt.

»Wir müssen die Halle durchqueren«, erwiderte Corvin, ohne Estelle aus den Augen zu lassen.

Geschwächt saß der Kanzler auf einem gepolsterten Stuhl, umringt von Ärzten, die ihn entgeistert anstarrten. Sein Kopf lehnte schlaff gegen die Rückenlehne. Seine Beine zitterten. Selbst unter größter Konzentration konnte er seine Gliedmaßen nicht unter Kontrolle bringen. Dutzende Schläuche ragten aus kleinen Wunden an seinem Oberkörper. Die Nadeln der vergangenen Anwendungen hatten blaue Flecke auf der aschfahlen Haut seiner Unterarme hinterlassen. Wann hörte der unerträgliche Schmerz endlich auf?

Das knirschende Geräusch von Zahnrädern, die beharrlich aufeinanderrieben, hielt ihn wach. Er wollte auf keinen Fall einschlafen, denn sobald er seine Augen schloss, kamen das Blut und die Chento. Ununterbrochen riefen sie seinen Namen. Nach jeder Operation wurden die Albträume schlimmer. Bald würde die Finsternis seinen Körper und Geist einholen. Er war kein gläubiger Mann und im Angesicht des Todes würde er nicht um Vergebung betteln. Wer sollte ihm auch vergeben? Dort draußen war niemand, der sich um die Anliegen der Verlorenen kümmerte. Er hatte Entscheidungen in seinem Leben getroffen, die weder rückgängig noch entschuldbar waren.

Neben ihm, auf einem Labortisch, befand sich eine silberfarbene Pumpe, so groß wie eine Faust, die sich zischend auf und ab bewegte. Sein Blut gurgelte durch milchige Schläuche und wurde mithilfe der Maschine zur Säuberung in einen sterilen weiß schimmernden Kasten transportiert. Er wusste, dass die quälende Prozedur ihn am Leben hielt. Das Gefühl, dass es zwischen seinen Fingern zerrann, konnte er dennoch nicht abschütteln.

»Gibt es Neuigkeiten?«, brummte er schläfrig.

»Wir finden einfach keine Lösung, wie wir die Organe retten können«, erwiderte Brückner leise. Er stand hinter dem Kanzler und berührte beinahe flüchtig dessen zerwühlte Haare.

»Warum? Habe ich nicht genug Gold für euch?«, brüllte dieser. Eine Welle aus Schmerz schüttelte ihn; erst heiß, dann stechend wie ein Messer, das gnadenlos immer wieder in seine Brust glitt.

Auf seinem Oberkörper klaffte eine wulstige Narbe, die sich vom Brustbein bis zum Unterleib zog. An mehreren Stellen quoll übel riechendes Wundsekret hervor. Ein junger Arzt punktierte behutsam die Narbe und sog die eitrige Flüssigkeit mithilfe einer Spritze auf. Der Kanzler biss die Zähne zusammen und mahlte den unerträglichen Schmerz davon. Wann fand Brückner endlich ein Heilmittel gegen den Zerfall? Wie lange konnte er so überleben?

»Es ist schwierig, weil wir keine Vergleichspatienten haben«, raunte Brückner kaum hörbar.

»Du musst es herausfinden! Die anderen sind alle zu dumm!«, schrie er. Sein Herz pochte vor Wut außer Takt. Das Zischen der Pumpe entwich unkontrolliert, sein Blut gurgelte rasend schnell durch die Schläuche.

»Du ... Sie müssen sich beruhigen, Herr Kanzler!«, ermahnte ihn Brückner mit sanftem Nachdruck.

»Schafft mir eine Lösung her!«, tobte er weiter. Das Gesicht des Kanzlers verzog sich zu einer schmerzverzerrten Fratze. Die Muskeln seiner Oberarme krampften, die Nadeln rissen tiefe Krater in die Haut. Blut floss ungehindert auf das Polster und tropfte auf den spiegel-glatten Boden. Die Narbe platzte unter der Wucht der Anspannung an zwei Stellen auf. Zähflüssiger Eiter rann über seine bebende Brust. Der nahende Tod schlang die Pranken um seinen Hals. Panisch rang der Kanzler nach Luft, doch das Atmen schien plötzlich unmöglich. Bunte Punkte flirrten durch das Zimmer, dann begann die Welt zu verschwimmen. »Ich werde niemals um Vergebung betteln«, brüllte er. »Niemals!«

Augenblicklich tippte Brückner einen vierstelligen Zifferncode in ein Tastenfeld und stoppte die Maschine. »Aurionextrakt wird dir helfen, zu regenerieren.« Zitternd setzte er eine Kanüle an den Arm des Kanzlers und drückte die weiße Flüssigkeit in seinen Blutkreislauf.

»Nein. Das ist widerwärtiges Zeug. Ich will nichts von ihnen in mir.«

Sekunden später löste sich die Verkrampfung. »Sie dürfen sich nicht so aufregen. Wie oft soll ich das denn noch sagen?«, flüsterte Brückner über den Kanzler gebeugt.

Der blickte auf und nickte müde. Allmählich verstand er, warum so viele süchtig danach wurden. Dieses warme Gefühl der Vollkommenheit umnebelte ihn, bis eine bleischwere Müdigkeit seine Sinne raubte und ihn in einen traumlosen Schlaf verbannte.

Ratternd sprang die Pumpe wieder an. Brückner atmete tief ein und schloss für einen Augenblick die Lider. »Schmid, Sie fliegen nach Yanok in die Zuchtstation und kümmern sich darum, dass die neue Testreihe beginnt. Der Kanzler wird bald ein Herz benötigen. Die Nieren werden wohl noch eine Weile ihre Arbeit leisten«, erklärte Brückner und schickte die Männer mit einer Handbewegung fort. »Was macht dich so anders? Warum kann ich dich nicht heilen?«, flüsterte Brückner. Behutsam strich er dem Kanzler eine schweißnasse Haarsträhne aus dem Gesicht. »Vielleicht sollte ich dich einfach sterben lassen?«

Corvin nahm Lior wortlos die Lampe ab. Mit der freien Hand packte er den Zentan am Kragen und zog ihn nach oben auf die wackeligen Beine. Estelle hakte sich sofort bei Lior unter. Der Zentan fixierte, während er vorwärts taumelte, den bläulich schimmernden Boden. Seine Hände waren zu Fäusten geballt, sein Gesicht glich einer verzerrten Maske.

Estelles Blick hingegen schweifte suchend umher. Die Regale schienen kein Ende zu nehmen. Tausende Organe waren in Flüssigkeit eingelegt: blaue, grüne, rote, gelbe.

Sie konnte es noch immer nicht fassen.

Die Halle war wie eine Bibliothek in alphabetische Abschnitte unterteilt. Nach jeweils drei Metern folgte ein Durchgang, der rechts und links in einen anderen Abschnitt führte. Sie liefen durch den Abschnitt F, geradeaus, um die Halle zu durchqueren.

Mehrere Augenblicke später stoppte Corvin und hob die Hand. Im Lichtkegel erkannten sie eine Tafel, die neben einer silbernen Stahltür hing.

Ebene 5: Depot

Ebene 4: Zuchtstation

Ebene 3: Extraktion

Ebene 2: Isolierstation

Ebene 1: Regenerierung

Das liest sich wie in einem Horrorfilm.

»Extraktion? Zuchtstation? Das hört sich furchtbar an«, flüsterte sie und schaute Corvin an. Der erwiderte kurz ihren Blick. Seit dem leidenschaftlichen Kuss hinter Liors Haus hatten sie sich nichts mehr zu sagen. Sie hatte ihn einen Endora genannt und ihn wieder und wieder abgewiesen. Jetzt bekam sie seine Abweisung zu spüren. Und die brannte wie Feuer in ihrem Inneren. Doch es war genau das, was sie wollte – kein Kontakt zu einem Süchtigen. Warum tat es dann so weh?

Corvin öffnete lautlos die Tür und warf einen prüfenden Blick in das hell erleuchtete Treppenhaus. »Die Ebene 4 muss einen Stock unter uns sein«, wisperte Estelle. Corvin nickte. Er trat in das stillliegende Treppenhaus, löschte die Petroleumlampe und verstaute sie in Liors Tasche, der noch immer apathisch neben Estelle ausharrte. »Kommt schnell«, sagte er und ging voraus.

Lior verlor nicht ein Wort über den Machtwechsel in der Gruppe. Er schien meilenweit entfernt. In einer anderen Welt; zu der niemand Zugang hatte.

Estelle blickte über das Treppengeländer in die Tiefe. Von außen sah das Gebäude aus wie eine ebenerdige Lagerhalle. In Wirklichkeit war es ein unterirdisches Gebilde, das geradewegs in die Hölle führte.

Corvin hastete die Treppen nach unten, er zögerte keine Sekunde. Estelle wusste, dass sie im Treppenhaus ungeschützt waren. Wenn sie entdeckt wurden, gab es nur die eine Fluchtmöglichkeit: zurück. Doch was, wenn die Angreifer von oben kamen? Wohin sollten sie dann fliehen? Angespannt biss sie sich auf die Unterlippe und folgte ihm. Ihr Herz pochte wie wild, als sie eine Stufe nach der anderen nahm. War es vielleicht doch ein Fehler gewesen? Hatte sie sich von falschen Gefühlen leiten lassen? Corvins Zweifel waren nicht kaltherzig, sondern mit Verstand gewählt.

Hoffentlich kommen wir hier lebend wieder raus.

»Ebene 4«, fauchte Lior und sprang mit einem Satz zu der wuchtigen Stahltüre, die am Treppenabsatz auftauchte.

»Ebene 4: Zuchtstation«, prangte in schwarzen Buchstaben darüber.

»Geh hinter Corvin«, zischte er Estelle an. Schlagartig hatte Lior seine Kraft und seinen Willen wiedergefunden. »Du passt auf sie auf, wenn wir da reingehen.«

Corvin verzog seinen Mund zu einem schiefen Grinsen. »Jawohl Kommandant«, konterte er und salutierte vor dem Katzenmann. »Jetzt beweg dich endlich. Wir haben zehn Minuten gesagt.«

Lior schnaufte genervt, öffnete im selben Moment aber die Tür einen Spaltbreit. »Die Luft ist rein«, flüsterte er und trat ein.

Vor ihnen tat sich ein schlauchartiger Raum auf. Der Boden

war spiegelglatt und die Deckenbeleuchtung so grell, dass Estelle instinktiv die Augen zusammenkniff. »Aua!«

Corvin zuckte als Erster zusammen. »Das ist krank!«

Ach du Scheiße!

Estelle schüttelte sprachlos den Kopf.

Das kann nicht wahr sein. Das darf nicht wahr sein! Daher war Raouls Erinnerung so zerstört.

Zu beiden Seiten standen Glaskästen, in denen Zentan saßen oder zusammengekauert lagen. Müde Augen starrten sie teilnahmslos an. Seelenlose Hüllen, die auf ihre Existenz reduziert waren. Lior sackte erneut auf die Knie und stützte sich auf den Händen ab. Ein quälender Laut, der wie ein Messer in Estelles Herz schnitt, entfuhr aus seiner Kehle.

»Verdammt! Sei leise!« Corvin zog ihn fluchend mit einem Ruck wieder nach oben. »Wir haben keine Zeit für Schwäche. Verstanden? Du wolltest deinen Sohn finden, also reiß dich zusammen.«

Lior sah ihn ausdruckslos an. »Was für ein Monster tut so etwas?«, keuchte er. »Hast du das in Raouls Erinnerung gesehen?«

Estelle schüttelte den Kopf. »Raouls Erinnerung war diffus. Ich habe Gefühlsfetzen wahrgenommen und vereinzelte Bilder. Ich hätte nie gedacht ... Ich wollte ...«

»Du wolltest ihn unbedingt finden«, presste Lior hervor. »Weil du ihn liebst.«

Estelle nickte.

»Jetzt mal nicht schlappmachen, alter Mann.« Corvin lockerte den Griff erst, als er sicher war, dass Lior sich wieder unter Kontrolle hatte und aufrecht stehen konnte. »Wenn das Bürschchen recht hat, dann haben wir keinen blassen Schimmer, was überhaupt an der Erinnerung echt war!«, knurrte er. »Ich hab gleich gewusst, dass etwas schiefläuft.«

»Es war echt. Wir haben es schließlich bis hierher geschafft«, erwiderte sie beleidigt. Unruhig wanderte ihr Blick zwischen den Glaskästen umher. Als wären Liors Gefühle nicht schon quälend genug, traf sie der Schmerz der Zentan unmittelbar wie ein Faustschlag. Sie krümmte sich und schlang die Arme schützend um ihren Oberkörper. Ihr Innerstes stand in Flammen und ihr Kopf pulsierte. Eine Welle der Lethargie durchzuckte sie, gefolgt von tiefschwarzer Verzweiflung.

Oh Gott Peter. Nein!

»Ich glaube ... Peter ... Peter ist tot. Sie haben meinen Vater umgebracht«, keuchte sie nach Luft ringend. Sie spürte den Verlust so deutlich, dass sie leise aufheulte.

»Estelle, was ist los?« Lior packte ihre Arme und schüttelte sie heftig.

»Was wohl! Die Umgebung ist Gift für sie. Wir müssen uns beeilen«, zischte Corvin und zog Estelle näher zu sich heran.

Perplex schüttelte sie seinen Arm ab, der sich um ihren Oberkörper schlang.

Du machst mich wahnsinnig! Dein Vater lebt! Du fühlst den Schmerz und den Verlust der Zentan. Hör auf, ihnen in die Augen zu sehen.

Panisch richtete sie ihren Blick auf den Boden. Sofort flutete Erleichterung ihren Verstand.

Corvin hat recht. Peter ist zu Hause, wie sollte er hierherkommen? Danke ... Danke ... Danke.

Natürlich hab ich recht. Ich bin schließlich in dieser Welt aufgewachsen.

Die gläsernen Gefängniszellen spiegelten sich in dem blank polierten Boden. Doch die schattenhaften Umrisse der Zentan konnten ihr nichts mehr anhaben.

Lior schlang seinen Arm um ihre Taille, während er langsam vorwärtsging. Sein Kopf schnellte bei jedem Glaskasten, an dem sie vorbeikamen, nach rechts und links. »Bitte! Bitte! Bitte!«, flüsterte er heiser.

»Siehst du irgendwo deinen Sohn?«, fragte Corvin, der vor ihnen lief.

Lior schüttelte den Kopf.

»Wir sind schon viel zu lange hier.«

»Lasst uns noch ein Stück weitergehen.« Lior klang mittlerweile flehend.

Corvin nickte widerwillig. »Fünf Minuten. Dann verschwinden wir aus diesem Albtraum.«

Estelle glaubte selbst nicht mehr an ein Wunder, als Lior stehen blieb. »Loun«, flüsterte er mit bebender Stimme.

Sie wagte einen kurzen Blick. Ein junger Zentan kauerte zusammengerollt in der Ecke eines Glaskastens. Sein braunes Rückenfell war entfernt worden und entblößte eine rosafarbene Narbe. Er zitterte, seine Brust hob und senkte sich nur schwach. Estelle erkannte ihn sofort. »Loun«, keuchte sie. Ihr Herz machte vor Aufregung Purzelbäume.

Gott sei Dank haben wir ihn gefunden.

»Loun!«, rief Lior überschwänglich.

»Sei leise! Oder willst du uns umbringen?«, zischte Corvin.

»Was um alles in der Welt haben sie mit ihm gemacht?«, wisperte Estelle erstickt. Corvin strich ihr flüchtig über die Wange und wischte eine einzelne Träne fort.

Wenigstens bekommt einer das, was er sich wünscht.

Estelle schoss direkt das Blut in den Kopf. Corvin zog schnaufend die Hand zurück und drehte ihr den Rücken zu. Prompt umschlang sie ein eisig kalter Luftzug.

»Loun, hörst du? Ich bin es.« Lior kniete vor der Zelle. Vorsichtig berührte er das Glas, das ihn von seinem Sohn trennte. Dieser öffnete müde die Augenlider und sah seinen Vater verwundert an.

»Er erkennt dich nicht mehr«, sagte Corvin und griff nach Liors Umhang. »Er war damals ein Kind ... Es ist zu lange her ... Verschwinden wir, bevor man uns erwischt.«

»Nimm deine Finger weg«, fuhr Lior ihn an. »Du kannst es vielleicht nicht verstehen, aber er ist mein Leben. Ohne ihn gehe ich nirgends hin.«

Corvin riss die Hände in die Luft und starrte ihn wütend an. »Ich verstehe dich besser, als du denkst. Doch mit deinem

Rumgeschreie bringst du uns noch alle um!«, knurrte er.

»Lior, schau«, flüsterte Estelle, die Loun beobachtet hatte. Ein erschöpftes Lächeln huschte über sein Gesicht. »Paps?«, keuchte er entkräftet. Das dicke Glas dämpfte seine flatternde Stimme zusätzlich.

»Verdammt«, murmelte Corvin.

Geschlossen rückten sie ein Stück näher.

»Bist du echt?«

»Ja, ich bin hier. Ich war in Jechton und habe dich und deine Mutter gesucht. Ich hab euch nicht im Stich gelassen!«

Loun nickte schwach. »Ich weiß, Paps.« Lior strich mit den Fingern sanft über das Glas. Die beiden zu sehen, brach Estelle beinahe das Herz. Erneut brannten Tränen in ihren Augen, doch sie kämpfte sie tapfer zurück.

»Was haben sie dir angetan?« Wütend fletschte Lior die Zähne. »Wo ist deine Mutter?«

»Sie trennten uns, als wir in den Frachter ...«, Loun schnaufte nach Luft. »Sie schneiden uns auf. Immer und immer wieder. Bis wir sterben oder zu alt sind. Ich bin auch bald dran. Dann bringen sie mich weg.«

Estelle würgte trocken.

Ich hasse den Kanzler. Ich hasse ihn!

»Zuchtstation«, murmelte Corvin.

»Was?«, keuchte Estelle angewidert.

Ein verwunderter Ausdruck lag auf seinem Gesicht. »Sie züchten Organe. Schau dich um. Dutzende Zentan liegen in diesen Kästen. Sie entnehmen ihnen nicht einfach nur die vorhandenen Organe, sie züchten sie nach. Daher die vielen Glasbehälter und die furchtbaren Narben.« Corvins Hand wanderte zu seinem Mund. Entsetzt drehte er sich im Kreis; sein Blick streifte über die Zentan, die verletzt in den Gefängnissen kauerten, und endete bei Estelle. Für den Bruchteil einer Sekunde konnte sie ihn vollkommen lesen. Die Schutzschilde, die ihn sonst ummauerten, waren inaktiv. Meerestiefe Abgründe voller Schmerz brachen auf und versiegten einen Atemzug später wieder in der Dunkelheit. Corvin schüttelte entgeistert den Kopf.

»Es stimmt«, röchelte Loun. »Die Ärzte haben uns irgendwie verändert, bevor sie uns aufgeschnitten haben.«

»Loun, ich hole dich nach Hause.« Krachend flogen Liors Fäuste gegen das Glas, welches seine verzweifelten Versuche lediglich mit einem leisen Vibrieren quittierte. »Warum bricht es nicht?«, keuchte er. Ununterbrochen prügelte er auf den Kasten ein. Seine Knochen knirschten bedenklich unter der Wucht der Schläge.

Corvin packte Lior am Kragen seines Umhanges. »Hör auf. Du bist zu laut!« Forschend tastete er die unbeschädigte Oberfläche ab und sah Estelle stirnrunzelnd an.

»Panzerglas«, antwortete sie.

»Panzerglas?«, wiederholte Lior verwirrt.

»Das stammt aus meiner Welt, es ist unzerstörbar. Es ist extra dafür gemacht, dass niemand rein oder raus kommt, der keinen Schlüssel hat.«

Liors Gesichtszüge wurden hart. Er trat einen Schritt zurück, nahm Anlauf und sprang gegen die Glasscheibe. Der Aufprall war dumpf und schmerzvoll. Estelle zuckte zusammen, als er stöhnend zu Boden fiel.

»Es ist vorbei«, sagte sie resigniert. Sie hatten es versucht und waren gescheitert.

Wir werden ihn niemals dort rausbekommen.

Loun schleppte sich an die Scheibe und lächelte entkräftet. »Schon in Ordnung, Paps!« Lior fauchte kraftlos. Sein Körper zitterte unkontrolliert, während er die aufsteigenden Tränen zurückhielt.

Nichts ist in Ordnung!

Gedämpft drangen Stimmen durch eine zweite Tür am Ende des Raumes.

»Da draußen ist jemand.« Corvin fuhr erschrocken herum. »Ich hab gesagt, du bist zu laut.«

»Lior, wie müssen gehen.« Sanft strich Estelle ihrem Freund

über den bebenden Rücken. »Wenn wir Zuria befreien, können wir ihn retten.«

»Nein! Ich bleibe«, antwortete er; seinen Blick dabei stur auf Loun gerichtet.

»Was?«, keuchte Estelle. Geschockt taumelte sie zurück.

»Ich lasse ihn nie wieder im Stich.«

»Wir lassen dich auf keinen Fall hier.« Corvin packte Lior und zerrte ihn schroff Richtung Ausgang. Der Katzenmann fauchte, riss Corvin beinahe von den Füßen und drückte ihn gegen eine Glasscheibe, hinter der ein Zentan leblos am Boden lag. Bevor Corvin auch nur daran denken konnte, sich zur Wehr zu setzen, presste ihm Lior den Arm an die Kehle. »Ich bin bloß ein Zentan, der die ganze Zeit seine Familie retten wollte. Ihr könnt das Schicksal von Jarundo sein. Ich hätte niemals zulassen dürfen, dass ihr mir hierher folgt. Ich war selbstsüchtig. Loun ist mein Gegenstück, mein Leben und vielleicht mein Tod. Ich habe ihn einmal im Stich gelassen, das werde ich nie wieder tun. Du bist stark! In den Bergen hast du gezeigt, was in dir steckt. Du allein kannst sie beschützen. Wenn ihr Zuria nicht findet oder es zu spät ist, taucht unter. Lebt die Zeit, die euch gegeben ist, im Einklang. Sie muss dein Leben sein.«

Corvin starrte mit weit aufgerissenen Augen in das Gesicht des Katzenmannes. Dann nickte er mechanisch. Lior lockerte den Griff und zog ihn in eine innige Umarmung. Estelle stand zitternd in der Mitte des Raumes, ungläubig beobachtete sie das Geschehen.

Das ist sein Todesurteil! Er wird sterben, wenn wir ihn zurücklassen.

»Geht jetzt!«, fauchte Lior. »Gib weiterhin auf sie acht. Ehre sie und beweis der Welt, dass nicht alle Sarafin Monster sind.«

»Nein!« Wütend trat Estelle gegen die Glasscheibe, hinter der Loun lag. Lior stürzte sich auf sie und schloss sie in die Arme.

Wutschnaubend strampelte Estelle mit den Beinen. »Du bist so selbstsüchtig! Ich hasse dich!«, keuchte sie atemlos. »Du musst uns helfen! Wir sind ein Team.«

Lior ließ nicht zu, dass sie sich befreite. »Es tut mir leid. Aber er wird dich so oder so mitnehmen. Niemals wird er dich hierlassen. Finde deine Mutter und rettet gemeinsam Jarundo«, flüsterte er ihr ins Ohr. »Geh, kleiner Aurion! Geh!« Lior löste die Umklammerung, drehte Estelle zu sich herum und blickte ihr in die Augen. Sie wusste, warum er das tat. In seinen Augen sah sie den Seelenfrieden, den er all die Jahre gesucht hatte. Der Tod war ihm gleichgültig. Er hatte seinen Sohn gefunden. Was konnte sie dagegen tun oder sagen? Kein Argument der Welt würde ihn davon abhalten, bei Loun zu bleiben.

Die Geräusche, die durch die Tür drangen, schwollen zu einem lauten Stimmengewirr an.

»Hasse mich nicht.«

Estelle nickte schlapp. Sie fühlte seine weichen Fingerkuppen an ihrer Stirn. »Wusstest du, dass die Zentan ihren Kindern als Liebesbeweis über die Stirn streichen?«

Ein unkontrolliertes Schluchzen verließ ihren Körper. »Ich will dich nicht hierlassen.« Der Verlust schmerzte so sehr, dass es Estelle schwindelig wurde.

»Geht jetzt«, bat Lior Corvin erneut.

»Nein!« Estelle faltete ihre Hände zu einer bittenden Geste, doch Lior wich einen Schritt zurück.

»Alle Wachposten in den Sicherheitsbereich 4!«, hallte eine knackende Lautsprecherdurchsage von den Wänden wider.

»Scheiße!«, fluchte Corvin.

Estelle versuchte, loszulaufen, ihre Beine fühlten sich jedoch wie Pudding an. Bevor sie zusammenbrach, packte Corvin ihren Arm und schleifte sie panisch Richtung Treppenhaus. »Wir müssen hier raus!«

»Lauft!«, brüllte Lior, als die Tür auf der gegenüberliegenden Seite aufgestoßen wurde. Drei wuchtig aussehende Männer in schwarzer Kleidung stürmten den Raum.

»Lauft!«

Benommen stolperte Estelle hinter Corvin her. Lior setzte sich währenddessen in aller Ruhe zu seinem Sohn auf den Boden. Loun lächelte schwach, aber glücklich. Niemals wieder würde sie seinen Geruch riechen, sein Lachen hören oder sein weiches Fell unter ihren Fingern spüren. Es war vorbei.

»Halt!«, schrie einer der Wachmänner. »Stehen bleiben oder ich schieße.«

Estelle drehte sich ein letztes Mal um und sah, wie zwei der Wachmänner über Lior herfielen. An ihren Gürteln hingen Schusswaffen, Schlagstöcke und Elektroschocker. Keine Degen wie bei den Reichssoldaten. Blaue Blitze durchzuckten sekundenlang den Raum, es roch nach verbranntem Fleisch. Liors Schreie übertönten das laute Surren der Elektrizität. Er zeigte keinerlei Gegenwehr, sondern fixierte allein seinen tot geglaubten Sohn.

Ich werde dich vermissen. Wie sehen uns in einem anderen Leben.

Estelle taumelte in das hell erleuchtete Treppenhaus. Getrieben von Corvin, der ihr dicht folgte, hastete sie die Stufen nach oben. »Lauf Estelle!«, brüllte er unaufhörlich.

»Ich kann nicht so schnell«, keuchte sie. Das Treppenhaus verschwamm hinter einem Schleier aus Tränen. Sie hörte Lior unter dem unerträglichen Surren der Stromschläge fauchen. Eine Tür wurde geöffnet und fiel krachend ins Schloss. »Stehen bleiben!«, bellte eine tiefe Männerstimme. »Stehen bleiben oder ich schieße!«

Ich hätte Raouls seltsame Erinnerung nicht ignorieren dürfen. Es war viel zu gefährlich. Jetzt werden wegen mir alle sterben.

»Sie kriegen uns«, kreischte Estelle. »Geh ohne mich. Bitte geh ohne mich«, weinte sie, als die Schritte immer näher kamen.

»Niemals! Hör auf zu heulen und beweg deinen Arsch!«, knurrte Corvin und riss die Tür zur Lagerhalle auf. Wütend stieß er sie hindurch. »Du willst es nicht verstehen, oder?« Forsch packte er Estelles Handgelenk und zerrte sie wie eine Puppe hinter sich her. »Wir gehen zusammen oder wir sterben zusammen! Verstanden?«

Estelle nickte. »Verstanden«, stammelte sie. Gehetzt rannten sie den Abschnitt entlang, aus dem sie gekommen waren. Drei Sicherheitsmänner stürmten mit gezogenen Pistolen hinter ihnen aus dem Treppenhaus.

Corvin scherte überraschend nach rechts und zog Estelle in den angrenzenden Abschnitt. »Scheiße! Wir sitzen in der Falle!«, presste er hervor. »Wir können nicht raus, ohne dass sie uns sehen. Die beschissene Tür, durch die wir rauskommen, befindet sich im Abschnitt F. Wenn sie etwas Grips in der Birne haben, warten sie einfach an der Tür auf uns.« Hektisch schritt er auf und ab. Seine Zähne mahlten ungeduldig aufeinander. »Logisch denken ... Es muss eine Lösung geben ...« Angespannt raufte er sich die Haare, dann blieb er schlagartig stehen und sah sie grinsend an. »Ich habe eine Idee! Wenn wir das Regal umstoßen, gewinnen wir vielleicht ein bisschen Zeit.«

Panisch rang Estelle nach Luft. »Aber ...«

»Nichts aber. Wir versperren ihnen den Weg. Los hilf mir.« Corvin stemmte seine Hände gegen das hohe Regal, das sie von Abschnitt F trennte. »Bei drei schiebst du so stark, du kannst«, wies er Estelle an.

»Okay«, stammelte sie verwirrt.

»1 – 2 – 3!«

Mit aller Kraft schob Estelle ihren Körper gegen das kalte Metall. Sie spürte die Anwe-senheit der Männer, wütend rannten sie den Gang auf der anderen Seite entlang. »Sie kom-men«, keuchte sie.

Das Regal begann, unter dem Druck langsam zu kippen. Corvin trat einen Schritt zurück, nahm Anlauf und brachte das Regal mit einem kräftigen Stoß zum Fallen. Krachend schlug es auf das gegenüberliegende auf und löste damit eine Kettenreaktion aus. Sämtliche Regale im hinteren Teil der Halle erzitterten. Ohrenbetäubend fielen sie wie ein Kartenhaus in sich zusammen. Die Regalbretter wurden durch die Wucht des Aufpralls aus ihrer Verankerung gerissen. Die Glasbehälter barsten wie Bomben; ihr Inhalt ergoss sich über den blau beleuchteten Untergrund.

Binnen Sekunden waren Estelles Socken von einer geleeartigen Flüssigkeit durchtränkt. Ein schmerzverzerrter Schrei ließ Estelle zusammenzucken.

»Volltreffer«, lachte Corvin.

»Verdammte Scheiße. Diese Bazillen holen wir uns«, brüllte ein anderer Mann.

»Das wird sie leider nicht lange aufhalten.« Corvin packte Estelles Arm und zerrte sie ruckartig weiter. Estelle geriet ins Straucheln. Ihre durchnässten Socken fanden auf dem glitschigen Boden keinen Halt mehr. Laut stöhnend schlug sie auf dem Boden auf. Ihre Hand landete zu ihrem Entsetzen auf etwas Weichem.

Corvin blieb sofort stehen und beugte sich nach unten, um ihr auf die Beine zu helfen. »Ist dir was passiert?«

Ungläubig schüttelte Estelle den Kopf, als sie auf ihre Hand blickte. »Igitt, igitt, igitt«, weinte sie auf. Überall auf dem Boden lagen die Organe der Zentan. Sie war direkt auf einem blauen Herzen gelandet. Würgend wischte sie ihre Finger immer wieder an ihrem Kleid ab, das durch die geleeartige Flüssigkeit bereits klatschnass war. »Das ist zu viel. Es geht nicht mehr. Ich will heim oder sterben.«

Lior wird sterben. Ich fühle es. Ich fühle alles. Selbst die Toten kann ich spüren. Es sind so viele. Niemand hat mir gesagt, dass es so schlimm wird, wenn meine Gabe erwacht. Die Chento sind ein Witz dagegen. Es ist vorbei. Das war's, ich ergebe mich einfach.

Corvin entfuhr ein wütendes Knurren. Bestimmend hob er ihr Kinn an und sah Estelle in die Augen. »Sieh mich an. Nur mich! Wir beide werden hier rauskommen und wenn es das Letzte ist, was ich tue. Du wirst jetzt ganz langsam aufstehen und dann werden wir uns verpissen. Verstanden?«

In seinem Blick war keine Spur von Angst oder Zweifel zu finden. Zitternd atmete Estelle ein. Sofort veränderte sich etwas in ihr. Die Angst wich einem Gefühl von Stärke.

Okay! Ich muss mich zusammenreißen. Lior ist verloren! Wir sind

*am Leben. Wir können es schaffen. Mein Leben darf auf keinen Fall so
zu Ende gehen.*

*Endlich scheinst du es zu verstehen. Du bist das Gefühl, ich die Kraft.
Nimm meine Stärke an. Hör auf, dich dagegen zu wehren.*

Mit seiner Hand an ihrem Kinn erhob sich Corvin vorsichtig
und zog Estelle sanft mit sich. »Nicht nach unten sehen. Du behältst deinen Kopf schön oben.«

Keuchend nickte sie. Sie blendete ihre Gefühle vollkommen
aus und nahm Corvins Mut und seine Stärke an. Es fühlte sich
eigenartig an, denn sie spürte, dass die Gefühle ihren Ursprung
nicht in ihrem Geist hatten. Und doch waren sie in ihr.

Wow! Es fühlt sich vertraut und gleichzeitig fremd an.

*Ich weiß. Darüber können wir gern ein anderes Mal philosophieren.
Jetzt müssen wir hier raus.*

Corvin ergriff Estelles Hand, drückte sie zweimal und rannte mit ihr Richtung Ausgang. Kurz vor ihrem Ziel wurden die
Stimmen hinter ihnen erneut lauter. »Ich sehe sie! Sie sind im Abschnitt E. Umzingelt sie!«

Corvin sprang bei der nächsten Abzweigung in den gegenüberliegenden Gang. »Die Tür ist nicht mehr weit entfernt. Sobald wir draußen sind, wird es einfacher. Die Dunkelheit ist heute unser Freund. Nur, wie schütteln wir sie ab?«

»Wir müssen sie ablenken«, erwiderte Estelle. Sie räusperte
sich, um das letzte Zittern ihrer Stimme abzuschütteln.

Stirnrunzelnd sah Corvin sie an. »Wie?«, hauchte er und
schaute zwischen den Regalböden hindurch. »Sie schleichen den
Gang entlang. In ein paar Augenblicken sind sie direkt neben
uns.« Corvin fuhr sich mit der flachen Hand über die schweißnasse Stirn.

»Ich hab eine Idee. Vielleicht können wir sie damit aufhalten.«
Estelle griff in ihre Umhangtasche und fischte eine Handvoll Diamanten heraus. »Wir könnten sie bestechen. In meiner Welt sind
sehr viele Menschen käuflich.«

Abwehrend schüttelte er den Kopf und schob ihre Hand

zurück. »Lass mich das machen«, raunte er. Mühsam zog er ein braunes Fläschchen aus seiner Tasche. »Wenn sie etwas wirklich wollen, dann das hier!« Mit einem ploppenden Geräusch landete der Deckel auf dem Boden. Die Schritte auf dem Nachbargang verstummten augenblicklich. Estelle hielt gespannt den Atem an. Was hatte er vor?

»Ich hab was für euch!«, brüllte Corvin. Unvermittelt machte er einen Schritt nach vorn und riss seine Hand in die Luft.

»Nein!«, kreischte Estelle. Ein ohrenbetäubender Knall durchfuhr die Halle. Corvin stöhnte herzzerreißend auf und sackte in sich zusammen. Seine Hände umklammerten panisch seinen Bauch. Weiße Pillen flogen durch die Luft und prasselten zu Boden.

Aroun.

»Corvin!«

Estelle sprang aus ihrem Versteck und stützte Corvin, der auf den Knien langsam seitwärts kippte. Mit aller Kraft zog sie ihn aus der Schusslinie hinter das Regal.

»Was war das?«, keuchte er.

»Wurdest du getroffen?«, wimmerte Estelle.

Starr vor Schreck sah er sie an. »Es brennt am Bauch.« Blut quoll zwischen seinen Fingern hervor.

»Oh Gott! Du wurdest angeschossen. Wir müssen hier raus, bevor es zu spät ist.« Estelle drückte ihre Hände auf seine zitternden Finger. »Du musst ganz fest draufdrücken.«

»Was war das?«

»Sie haben auf dich geschossen.«

Corvin blickte auf seine blutverschmierten Hände. »Die verbotenen Waffen des Kanzlers?«, murmelte er verwirrt. Estelle nickte benommen.

Nein! Nein! Nein! Nicht er.

»Corvin, wir müssen wirklich raus hier.«

Mit weit aufgerissenen Augen sah der Sarafin sie an. »Warte, Bürschchen, sie werden gleich abgelenkt sein. Hörst du das

Rascheln?«

Estelle lauschte in die Stille. Sie hörte Corvins Atem, der rasselnd seinen Körper verließ und sämtliche Geräusche verschlang. Angespannt rückte sie auf ihren Knien ein Stück nach vorn und schielte auf den Gang. Einer der Männer kniete auf dem Boden und leckte an einer der Pillen. Als er erkannte, was in der Dunkelheit lag, begann er das Aroun aufzulesen. Wahnhaft wischte er in großen Handbewegungen über den Boden und kickte dabei ein Organ achtlos zur Seite.

»Woher wusstest du, dass sie Aroun wollen?«, flüsterte Estelle.

»Ich erkenne andere Süchtige sofort.« Corvin lehnte sich gegen das Regal. Sein Gesicht war schmerzverzerrt.

Ein weiterer Knall durchbohrte die gruselige Stille. Ein kurzer Schrei entfuhr Estelle. Corvin legte ihr den Zeigefinger auf den Mund. »Schttt ... Es geht los«, sagte er und zog seine Hand zurück. Ein sanftes Kribbeln und der metallische Geschmack von Blut blieben an ihren Lippen hängen.

»Was ist passiert?«, wisperte er.

Estelle schielte vorsichtig auf den benachbarten Gang. Einer der Männer lag mit einer Schusswunde am Hinterkopf auf dem Boden. Blut, Knochensplitter und Gehirnmasse klebten an den stehen gebliebenen Regalpfosten direkt neben ihm. Langsam vermischte sich die blutige Masse mit der geleeartigen Substanz, die sich über den Boden wälzte. »Er wurde umgebracht«, keuchte sie.

Corvin nickte wissend. »Das, was dort liegt, ist beinahe unbezahlbar. In den letzten Wochen wurde das Aroun knapp. Sie haben wohl schon länger keine Ration mehr bekommen. Den fahrigen Blick kenne ich.«

»Jetzt sind es noch zwei«, flüsterte sie.

»Noch!«, sagte Corvin und rückte ein Stück näher zu ihr heran.

»Du darfst jetzt nicht schlappmachen«, presste Estelle hervor, während sie Corvins Arm über ihre Schulter legte.

»Ich lass dich auf keinen Fall im Stich, Bürschchen«, schnaufte er ihr ins Ohr. »Niemals. Ich hab's dem Zentan versprochen.« Langsam erhob sich Estelle und zog Corvin mit sich.

Er ist so schwer!

Gemeinsam humpelten sie den Gang entlang. Hinter ihnen stritten die übrig gebliebenen Männer um das Aroun. Fäuste trafen knirschend auf Knochen. Dann knallte es ein weiteres Mal. Gurgelnd bettelte der Sterbende um das Aroun. Das wischende Geräusch, mit dem der verbliebene Wachmann die Pillen aufsammelte, verfolgte sie durch den gesamten Abschnitt F.

»Du bist stark, Aurionmädchen.« Corvin verzog den Mund zu einem gequälten Lächeln, als sie die Tür in den kleinen Vorraum aufstemmte.

Estelle stützte sich mit der freien Hand an der Wand ab und sah zu der ausgehebelten Tür, die sie in die Dunkelheit führte.

»Nach Yanok zurück schaffen wir es nicht«, keuchte sie.

»Alle verfügbaren Kräfte in die Halle. Ich wiederhole: alle Sicherheitskräfte in die Halle. Flüchtige!«

»In Raouls Erinnerung waren nur vier Wachposten. Er war also schon nicht mehr bei Verstand«, knurrte Corvin wütend. »Ich hab es gewusst!«

Raoul war jahrelang eingesperrt gewesen. Die andauernde Folter hatte seinen Geist vollkommen zerstört. Sie hatte es geahnt und Lior zuliebe geschwiegen.

Es ist meine Schuld.

»Tut mir leid«, flüsterte sie gepresst.

»Ich weiß«, antwortete er knapp.

Und hör auf, dich schuldig zu fühlen. Ich hab die Bilder in deiner Erinnerung gesehen und meine Klappe gehalten, weil ich gespürt habe, wie wichtig es dir ist. Du hast im Grunde wie ein Aurion gehandelt. Ich hätte dich vor alle dem hier beschützen müssen. Wenn einer schuldig ist, dann ich. Ich hätte mit Lior allein in die Halle gehen sollen. Mit oder ohne Erinnerung. Denn Loun retten zu wollen, war die einzig richtige Entscheidung.

»Du wolltest ...«

»Für wie abgebrüht hältst du mich? Lior ist eine furchtbare Nervensäge, aber ich hätte ihm die Bitte niemals abschlagen können. Schon gar nicht, wenn du dafür in Yanok geblieben wärst. Was ich gehofft hatte.«

Estelle biss die Zähne zusammen und schleppte Corvin stöhnend zur Tür. Er torkelte mittlerweile bei jedem Schritt. Sein ganzes Gewicht lag auf ihrer Schulter. Lange würde sie das nicht durchhalten.

Die Finsternis verschluckte sie, kaum hatten sie einen Fuß ins Freie gesetzt. In der Ferne flackerten die zertrümmerten Umrisse der Stadt auf. »Wir müssen uns in der Dunkelheit verstecken und darauf hoffen, dass sie uns nicht finden.« Corvin zeigte Richtung Westen. »Hinter die Halle. Jeder wird denken, dass wir nach Yanok unterwegs sind.«

»Okay. Ich brauche aber deine Hilfe. Du bist verdammt schwer.«

»Das kommt von meinen stahlharten Muskeln«, keuchte er grinsend.

Estelle verdrehte die Augen. »Womit habe ich das verdient.«

Er darf nicht sterben. Dann bin ich ganz allein.

»Komm schon, Bürschchen.« Corvin verlagerte stöhnend das Gewicht auf sein linkes Bein. Sein Gesicht verzerrte sich zu einer furchtbaren Fratze. Sofort spürte Estelle die Er-leichterung. Keuchend torkelten sie gemeinsam bis zum äußeren Rand der Südseite. Wachsam blickte Estelle um die Ecke zur Westseite der Halle, ihr Herzschlag dröhnte in ihren Ohren. In der Dunkelheit lagen zwei große Schiffe auf der Steppe.

Wow! Die sind riesig.

Bisher hatte sie keine Frachtschiffe aus der Nähe gesehen. Der Rumpf sah wie bei einem gewöhnlichen Schiff aus, das sich auf der Wasseroberfläche bewegte. Doch die Unterseite war flach, damit die Schiffe auf festen Untergrund stehen konnten. Gigantische Schiffsschrauben, die wie Flugzeugrotoren aussahen, ragten am Bug des Schiffes hervor, das mit glänzendem Metall ummantelt war. Es gab weder einen Schiffsmast noch ein Segel, sondern ein Ballon, der im Wind sachte hin und her schwebte.

»Wie barbarisch«, entfuhr es ihr, als sie Zentan entdeckte, die durch ein Tor aus der Halle strömten.

»Was?«

»Sie verfrachten Zentan in die Schiffe.«

Ein dicker knollennasiger Ourak und ein Schmächtiger mit flatternden Haaren lenkten den Strom Zentan in die zwei Schiffe. Die Gefangenen liefen wie in Trance in ihr Verderben.

»Wie viele sind es?«, keuchte Corvin.

»Es ist zu dunkel. Ich kann nicht viel erkennen, aber es sind einige.«

»Die Dunkelheit ist unser Freund.« Seine Stimme verlor zunehmend an Kraft. »Wir müssen in eines der Schiffe. Vielleicht können wir so entkommen.«

Estelles Puls beschleunigte sich bei dem Gedanken, schutzlos über die Steppe zu fliehen. Nervös wischte sie ihre Hand an der Bluse ab und zog Corvin näher zu sich heran. Seine Präsenz ließ ihren Körper von den Haarwurzeln bis in die Zehen erzittern. Als die Sirenen jedoch aus der Halle dröhnten, konzentrierte sich Estelle ganz auf ihr Vorhaben. »Auf los geht's los«, presste sie hervor. »Bereit?«

Corvin nickte.

»Okay, los!« Sie holte ein letztes Mal tief Luft und trat in die Dunkelheit. Keuchend schleppten sie Corvin zu den Schiffen. Ihr Herz überschlug sich, während ihre Augen fieberhaft die zwei Ourak fixierten. »Bitte nicht hersehen. Bitte nicht hersehen«, flüsterte sie wie ein Mantra.

»Keine Angst, sie können uns nicht sehen. Sie stehen im Licht, wir in der Finsternis«, raunte Corvin ihr ins Ohr. Er behielt recht. Die Ourak standen neben den schwach beleuchteten Frachtschiffen und überwachten leidenschaftslos die Zentan. Selbst wenn ihr Blick in die Dunkelheit glitt, blieb er ausdruckslos.

Hastig umrundeten sie großräumig das Areal und ließen sich

erschöpft am Bug der Schiffe nieder. Corvin stöhnte gequält, als er den Boden berührte. Erschrocken blickte Estelle auf. Hatten sie das Stöhnen gehört? Mehrere Sekunden verstrichen, bevor sie die Ourak lachen hörte. Erleichtert stieß sie die angehaltene Luft aus. Estelle zitterte mittlerweile am ganzen Körper. Die Angst, Corvin zu verlieren, ließ ihre Gedanken in die Finsternis driften.

Wie soll ich allein weitermachen? Wie soll ich Zuria finden und befreien? Ich komme hier nie wieder weg.

»Mach dir keine Sorgen, es geht mir gut«, raunte er und drückte seine Hand auf die blutende Wunde. »Du darfst nicht zulassen, dass deine und die Gefühle der anderen dich überwältigen. Bleib bei mir und meiner Bestimmung!«

Estelle konnte kaum seine Umrisse erkennen, doch der Geruch von Blut hing schwer in der Luft. »Was sollen wir tun?«, flüsterte sie, die Augen voller Tränen.

»Es ist ein ganz schlechter Zeitpunkt für Tränen, Bürschchen«, wisperte Corvin mit flacher Stimme.

Verdammt, er spürt alles.

»Wenn nicht jetzt, wann dann?« Sie würgte den Kloß in ihrer Kehle herunter und unterdrückte das unbändige Verlangen, laut aufzuschreien.

Corvin röchelte, als ein Lächeln seine bleichen Lippen umspielte. »Trotzdem schlechter Zeitpunkt.« Sein glasiger Blick flog über die Frachtschiffe. »Schau«, stöhnte er. Auf dem Bauch eines der Schiffe stand in meterhohen weißen Buchstaben: HAROK.

»Alle Zentan sind an Bord«, brüllte der untersetzte Mann dem schmächtigeren zu, der versuchte, die Ladeklappe des zweiten Schiffes zu schließen.

»Schwing mal deinen fetten Arsch hier rüber, bevor die Schwachköpfe mit ihren Pistolen auf die Idee kommen, wir würden den Flüchtigen helfen. Die verdammte Klappe klemmt schon wieder. Seit Monaten sag ich, dass wir neues Material benötigen. Aber die zuständige Behörde stellt sich dumm. Am Ende springt mir die Klappe oben auf und diese laufenden

Fellknäule fallen raus.«

»Hör auf, dich über meinen Arsch lustig zu machen«, grölte der Dicke zurück.

»Fett ist fett! Was soll ich da noch sagen?«

»Der Idiot geht mir so was von auf den Zeiger«, brummte er und machte sich schwerfällig auf den Weg. »Du solltest dir eher Gedanken um die Fusseln auf deinem Kopf machen. Frisur kann man das nicht mehr nennen.«

»Das ist unser Freifahrtschein«, flüsterte Corvin angestrengt. »Die letzte Chance, Harok zu erreichen. Vielleicht hatte Lior doch recht und das alles ist unser Schicksal?«

Estelle schlang ihre Arme um Corvin und zerrte ihn keuchend nach oben. Wurde er jedes Mal schwerer?

Gekrümmt zog er scharf die Luft ein. Estelle kämpfte die anrollende Panik zurück, als sie einen brennend heißen Schmerz im Bauch spürte. »Autsch!«

Muss dieses Aurionding gerade jetzt so gut funktionieren?

»Spürst du etwas?«, wisperte er ihr sanft ins Ohr. Sein warmer Atem zauberte eine prickelnde Gänsehaut auf ihren Körper.

Abwehrend schüttelte sie den Kopf. »Alles okay. Aber bist du sicher, dass du es schaffst?«

»Ich bin ein Sarafin, schon vergessen?« Er richtete sich auf, stützte eine Hand am Rumpf des Schiffes ab und torkelte voraus. »Und du die schlechteste Lügnerin aller Zeiten.« Corvin biss die Zähne zusammen, dennoch entfuhr ihm bei jedem Schritt ein schmerzvolles Knurren.

Estelle drückte zwei Finger gegen die schmerzende Stelle an ihrem Bauch. Das Einatmen tat besonders weh. Angespannt hielt sie die Luft an, um nicht laut aufzuschreien.

Wenn das alles vorbei ist, fahr ich in den Urlaub. Wie ein ganz normaler Mensch.

»Bürschchen, gleich haben wir es geschafft. Versuch, dich auf meine Stärke zu konzentrieren. Blende den Schmerz aus.« Corvins Beine zitterten immer heftiger, bald würde er allein keinen

Schritt mehr machen können. Entkräftet kamen sie am Heck des Schiffes an. Die Ladeklappe stand offen, entblößte jedoch nur ein schwarzes Loch. Im Hintergrund stritten die beiden Männer. »Was soll ich sagen? Dein Arsch ist fett!«

»Siehst du sie?«, flüsterte Corvin.

Estelle schüttelte verängstigt den Kopf. »Nein. Sie müssen auf der anderen Seite sein.«

»Wenn das kein Schicksal ist«, lachte er schwach.

»Dann lass uns das Schicksal nicht auf die Probe stellen«, keuchte sie. Hastig schob sie den schwankenden Sarafin die kurze Rampe nach oben. Die Dunkelheit umschloss sie sofort wie ein schützender Kokon. Ein intensiver Geruch lag erstickend in der Luft. Das letzte Mal hatte Estelle den eigenartigen Geruch in der 3. Zone gerochen. Es war eine Mischung aus Dreck, Krankheit und Tod. »Wir sollten ein kleines Stück weiter rein.« Keuchend schleppten sie sich tiefer in das Schiff hinein. Plötzlich sackte Corvin unter ihr weg. Estelle umschlang seinen Oberkörper fester. Seine Nasenspitze berührte dabei ihre. Jeder Atemzug, der Estelles Haut streifte, jagte ihr eine Hitzewelle über den Körper.

Ist das unsere Verbindung? Ich kenne ihn doch gar nicht, trotzdem fühlt es sich an, als wäre er schon immer da. Sein Geruch beruhigt mich. Sein Körper beschützt mich und seine Schmerzen tun mir weh.

Die Ladeklappe war nur noch ein heller Punkt am Heck des Schiffes. Erleichtert ging Estelle in die Hocke; unsanft krachte Corvin neben ihr zu Boden. Ein herzzerreißendes Wimmern entfuhr ihm. Die Tränen, die sie bisher tapfer zurückgehalten hatte, kullerten ihr nun über die Wangen. »Wir haben es wirklich geschafft.«

»Weinst du?«

»Nein«, murmelte sie.

»Dann ist gut. Ich hab nicht vor, dich zu verlassen«, röchelte er.

Estelle schluchzte kaum hörbar, als aus der Dunkelheit eine weiche Hand ihre Wange berührte. »Was fehlt ihm?«, fragte eine klare Stimme.

Verängstigt fuhr Estelle herum. Grüne Augen blitzten in der Finsternis auf. Die Zentan hatte sie komplett vergessen, allein Corvin fand in ihren Gedanken Platz. »Er wurde angeschossen«, schniefte sie.

»Du musst fest draufdrücken. Hörst du mich? Ganz fest draufdrücken.« Corvin stöhnte auf, als Estelle ihre zitternden Hände auf seine legte.

Polternd wurde die Ladeklappe nach oben gezogen und hüllte alles in tiefes Schwarz. »Wenn du noch einmal sagst, ich sei fett, werde ich deiner Frau zeigen, was dein dürrer Arsch nicht kann.«

Stille Augenblicke verstrichen, dann setzte das laute Brummen der Rotoren ein. Schwankend hob das Schiff vom Boden ab. Ein erstauntes Raunen erfüllte die Dunkelheit.

»Willkommen an Bord der Black Mary. Ich wünsche einen wunderbaren Aufenthalt im Laderaum. Nächster Halt Harok«, drang die Stimme des dicken Ourak lachend durch einen Lautsprecher.

»Wie viele seid ihr?«, fragte Estelle mit krächzender Stimme.

»Ungefähr hundertfünfzig«, sagte die Zentanfrau und strich Corvin eine schweißnasse Haarsträhne aus dem Gesicht. »Lehn dich an mich, so wird es einfacher, den Druck auf-rechtzuerhalten.« Sie zog Estelle sachte zurück, sodass sie mit dem Rücken an ihrem warmen Körper lehnte. Stumm betrachteten sie Corvin, dessen Kopf auf ihrem Schoß ruhte.

Ich spüre ihre warmen Finger auf meiner Haut. Die Berührung lässt mich zwischen den unerträglichen Schmerzen aufatmen. Sie ist voller Leben. Ich sehne mich nach mehr. Sehne mich nach ihrer Seele und der Verbindung, die uns vorgegeben ist. Doch ich bin müde. So unendlich müde. Es darf nicht zu Ende sein. Nicht so.

»Es wird nicht zu Ende sein«, flüstert sie mir ins Ohr. »Ich sehe dich.«

1. Februar

Das monotone Rotorengeräusch machte sie schläfrig. Sie durfte den Druck auf die Wunde aber auf keinen Fall vernachlässigen. Corvin hatte längst die Kraft dazu verloren. Sein Atem ging schwach und nur noch selten öffnete er die Augen. Auf ihre Versuche, mit ihm in Gedanken zu sprechen, bekam sie immer öfter keine Antwort mehr. Die Zentanfrau Nuru hatte ihr in den letzten Stunden Mut zugesprochen.

An Bord des Schiffes befanden sich hundertfünfzig Zentan, zwischen dreiundzwanzig und fünfundzwanzig Jahren. Ihnen allen waren in den vergangenen Jahren Organe entnommen worden, nachgezüchtet, um wieder entnommen zu werden.

Der Kanzler hatte die Halle wie eine Fabrik aufgebaut. In der Zuchtstation, in der sie Loun gefunden hatten, lagen die Zentan, deren genetisch veränderte Organe langsam nachwuchsen. Nach ihrer Extraktion kamen sie auf die Ebene 2 zur Isolation. Ihr Organismus wurde dort vor äußeren Einflüssen geschützt, bis sie zur Regeneration auf die Ebene 1 gelangten. Diese Prozedur wurde so oft wiederholt, bis die Körper der Gefangenen aufgezehrt waren.

Die Frauen unter den Zentan hatte es besonders hart getroffen. Nuru hatte während ihrer Gefangenschaft zwei Kinder geboren, die nach der Entbindung auf eine andere Station verlegt wurden. Was mit ihnen geschehen war, erfuhr sie nie. Zu Beginn hatten die Ärzte versucht, die Zentan auf natürliche Weise zusammenzuführen. Doch die Ergebnisse erfüllten den Zweck nicht im Entferntesten. Die künstliche Befruchtung erzielte höhere und bessere Endresultate. Nuru wurde zusätzlich drei Mal eine Niere entnommen, bis ihr Körper auch mit den neusten Methoden der Ärzte das Organ nicht mehr vollständig nachzüchten konnte. Da sie kräftig genug war, sollte sie nun an Ourak verkauft werden.

Estelle hatte den Zentan alles erzählt. Der Fall durch das Portal; die Entdeckung, dass Zuria noch lebte, und die eigenartige Beziehung zu Corvin. Gespannt hatten sie der Erzählung gelauscht. Estelle bemerkte, dass sich die Stimmung mit jeder Minute veränderte.

Pulsierender Mut.

Wow! Es kribbelt in mir und mein Herz schlägt schneller. So viele Gefühle auf einmal.

Nuru war anders, das hatte Estelle sofort gespürt. Sie fühlte den brennenden Hass, der von der Zentanfrau ausging. Ihr Wille war ungebrochen und ihre Art zu sprechen, war so stolz, wie sie es von Lior kannte. In ihr brannte das Feuer der Freiheit. Bunte Häuser, ein See und zwitschernde Vögel flackerten vor Estelles Augen auf. »Kannst du dich an das alte Jechton erinnern?«, fragte sie erstaunt.

Nuru wich unruhig zur Seite, sodass Estelle beinahe umkippte. »Sie haben mich an meinem dreizehnten Geburtstag gefangen. Jahrelang konnte ich mich in den Trümmern von Yanok verstecken. Bei einer Hetzjagd bin ich den Soldaten dann doch ins Netz gegangen. Ich habe versucht, alles, was ich von Jechton und dem Kanzler weiß, an die anderen Kinder weiterzugeben. Es gibt wenige, die sich noch an die Vergangenheit erinnern können, sie waren zu jung, als sie in die Halle kamen. Ich bin ihre Vergangenheit.«

Estelle seufzte schwer. »Das tut mir leid.«

»Ich weiß, aber das ändert nichts an dem, was passiert ist.« Nuru schwieg einen Moment. Die unerträgliche Stille nagte an Estelles Entschlossenheit. Konnte sie überhaupt etwas bewirken? Oder zögerten sie nur den unausweichlichen Tod hinaus? Ohne Corvin hatte sie keine Chance. Er war ihr Schutz.

»Wie geht es ihm?«

Stundenlang hatte sie es geschafft, die Angst und die Trauer in sich zu vergraben. Nun zuckte sie hilflos mit den Schultern. »Keine Ahnung«, schluchzte sie.

Nuru tastete nach Corvins Puls. Ihre Barthaare kitzelten dabei Estelles Nacken. »Er ist erschöpft, aber er lebt. Er ist ein starker Sarafin, er kann es schaffen. Wir Zentan haben schlimmere Wunden überlebt.«

Estelle dachte an all die Dinge, die er für sie getan hatte. Wie er sie vor den Sarafin gerettet hatte, aus der 1. Zone befreite und trotz ihrer Sturheit darauf beharrte, ihr Gegenstück zu sein. Der Kummer über die gemeinsamen Erinnerungen schnürte ihr die Kehle zu. »Ich verliere alle Menschen, die mir nahestehen.«

»Ich weiß, dass es schwer ist, aber du darfst nicht daran zerbrechen. Der Verlust meiner Kinder hat mich beinahe zerstört. Doch dann kam die Wut, die mich Jahre später noch immer am Leben hält. Ich will nicht glauben, dass das unser Ende ist. Du bist da. Verstehst du? Vielleicht bist du unser Schicksal. Der letzte unverbrauchte Aurion in Freiheit.«

Estelle hatte niemals an so etwas wie Schicksal geglaubt. Für sie war alles ein dummer Zufall gewesen. Der Fund der Briefe, die Wut auf Zuria und das Portal nach Jarundo.

Bin ich vielleicht doch das Schicksal dieser Welt? Trage ich genug Liebe und Licht in mir, um Jarundo zu retten?

»Allein bin ich zu schwach.«

»Manchmal verläuft das Leben anders, als man es sich wünscht. Trotzdem müssen wir weitergehen, auch wenn es höllisch wehtut. Ich weiß nicht, warum das so ist. Vielleicht, um uns auf Größeres vorzubereiten? Corvin ist am Leben, du musst die Zähne zusammenbeißen und für euch beide kämpfen.«

Corvins Finger streiften Estelles Hand, die noch immer auf seiner Wunde lag. Das vertraute Prickeln durchfuhr ihren Arm, erlosch jedoch bereits in ihrem Ellenbogen.

Benommen wachte Lior in einem abgedunkelten Raum auf. Über ihm hing ein greller Strahler, den Schein direkt auf seine Augen gerichtet. Blinzelnd drehte er stöhnend den Kopf zur Seite. Wo war er und was war passiert? Sämtliche Nervenbahnen in seinem Körper brannten wie Feuer. Blaues Licht war wie ein Pfeil durch ihn hindurchgejagt. Welche geheimnisvollen Waffen besaß der Kanzler noch?

Lior versuchte, sich aufzurichten, doch er war an der metallenen Liege, auf der er lag, fixiert. Die Fesseln an den Armen und Beinen schnürten ihm langsam das Blut ab. Sie saßen so eng, das Lior nur leicht seinen Kopf anheben konnte, und selbst das bereitete ihm höllische Schmerzen.

In der Luft hing der schwere Geruch von verbranntem Fell und Fleisch. Seine rechte Körperhälfte pulsierte unterhalb der Achsel. Wundsekret breitete sich unter seinem Rücken aus. Der Stoff seiner Jacke klebte bereits kalt an ihm. Krampfhaft probierte er, eine Position zu finden, in der die Schmerzen erträglicher wurden. Egal, in welche Richtung er sich drehte, das Brennen wurde einfach nicht schwächer.

Wie viel Zeit war mittlerweile vergangen? Stunden? Tage? Lior hatte jegliches Zeitgefühl verloren. Seine anderen Instinkte funktionierten zu seiner Erleichterung nach wie vor. Denn er witterte jemand, der in der Dunkelheit stand und ihn beobachtete. Trotz der pochenden Schmerzen, die ihm Tränen in die Augen trieben, hob er ein weiteres Mal den Kopf. Er konnte die Umrisse eines Mannes erkennen, der die Uniform eines Soldaten trug. Die Zierleiste mit den Schlangenknöpfen blitzte selbst bei dem armseligen Licht, das den Raum erfüllte, golden auf. Erschöpft sank Lior zurück auf die Liege. Es sah alles andere als gut für ihn aus.

»Niemand weiß, dass er hier ist«, sagte ein Mann und trat ins Licht. Er trug eine blütenweiße Uniform, so wie es die neuen Ärzte taten, die dem Kanzler ins Land gefolgt waren. Ein furchtbarer Gedanke schoss ihm durch den Kopf. Hatten Estelle und Corvin es geschafft zu entkommen? Er hätte sie nicht mitbringen dürfen. Er hatte selbstsüchtig gehandelt. Verzweifelt versuchte er, einen klaren Kopf zu behalten. Corvin lag viel an Estelle, das wusste er, schließlich hatte er sie vor den Sarafin gerettet. Was auch immer in jener Nacht geschehen war, Lior wusste, dass Corvin sie niemals kampflos aufgeben würde.

Dumpfe Schritte hallten über den Boden. Lior kniff die Augen zusammen, um besser sehen zu können. Die Umrisse des Soldaten, der sich vor ihm aufbäumte, kamen ihm so vertraut vor. Das konnte unmöglich stimmen. »Was zum ...«, keuchte er.

Die nächsten Stunden trieben zäh an ihnen vorüber. Die Zentan waren mittlerweile verstummt. Gespannt warteten sie auf die Ankunft in ihrer ungewissen Zukunft. Estelle verlor sich zunehmend in düsteren Gedanken. Sie wusste nicht, ob Zuria oder Lior noch am Leben waren. Ganz zu schweigen von den zurückgelassenen Freunden in Jechton. Doch sie wusste, dass der Kanzler um keinen Preis kampflos aufgeben würde.

Sie war bereit zu kämpfen.

»Spürst du das auch?«, fragte Nuru in die Stille hinein.

»Was?«

»Das Schiff sinkt.« Die Katzenfrau rutschte ein Stück zur Seite und sprang grazil auf die Beine. »Die Zeit ist knapp. Es muss eine Entscheidung getroffen werden.« Estelle spürte, dass Nuru an ihr vorbeiging.

»Hört mir zu«, rief sie in die Dunkelheit. »Uns steht erneut ein Leben in Gefangenschaft bevor. Vielleicht werden sie keine Versuche mehr an uns durchführen, doch das bedeutet nicht, dass wir frei sein werden. Wir alle werden die Steppe unserer Heimat niemals wiedersehen, ganz zu schweigen von unseren Eltern oder Kindern. Ihr wisst, dass ich erst später inhaftiert wurde, daher kann ich mich an vieles erinnern. Als ich gefangen wurde, gab es längst keine Aurion mehr in Freiheit und die Sarafin waren gefallene Wesen. Heute hat sich das Blatt gewendet. Die beiden dürfen unter keinen Umständen entdeckt werden. Sie sind das letzte auserwählte Paar unserer Geschichte. Ihre Kraft kann uns alle von den Ketten des Kanzlers befreien.«

Ein Raunen rollte durch den Bauch des fliegenden Gefängnisses. Estelle spürte die Energie, die von Nuru ausging. Die Zentanfrau war bereit, in den Krieg zu ziehen.

»Für meine Kinder werde ich alles tun, um das Paar zu schützen«, erklärte Nuru weiter. Ihre Stimme bebte vor Zorn. Selbst nach allem, was der Kanzler ihr angetan hatte, war sie selbstsicher und kampfbereit. Das Raunen wurde lauter. »Wir helfen dir«, sagte ein Zentan direkt neben ihnen.

»Wir schirmen sie vor den Blicken der Soldaten ab. Niemand wird mitbekommen, dass sie jemals an Bord waren.«

Erleichtert atmete Estelle auf. »Danke«, murmelte sie.

»Du kannst mir danken, wenn ihr in Sicherheit seid.«

Polternd ging das Frachtschiff wenige Augenblicke später zu Boden. Die Zentan jaulten erschrocken auf, als das Schiff krachend zur Seite schwankte.

»Wenn die Ladeklappe aufgeht, müsst ihr unverzüglich aufstehen«, sagte Nuru und strich Corvin sanft über die Wange. »Wach auf, Sarafin.«

Corvin öffnete seine Augen. Er blinzelte schwach in die Dunkelheit hinein.

Wo sind wir?

»Du musst aufwachen«, flüsterte Nuru.

Wir sind in Harok. Die Zentan werden uns helfen.

Es tut so weh.

Ich weiß, aber ich kann dich nicht zurücklassen.

Das könntest du gar nicht, weil du verrückt nach mir bist. Du kannst mich wirklich sehen. Wer hätte das gedacht, Bürschchen. Wurde auch langsam Zeit.

So eingebildet wie immer. Also kann es dir gar nicht so schlecht gehen.

»Wenn du wüsstest«, keuchte er und rollte schwerfällig zur Seite. Estelle berührte den blutdurchtränkten Stoff ihres Kleides. Ihr Magen krampfte, als sie Corvin beobachtete, der sich mit letzter Kraft auf die Knie stemmte.

Corvin, ich kann spüren, was du fühlst.

Tut mir leid ... Ich will nicht, dass du Schmerzen hast.

Lass mich dir helfen.

Estelle kniete neben ihn und schlang den Arm um seine Taille. Es prickelte in ihren Fingerspitzen, als sie sich erhoben. Corvin beugte sich zu ihr und strich mit blutverschmierten Fingern ihre Wange entlang. Ein entkräftetes Lächeln huschte über seine zusammengekniffenen Lippen.

Es hat so lange gedauert. Ich bin ziemlich angepisst, dass du bereits in die Erinnerungen der anderen sehen kannst, aber mich vollkommen ignoriert hast.

Nicht jetzt. Spar dir deine Kraft.

»Ihr wartet, bis wir alle im Freien sind«, flüsterte Nuru.

Schleppend senkte sich die Schiffsklappe zu Boden. Grelles Licht drang in den dunklen Laderaum. Die Zentan stöhnten erschrocken auf. Schützend hoben sie die Hände vor ihre Gesichter. Estelle kniff schmerzverzerrt die Augenlider zusammen. Kein künstliches Licht konnte die Intensität von reinem Sonnenlicht imitieren.

»Das ist die Sonne«, sagte ein Zentan mit erstickter Stimme, der direkt an der Rampe stand. »Das Licht ist so warm.«

»Was passiert dort draußen?«, wisperte Estelle.

»Vor dem Schiff stehen fünf Soldaten und die Bewohner von Harok. Ich schätze, die sind hier, um sich einen von uns auszusuchen«, knurrte Nuru. »Fünf Soldaten sollten für uns kein Problem sein, falls sie euch entdecken.«

Estelle hoffte inständig, dass es zu keinem Kampf kam. Die Zentan hatten zwar neuen Mut gefasst, waren aber lange nicht kampfbereit. Eine dichte Wolke aus Angst schwebte über ihnen.

Die Angst wird sie vernichten.

Die wartende Menge erbebte, als die Ladeklappe zu Boden fiel. Keiner der Zentan wagte auch nur zu atmen. Regungslos standen sie nebeneinander und warteten.

»Los! Raus!«, brüllte ein Soldat in die dunkle Öffnung.

Du schaffst das ohne mich, Estelle.

Wehe, du machst schlapp. Wie war das? Beweg gefälligst deinen

Arsch!

Corvin lachte gurgelnd. »Ich mag dich so kämpferisch.«

Wir sind so nah am Ziel.

»Ich hab gesagt raus!«

Schwerfällig setzte sich die Gruppe in Bewegung. Niemand wusste, was sie erwartete. Der Tod oder ein Leben in Sklaverei? Estelle hatte keinen blassen Schimmer, was sie als Nächstes tun sollte. Wo konnten sie Hilfe finden?

Angespannt wartete sie, bis die ersten Zentan das Schiff verlassen hatten.

»Jetzt«, sagte Nuru, die schützend vor ihnen stand.

Estelle schleppte Corvin die Rampe nach unten. Ihr Puls pochte in ihren Ohren, als sie die Menge sah, die voller Neugier die Ankömmlinge begutachtete. Sie bückte sich, um unentdeckt zu bleiben. Corvin konnte sowieso nicht mehr aufrecht gehen, ohne vor Schmerzen zu stöhnen. Seine Empfindungen waren für Estelle beinahe unerträglich, dicke Schweißperlen tropften ihr in die Augen. Ungelenk wischte sie ihre Stirn an Corvins Hemd ab.

Wie hält er das aus?

Die Zentan stoppten abrupt. »Gleich geht es los«, wisperte Nuru und stupste einen Zentan an. »Schnapp dir dreißig andere, dann schirmt unauffällig die Rampe links von uns ab. Die Soldaten dürfen die beiden auf keinen Fall entdecken, wenn sie sich unter die Menge mischen«, raunte sie. Der Zentan nickte aufgeregt. Sekunden verstrichen, in denen Estelle zu Boden blickte und Corvins blutdurchtränkte Hose anstarrte.

Das ist zu viel Blut. Wenn es irgendwo einen Gott gibt, wäre jetzt Zeit, einzugreifen.

Dutzende Zentan scherten nach links und bildeten eine schützende Mauer vor den Blicken der Soldaten und der lachenden Menge. Vorn an der Spitze des Zuges kam es in der Zwischenzeit zu einem Tumult.

»Was soll das?«, brüllte ein Soldat die Zentan an. »Seid ihr übergeschnappt oder was?«

»Vielleicht sind sie krank? Wenn sie eine Infektion haben, sollten wir das Gebiet abriegeln!«, schrie ein weiterer Soldat.

Estelle schluckte trocken. Ihr Herzschlag hämmerte ohrenbetäubend in ihren Schläfen. Corvin warf ihr einen unsicheren Blick zu.

Wir haben es aus der 1. Zone geschafft, das müsste ein Kinderspiel für uns sein. Findest du nicht?

Estelle, ich vertraue dir. Du bist der stärkste Aurion, den ich jemals gesehen habe.

Wenn du das sagst.

Estelle lächelte matt.

»Zurück!«, brüllte der Soldat über die Köpfe der Zentan hinweg. Nuru nutzte die Ablenkung und schob Estelle samt Corvin durch die Menge an den linken Rand der Rampe. Ihre grünen Augen strahlten vor glühender Entschlossenheit. Das beige Kleid, das sie trug, reichte ihr bis knapp unterhalb der Knie und entblößte ihr grau glänzendes Fell. Sie war wunderschön.

»Kommt zurück und rettet uns. Wir sind zu allem bereit.«

Estelle nickte mechanisch. Nuru besaß die unerschütterliche Überzeugung, dass sie die Rettung war.

»Geht jetzt«, sagte sie und drückte ihre Schulter zum Abschied.

Mit Corvin im Schlepptau schlidderte sie die letzten Meter der Rampe herunter und humpelte im Schatten des Schiffes auf die immer nervöser werdende Menge zu. Zwischen den vielen Zentan konnte Estelle einen Blick auf das Treiben erhaschen: Mehrere Zentan hatten sich auf den Boden geworfen und weigerten sich, aufzustehen. Die wenigen Soldaten tobten und schrien die Zentan an. Eine Ourakfrau versuchte, diese wiederum zu beruhigen. Was ging hier vor sich? War Harok wirklich gefallen?

Ihr blieb jedoch keine Zeit, die Gefühle der Anwesenden zu lesen. Erschöpft presste sie den Rücken gegen den Schiffsrumpf. Kraftlos zerrte sie dabei an Corvin, dessen Körper mit jedem Schritt schwerer wurde. Schlaff setzte sie einen Fuß vor den anderen. Panik kroch ihr über den schweißnassen Nacken.

Hoffentlich sind die Ourak genug abgelenkt.

Estelle wollte sich gar nicht erst ausmalen, was passieren würde, sollte sie jemand unter den Zentan entdecken.

Bürschchen, du hast keine Kraft mehr.

Doch es geht.

Lügnerin.

Sie waren fast am Bug des Schiffes angelangt, als plötzlich eine Hand Estelle von hinten an der Schulter packte. Entsetzt fuhr sie herum und sah in ein vertrautes Gesicht.

»Du?« Julet. Die Prostituierte aus der 2. Zone starrte sie mit großen Augen an. »Was tust du hier?«, stammelte sie sichtlich verwirrt.

»Hat uns außer dir noch jemand gesehen?« Estelle blickte sich fahrig um.

»Nein. Die anderen sind damit beschäftigt, sich einen Zentan auszusuchen. Dieses Mal sind es sehr viele. Wenn es so weitergeht, können wir niemand mehr aufnehmen. Die Lage ist extrem angespannt, ich hoffe, die Soldaten werden heute kein Exempel statuieren.«

»Du unterstützt Sklaverei?«, zischte Estelle. »Wobei, das wundert mich nicht.«

Julet schüttelte energisch den Kopf. »Die Zentan leben frei. Wir holen sie zu uns unter dem Deckmantel, dass sie für uns arbeiten. In Wirklichkeit geben wir ihnen ein Zuhause.«

Was für eine hinterhältige Schlange.

»Und für diese Freiheit musstest du mich an den Kanzler ausliefern?« Estelle spuckte die Worte der leichenblassen Julet ins Gesicht.

Die Prostituierte zuckte verlegen mit den Schultern. »Es tut mir leid. Ich hatte ja keine Ahnung, wer du bist.«

»Als hätte das eine Rolle gespielt.«

Julet seufzte. »Was ist passiert? Und wie hast du den Kanzler ...«

»Überlebt?«, unterbrach Estelle sie schroff.

157

»Julet?«, keuchte Corvin unerwartet.

»Du kennst sie?«, fragte Estelle entsetzt.

»Sie ist im Palast ein- und ausgegangen. Der Kanzler ist sicher nicht erfreut, dass du verschwunden bist.«

»Genauso wenig, wie er über ihr Verschwinden erfreut sein wird«, erwiderte Julet und trat einen Schritt näher.

Estelle wich zurück. »Was willst du?«, sagte sie scharf.

Julet nahm Corvins Hand von der blutenden Wunde. Aufgewühlt schüttelte sie den Kopf. »Wir müssen dich zu einem Arzt bringen.«

Corvin biss die Zähne zusammen und nickte.

Du darfst ihr nicht trauen. Sie hat mich an den Kanzler verraten.

Estelle ballte die Fäuste zum Kampf. Corvin stand neben ihr und versuchte, sich aufrecht zu halten.

»Ich helfe euch.« Julet stützte Corvin, der kurz davor war, zusammenzubrechen.

Ohne Vorwarnung packte Estelle Julet am Kragen ihres blauen Spitzenkleides und zerrte sie zu sich heran. Mit ihrer Nasenspitze berührte sie die Wange der Prostituierten. »Wenn du auch nur versuchst, uns reinzulegen, wirst du es bereuen. Ich hab dazugelernt.« Estelle zog Corvins Dolch, der unter seinem Umhang versteckt war, einige Zentimeter aus der Scheide. Das metallene Kratzen jagte Julet eine Gänsehaut über das Gesicht. »Ein zweites Mal kommst du nicht so einfach davon.«

»Du kannst mir wirklich vertrauen«, antwortete Julet gepresst. Ihre Lippen zitterten. Voller Genugtuung steckte Estelle die Klinge zurück.

Estelle, wir müssen uns verstecken.

Ich weiß. Aber sie hat mich an den Kanzler verraten. Wegen ihr war ich in der 1. Zone gefangen.

In Jechton tut jeder das, was er eben tun muss, um zu überleben. Bitte, ich bin am Ende meiner Kräfte.

Julet legte Corvins Arm über ihre Schulter. Mit der Hand drückte sie auf die blutende Wunde, was Corvin zusammenzucken ließ.

»Ich kenne einen Arzt, der uns helfen kann«, sagte sie und ging los. Widerwillig folgte Estelle ihr, eine andere Wahl hatten sie nicht. Corvin war nur noch halb bei Bewusstsein, sein Atem verließ rasselnd seinen Körper und seine Augenlider flatterten.

Bitte, du darfst nicht sterben. Bitte ... Bitte ... Bitte ...

Corvin war der Einzige, der Estelle geblieben war. Er war ihre Stütze in dieser absonderlichen Welt.

Julet betrachtete sie neugierig aus dem Augenwinkel. »Du hast dich verändert«, stellte sie fest.

»Wundert dich das?«, knurrte Estelle.

»Nein. Ich bin mir nur nicht sicher, ob die Veränderung gut ist.«

»Tja ... Das hättest du dir vor deinem Verrat überlegen sollen.«

Julet öffnete den Mund, schüttelte dann aber abwehrend den Kopf.

Schweigend schleppten sie Corvin durch enge Gassen, die voller Leben steckten. Ein himmelweiter Kontrast zu dem Tod und dem Verderben, den Estelle bisher in Jarundo ge-sehen hatte. Das Sonnenlicht brannte auf ihren ausgetrockneten Lippen. Am Himmel hingen Wolken, die wie Federn aussahen. Das Blau strahlte so außergewöhnlich, dass Estelle allmählich Zurias Worte verstand: »Unsere Welt ist so schön, dass man es kaum in Worte fassen kann.« Unebene Steine pflasterten die schmalen Straßen. Die Fassaden der Häuser waren wie ihre Dächer bunt verziert.

Minette würde es hier gefallen.

»Dort vorne wohne ich«, sagte Julet und zeigte auf ein himmelblaues Backsteinhaus mit weißen Dachziegeln. Bleicher Rauch stieg aus dem Kamin und formte bauschige Schwaden in der glasklaren Luft.

»Du hast dir meinen Verrat gut bezahlen lassen«, erwiderte Estelle scharf.

Julet schwieg erneut. Sie kniff die Lippen zusammen und blinzelte nervös. »Danis, hilf mir!«, rief Julet, als sie vor dem wunderschönen Haus zum Stehen kamen. Durch die verschlossene Tür drang ein Scheppern, gefolgt von einem Poltern und winzigen Füßen auf einer Treppe. Ein Mädchen im Grundschulalter riss die Haustür auf. Verwundert musterte sie die Fremden. Dunkle Locken umrahmten ein liebliches Gesicht; aus dem eisblaue Augen Estelle durchdringend ansahen.

Für sie hat Julet mich verraten.

»Mama, was ist passiert?«

»Hol sofort den Doktor!«

»Ist das ein Sarafin?« Erstaunt zeigte Danis auf Corvin, der leblos zwischen ihnen baumelte.

»Frag nicht so viel, lauf!«, wies sie ihre Tochter an. Danis nickte hastig, bevor sie barfuß im Getümmel der Stadt verschwand.

»Wir schaffen ihn rein.« Julet machte einen ausladenden Schritt ins Haus und zog Corvin samt Estelle hinter sich her. Corvins Gewicht zwang sie beide in die Knie. Seine Gedanken waren bereit vor Minuten verstummt. Noch einen Verlust würde Estelle nicht verkraften. Wenn er starb, würde sie ihn begleiten.

Ihre Träume sind unruhig; doch ich will sie nicht wecken. Ihre Seele braucht die Erholung und ihr Körper muss zu Kräften kommen. Wie ich den bernsteinfarbenen Ton ihrer Augen vermisse. Das widerspenstige Funkeln, wenn sie anderer Meinung ist, oder das nervöse Flackern, wenn ich sie küssen will.

Ich beobachte ihre gleichmäßige Atmung, wie damals, als sie in der Halle lag und die Erkenntnis mich wie ein Blitz traf. Niemand weiß, dass ich dort in der Dunkelheit mein Gegenstück gefunden habe. Mein Licht. Mein Leben.

Wird sie mir die Lügen verzeihen können?

Erschöpft schleppte er sich die Treppe nach unten in den Zellentrakt. Vor Jahren war er das letzte Mal hier gewesen. Die perlmuttfarbenen Wände verloren an Intensität und gingen nahtlos in das dumpfe Grau der Zellenwände über. Er hasste diesen Ort. Sofort spürte er die Klauen der Dunkelheit, die sich um seinen Verstand legten. Er wusste, dass die Finsternis von ihm ausging, sie war ihm vertraut wie ein Freund. Das war wohl der Preis für die Herrschaft. Ein Preis, den er mithilfe der Aurion bezahlen konnte.

Mawet wartete bereits auf ihn. »Herr Kanzler«, sagte er knapp und öffnete die Tür, die ihn in den dunklen Zellentrakt führte. Kaum hatte er den schwach beleuchteten Gang betreten, erfüllte ein aufgeregtes Murmeln die Finsternis. Er fühlte die unzähligen Augenpaare, die im Schutz der Schwärze auf ihn gerichtet waren.

Vor ihrer Zellentür blieb er stehen und musterte sie neugierig. Müde saß Yaney auf der Pritsche an der Wand. Sie zitterte, da ein kühler Luftzug unentwegt durch die Zelle fegte. Mawet trat zur Seite und ließ dem Kanzler höflich den Vortritt.

»Wie ich sehe, haben Sie noch immer nicht nachgegeben.«

Yaney blickte ihn direkt an. Er wusste, sie würde eher sterben, als ihre Freunde zu verraten. »Ich weiß nicht, was Sie mit mir machen, wenn ich nach Stunden oder Tagen wieder zu mir komme. Aber da ich am Leben bin, habe ich Ihnen bisher wohl die falschen Informationen gegeben.« Stolz reckte sie ihr Kinn.

Er schmunzelte spöttisch. Selten hatte er so ein widerspenstiges Weibsbild gesehen. Die Aurion verabscheute er wegen ihrer Schwäche. Yaney hingegen war stark wie eine Löwin. »Ich bin hier, um Ihnen ein Angebot zu unterbreiten.«

Yaney starrte ihn ungläubig an. »Wie bitte?«

»Der Kampf ist verloren. Sie können entweder mir folgen oder sterben.«

»Ihnen folgen?«, spie sie ihm entgegen. Sie atmete flach, doch ihre Wut war deutlich zu spüren.

»Überlegen Sie sich gut, was Sie jetzt sagen. Sie sind nach wie vor eine Gefangene. Ich sehe das so: Der Widerstand ist geschlagen. Niemand wird für ein Land sterben wollen, das bereits vernichtet ist. Eine neue Ordnung ist am Entstehen, in der sie eine hohe Position besetzen könnten. Seien Sie eine Anführerin für die Frauen. Ein Vorbild. Sobald wir Harok und Hanton eingenommen haben, könnten Sie politisch weit aufsteigen. Yaney Wittley, ehemalige Widerständlerin kämpft nun für den Kanzler. Die traditionellen Frauen im Norden werden Sie vergöttern und ich werde dort endlich Fuß fassen können.«

»Niemals«, keuchte Yaney entsetzt.

»Na ja, Sie können natürlich Nein sagen, dann werde ich aber Ihre Freunde weiter ver-folgen. Oder Sie schließen sich mir an und ich werde allen die absolute Freiheit garantieren.«

Verwirrt strich sie mit den Fingern über ihre spröden Lippen. Sie wog die Optionen ab, was dem Kanzler gefiel. Auch wenn sein Körper so schwach war, dass er sich am liebsten gegen die Wand gelehnt hätte, blieb er standhaft. Sein jüngstes Herz pochte unkontrolliert, als suchte es einen neuen Rhythmus. Nach jeder Operation fühlte er sich wie ein Roboter, aus Ersatzteilen zusammengeflickt. Wenn sie sich nicht bald entschied, würde er ihr eine Antwort aus dem Leib prügeln müssen. Dafür sollte die schwindende Kraft allemal ausreichen. Mawet stand still auf dem Gang und starrte die Gefangene ausdruckslos an.

»Ich kann Ihnen nicht helfen«, antwortete Yaney mit zitternder Stimme.

Er hatte die Antwort bereits erwartet. Obwohl er mit Yaney an seiner Seite einfacher über den Norden herfallen konnte, erfüllte ihn die Tatsache, sie nun quälen zu können, umso mehr. »Warum schlagen Sie mein Angebot aus?«, raunte er süffisant. Sie würde den Tag ihr restliches Leben verfluchen. Eine Hinrichtung glich einer Erlösung. Eine Erlösung, die er ihr niemals schenken würde. Sie sollte mit der Schuld bis zu ihrem Tod, den sie entweder selbst wählte oder ihr gnädigerweise vom Universum geschenkt wurde, dahinvegetieren.

»Weil Sie nicht wissen, wo sich meine Freunde aufhalten«, erwiderte sie stolz.

Der Kanzler wandte sich an Mawet. »Sobald wir aus Hanton zurück sind, werden Sie die geheime Stadt räumen lassen. Alle Zentan werden auf die Giroschebene verfrachtet. Die Ourak eingesperrt, auch die Kinder.«

Ein gellender Schrei entfuhr Yaney.

»Ja, Sie haben richtig gehört. Ich weiß, wo die geheime Stadt liegt. Aber keine Angst, nicht von Ihnen. Sie waren wie immer loyal.«

»Wer? Wer hat es verraten? Sie lügen!«, keuchte Yaney. Tränen rannen über ihre von der Folter zerschundenen Wangen.

»Als Verbündete hätte ich Sie eingeweiht. Jetzt sind Sie nur eine Gefangene ohne Rechte.« Starr blickte er ihr ins Gesicht. »Ich weiß sehr wohl, dass sich die geheime Stadt unterhalb der 2. Zone befindet. Südöstlich von der Schleuse zur 3. Zone.«

Yaney heulte laut auf. Ein wohltuender Schauer kroch ihm dabei die Wirbelsäule nach oben. Er hatte sie eiskalt erwischt. Schon früh hatte er gelernt, stets einen Trumpf im Ärmel zu haben. »Wenn meine atemberaubende Feier in Hanton vorüber ist, wird dieser junge Offizier Ihren Unterschlupf auseinandernehmen. Niemand stellt sich gegen mich.«

Yaney stürzte vornüber von der Pritsche. Schluchzend kauerte sie auf dem Boden.

»Hier werden wir, wie es aussieht, keine weitere Folter benötigen«, erklärte Mawet trocken, während er zur Seite wich, um den Kanzler aus der Zelle zu lassen.

»Nein«, erwiderte er knapp. Zu stark schmerzte die Narbe plötzlich beim Sprechen. Brückner hatte ihm bis zu ihrer Abreise absolute Bettruhe angeordnet. Als der Kanzler auf den Gang trat, fiel ihm auf, dass jegliches Raunen verstummt war. Die Gefangenen hatten die Unterhaltung verfolgt. Jeder wusste nun, dass der Widerstand geschlagen war. Und bald würde es im ganzen Land bekannt werden. Dafür würde er auf der Gala sorgen. Mühsam schritt er zurück. Hinter sich hörte er Yaney herzzerreißend weinen. »Wer? Wer hat uns verraten?«

Niemals würde er seine Quelle preisgeben. Nicht zu diesem Zeitpunkt, wenn alles noch auf wackligen Beinen stand.

4. Februar

Estelle fühlte sich bleischwer und hatte keinerlei Orientierung, als sie die Augen öffnete.

Wo bin ich? Was ist passiert?

Sie lag in einem weichen Bett, samt großen Kissen und einer rosafarbenen Decke, die Estelle bis ans Kinn gezogen hatte. Über ihr flatterte ein durchsichtiger Stoff in einem lauen Frühlingswind.

Ich liege in einem Himmelbett?

Bunte Tapete, die sie schmerzhaft an Gudrun erinnerte, schmückte die Wände; gelbe Blumen auf dunkelgrünem Grund. Warmes Sonnenlicht durchflutete den Raum und ließ Estelle mehrmals blinzeln. Allmählich dämmerte es ihr. Sie war in Julets Haus. Die feine Kinderstimme, die hinter der geschlossenen Tür sang, gehörte zu ihrer Tochter. Wegen Danis hatte sie Estelle damals an den Kanzler verraten. Sie hatte sich und ihrem Kind ein besseres Leben schenken wollen. Eines, das es in Jechton niemals geben würde.

Ich kann nicht mehr wütend auf Julet sein. Sie musste es tun.

Gähnend streckte sie sich. Wie lang hatte sie geschlafen? Und wo war Corvin?

Ein gleichmäßiges Atmen drang an ihr Ohr. Sie drehte den Kopf zur Seite und fand Corvin halb sitzend, halb liegend in einem Sessel. Seine Beine waren ausgestreckt und sein Kopf ruhte auf der Lehne. Sein dichtes schwarzes Haar war ungekämmt. Er trug eine dunkle Hose aus Leinen und ein weißes Hemd, das ihm ein gutes Stück zu groß war. Darüber eine Weste mit silbernen Knöpfen, auf denen Engel ihre Flügel ausbreiteten. Wie sehr er sein verlorenes Ich vermisste, konnte Estelle nur erahnen. Minuten zogen vorbei, während sie ihren einzigen Freund bestaunte. Die Scheu, die sie am Anfang verspürte hatte, war verflogen. Der

Ekel vor seiner Haut und den verdorrten Flügeln war einem warmen Gefühl der Verbundenheit gewichen. Er träumte, das spürte sie ganz deutlich. Estelle konzentrierte sich. Sie wollte Teil seines Traums werden. Wollte mit ihm in seine Gedankenwelt eintauchen.

Meine Geheimnisse findest du nicht, wenn du dich wie ein Baumfäller anstellst.

Corvin öffnete gemächlich die Augen. Ein erleichtertes Lächeln umspielte seine Lippen.

Ich kann sofort spüren, wenn du da bist.

»Du lebst«, rief sie lachend. Mit einem Satz sprang sie aus dem Bett und fiel ihm um den Hals. »Wie ist das möglich? Du lebst!«

Corvin umfasste mit beiden Händen ihre Taille, dann strich er ihr sanft über den Rücken. »Du bist dir schon bewusst, dass deine Klamotten dort drüben auf dem Stuhl liegen?«, raunte er.

»Was?« Fragend entzog sich Estelle der Umarmung und sah an sich herunter. Sie trug einen hellblauen spitzenbesetzten Hauch von nichts, das ihr gerade über den Hintern reichte. Corvins Blick haftete forschend an dem Stückchen Stoff.

»Warum hat sie mir das angezogen?«, kreischte Estelle, während sie fluchtartig einen Hechtsprung Richtung Bett machte.

Corvin lachte lauthals.

Das liegt wohl an ihrem früheren Berufsbild.

Beschämt wickelte Estelle die Decke um ihren Körper und verbarg das Gesicht unter einem der zahlreichen Kissen. »Es ist so peinlich!«, stöhnte sie. »So, so, so unendlich peinlich.«

Corvin hielt sich den Bauch vor Lachen. Seine Ausgelassenheit verwandelte sich jedoch rasch in ein dumpfes Husten, das ihn zum Röcheln brachte. Keine Sekunde später sprang die Tür auf und Julet stürmte herein. »Corvin! Der Arzt hat gesagt, du musst dich weiter schonen«, ermahnte sie ihn besorgt. »Du hattest solches Glück, dass diese teuflische Kugel dich nur gestreift hat. Die Waffen aus der Welt des Kanzlers sind feige Tötungsmaschinen. Wir können froh sein, dass wir einen Arzt aus seiner Welt hier haben.«

Estelle blinzelte unter dem Schutzwall hervor. Corvin stand gebückt vor dem Bett, mit einer Hand stützte er sich am Rahmen ab. Julet strich ihm fürsorglich über die Schulter. Eifersucht wallte plötzlich in ihr auf.

Sie ist nicht ganz mein Typ, Bürschchen.

Oh. Mein. Gott! Es wird immer peinlicher.

Also ich fand deine Gedanken bisher ziemlich aufschlussreich.

»Estelle, schön, dass du endlich wach bist. Es wird Zeit, dass du wieder etwas zu dir nimmst. Der Tisch ist bereits gedeckt«, sagte Julet und verschwand aus dem Zimmer.

Neugierig steckte Danis den Kopf zur Tür herein. »Warum hast du gerade so geschrien?«

»Sie dachte, eine Spinne wäre in ihrem Bett«, antwortete Corvin und ahmte mit seinen Fingern das Krabbeln eines Insekts nach. Kichernd rannte sie vor ihm davon. Corvin folgte ihr und ließ Danis kreischend durch das Haus toben. Estelle wurde warm ums Herz, als sie ihn so ausgelassen sah. Wann hatte er sich so verändert? Und wie lange waren sie schon hier?

Nachdem die Schamesröte ihrer normalen Gesichtsfarbe gewichen war, schälte sie sich gemütlich aus der Decke. Auf einem Schemel unter dem Fenster lag ein ordentlich zusammengefaltetes Kleid. Behutsam strich Estelle über den dunkelblauen Stoff. Als sie die aufwendige Rückenschnürung des Bustiers entdeckte, seufzte sie genervt. Sie hatte genug von diesen anstrengenden Kleidern. Mit knurrendem Magen schlüpfte sie in das beigefarbene Unterkleid. Fürs Erste musste das reichen. Es war blickdicht und einfach anzuziehen.

»Essen ist fertig!«, brüllte Danis, die erneut den Kopf zur Tür hereinsteckte. Estelle folgte ihr lächelnd durch den lichtdurchfluteten Flur. Das Esszimmer war mintfarben gestrichen. Wuchtige Holzstühle mit einer hohen verschnörkelten Rückenlehne standen um einen großen Holztisch in der Mitte. Zwei mannshohe Fenster erhellten den Raum.

Sonne, ich hab dich so vermisst.

Ein Feuer knisterte in einem Kamin aus Stein im hinteren Teil des geräumigen Zimmers. Direkt daneben ging eine Nische ab, in der Bücherregale bis unter die Decke ragten. Ein geblümtes hellblaues Sofa und ein beigefarbener Sessel rundeten die kleine Bibliothek ab.

»Wie lang habe ich eigentlich geschlafen?«, fragte sie, als sie sich an den reichlich gedeckten Tisch setzte.

Corvin zuckte mit den Schultern.

»Drei ganze Tage«, sagte Danis und riss die Augen auf. »Du bist dort drüben neben dem Sofa eingeschlafen. Der Doktor hat dich dann ins Bett gebracht. Aber du wolltest nicht. Du hast immer wieder gesagt: ›Lasst mich bei Corvin! Ich kann ihn nicht allein lassen‹«, erzählte Danis, dabei schwenkte sie die Arme wild hin und her.

Der Sarafin blickte auf. Seine schwarzen Augen wanderten suchend über ihr Gesicht. Estelle wurde heiß und kalt.

Verlegen schaute sie an ihm vorbei und fächerte sich gekünstelt Luft zu. »Extrem heiß hier drin, oder?«, entgegnete sie hektisch. »Vielleicht sollte man das Fenster öffnen?«

Ein schüchternes Lächeln huschte über Corvins Lippen. Was die Sache keinen Deut angenehmer machte.

»Findest du?« Danis runzelte die Stirn. »Mama, mach mal das Fenster auf. Estelle ist heiß!«, rief sie in die Küche, aus der Julet gerade mit einer Teekanne kam. Ihr Gesichtsausdruck versteinerte, als sie Estelles hochrotes Gesicht sah.

»Du hast hoffentlich kein Fieber. Der Arzt meinte, es könnte sein, dass die Erschöpfung länger andauert.« Klirrend stellte sie das Geschirr auf den Tisch und fasste Estelle an die Stirn. Sekunden später schüttelte sie erleichtert den Kopf. »Fieber hast du keines, aber deine Wangen sind auffallend rot«, sagte sie mütterlich. »Nachdem Corvins Wunde genäht war, ging es ihm schnell besser. Um dich haben wir uns wirklich Sorgen gemacht.«

Corvin beobachtete Estelle ungeniert weiter. Sie spürte seinen

169

durchdringenden Blick auf ihrer pulsierenden Haut. Warum schaute er nicht endlich weg? Erst die Situation im Schlafzimmer und nun das hier.

»Morgen geht ihr zwei auf den Markt. Etwas Abwechslung und frische Luft werden euch guttun.«

Wie bitte? Soll ich jetzt etwa Urlaub machen?

»Wir müssen Zuria finden«, protestierte Estelle sofort.

»Nur keine Eile. Zuerst müsst ihr beide wieder zu Kräften kommen. Ihr solltet mindestens eine Woche abwarten, bevor ihr euch mit dem Zeppelin auf den Weg macht. Das, was in Hanton auf euch zukommt, wird sehr gefährlich werden.«

»Mit dem Zeppelin? Wie sollen sie das denn bezahlen?«, fragte Danis, den Mund voll mit Kuchen. »Bei uns hat das doch richtig viel gekostet.«

Julet zog scharf die Luft ein. Sie malträtierte mit ihren Fingern die geblümte Küchenschürze. Estelle nickte kaum merklich als Zeichen der Versöhnung.

»Unsere Gäste haben Diamanten«, sagte Julet erleichtert.

»Was?«, prustete Danis und verteilte ihren halb gekauten Kuchen auf dem Tisch.

»Das darf niemand wissen. Verstanden? Das ist unser Geheimnis, Danis«, ermahnte Julet sie streng.

»Julet hat recht. Wir sind noch nicht fit genug, um in Hanton deine Mutter zu befreien. Zuerst muss ich überlegen, wie wir in das Schloss hineinkommen, ohne gesehen zu werden. Schließlich sind mit Bartisam und Lior unsere Kontakte verschwunden. Aber keine Angst, sie wird erst wieder nach Jechton zurückgebracht, wenn sie vollständig regeneriert ist. Das dauert für gewöhnlich«, sagte Corvin und trank einen Schluck Tee. »Außerdem würde ich sehr gern mit dir auf den Markt gehen.«

Eine erneute Hitzewelle überkam Estelle. Nervös rutschte sie auf dem Stuhl herum, was Corvin ein verschmitztes Grinsen entlockte.

»Gut, dann wäre das geklärt. Ihr bleibt, um euch zu erholen, und währenddessen schmieden wir einen Plan.« Julet reichte Estelle einen kleinen Weidenkorb mit Brot. »Als ich dich das letzte Mal gesehen habe, sahst du wesentlich besser ernährt aus.«

Widerwillig griff Estelle zu. Ihr Magen knurrte zwar, doch seit ihrer Flucht von der Giroschebene hatte sie keinerlei Appetit mehr.

Lior hat getan, was für ihn und seinen Sohn richtig war. Wenn es dabei um dich gegangen wäre, hätte ich dieselbe Entscheidung getroffen.

Estelles Wangen röteten sich erneut.

Kannst du alles hören, was ich denke?

Ja.

»Mama, guck, das Fieber ist zurück«, fiepste Danis.

Julets Blick wanderte forschend von Corvin zu Estelle. Scheppernd landete ihre Gabel auf dem Teller. »Das ist doch nur noch eine Legende, oder?«, keuchte sie entsetzt. »Es gibt keine Aurion mehr und ein gefallener Sarafin ... Tut mir leid, aber wie soll das möglich sein?«

Danis' Augen wurden augenblicklich kugelrund. »Was, Mama? Was ist eine Legende? Ich will es auch wissen. Bitte! Bitte! Sag es mir.«

Estelles Wangen glühten. Corvin zwinkerte ihr verschwörerisch zu. »Es ist möglich. Wir sitzen schließlich vor dir. Meine Mutter hat mir früh beigebracht, wie man sein Gegenstück erkennt. Ohne sie hätte ich Estelle wahrscheinlich nie gefunden.«

»Liebt ihr euch etwa?«, kreischte Danis freudestrahlend.

Corvin fixierte Estelle. Ihr Körper erbebte kurz, als sie seine ungefilterten Gefühle spüren konnte.

Liebe.

Dann nickte er.

Entzückt klatschte Danis in die Hände und sprang auf. »Liebe! Sie lieben sich wie in dem Märchen«, sang sie.

»Ich hätte es dir wohl nicht so oft erzählen sollen«, lachte Julet.

Nervös zupfte Estelle an ihrem Unterkleid.

»Ist eure Bestimmung aktiv? Also diese Kraft, die ihr besitzt?«, hakte sie neugierig nach.

»Sie ist das Herz. Ich bin die Kraft«, antwortete er zustimmend.

»Wir sind aber noch ganz am Anfang.«

Sie sollte das Herz sein? Sie war eine Mörderin. Aurion waren doch gerade wegen ihrer Sanftheit das Gegenstück eines Sarafin.

Es war Notwehr. Du hast das Herz eines Aurion und die Stärke eines Menschen. Du bist eine Kämpferin mit Herz. Ich bin so stolz auf dich.

Wie machst du das? Warum siehst du alles von mir?

Ich werde dir alles zeigen. Alles, was du willst. Auch die Dinge, die dir bisher noch niemand zeigen konnte. Nicht mal dieser blonde Kerl.

Was? Ähm ... Okay ... Also ich ...

Estelle wischte hektisch die schweißnassen Hände an der Serviette ab. Wann hörte er endlich auf, sie so in Verlegenheit zu bringen?

Corvin schlug sich mit der flachen Hand auf den Oberschenkel und lachte grunzend. Tränen rannen ihm aus den Augenwinkeln.

Du setzt mich tatsächlich mit der Macht deiner Gedanken außer Gefecht. Ich werde der erste Sarafin sein, der an einem Lachanfall stirbt. Außerdem grunze ich wie ein Idiot wegen dir.

»Mama, guck, wie rot sie ist. LIEEEBEEEE!«, trällerte Danis, die durch das Zimmer hüpfte und ihre Puppe in die Luft schleuderte.

Bald werden wir eine Einheit sein. Und niemand wird uns je wieder trennen können.

5. FEBRUAR

Genüsslich kaute Danis auf den Spitzen ihrer ellenlangen Haare. Sie sah Julet zum Verwechseln ähnlich. Dieselbe dunkle Haarpracht und die schelmisch grinsenden Augen, die ihre Umgebung wissbegierig musterten.

»Danis, wie oft hab ich dir schon gesagt, dass du deine Haare nicht in den Mund nehmen sollst?«, stöhnte Julet, die Estelles Bustier zusammenschnürte. Nach jeder Öse zog sie ruckartig an den Schnüren und ließ Estelle leise aufquietschen. Zu Beginn hatte Danis bei jedem Quietscher laut aufgelacht, zwanzig Ösen später war ihr die Lust daran jedoch vergangen. Seither saß sie, vertieft in ein Märchenbuch, auf dem Schemel unter dem Fenster. Nachdenklich knabberte sie auf ihren Haarspitzen herum.

»Zweihundertsiebenundfünfzig Mal!«, entgegnete sie keck und spuckte die nasse Haarsträhne aus.

»Warum muss dieses Kind immer so frech sein?«, seufzte Julet.

Estelle zwinkerte Danis verschwörerisch zu. Die grinste breit und erwiderte ungelenk das Zwinkern. Estelle spürte, dass Danis glücklich war. Julets Gefühle hingegen waren ein Klumpen aus Schuldgefühlen und Angst. Sie hatte es bis Harok geschafft, warum beherrschte die Dunkelheit nach wie vor ihr Leben?

Die Stille zerrte sichtbar an Julets Nerven. Verlegen räusperte sie sich. »Ich wollte noch einmal betonen, wie leid mir alles tut. Auch wenn wir in Sicherheit sind, bereue ich mein Handeln jeden Tag. Ich kann unser Glück schwer genießen, weil ich dich verraten habe. Den letzten Aurion in Freiheit«, flüsterte sie.

Estelle nickte wissend. »Ich habe dir bereits vergeben. Wenn du es nicht getan hättest, dann jemand anderes. Ich bin froh, dass du es warst. So konntet ihr wenigstens aus Jechton verschwinden.«

Julet atmete hörbar aus. »Ich war auf dem Marktplatz, um

einen Zentan bei mir aufzunehmen. Unerwarteterweise seid ihr mir in die Arme gelaufen. Ich dachte zuerst, ich werde verrückt.«

Die Schuldgefühle verloren allmählich an Kraft. Die Angst blieb jedoch. Julet schwieg, während sie die restlichen Schnüre durch die Ösen fädelte und Estelle langsam die Luft raubte.

»Wovor hast du Angst?«

Plötzlich zerrte Julet so ruckartig an der Schnur, dass Sterne vor Estelles Augen aufblitzten. »Nicht so fest!«, presste sie hervor.

»Entschuldige«, nuschelte Julet verlegen.

Danis hob den Kopf und sah die beiden nachdenklich an. »Wer hat Angst, Mama?«, fragte sie stirnrunzelnd.

»Niemand, mein Schatz. Schau doch mal nach Corvin. Vielleicht will er ein Brettspiel mit dir spielen.« Julets Stimme war ungewöhnlich dünn.

Schnaufend klappte Danis das Buch zu, rutschte von dem Schemel und ging zur Tür. »Mama, ich bin kein dummes Kind mehr. Du kannst ruhig sagen, dass ihr Erwachsenen-Sachen reden müsst«, zischte sie und verschwand laut trampelnd im Flur.

»Sie wird einfach zu schnell groß«, seufzte Julet gedankenverloren. »Ich werde mir jetzt wohl neue Strategien ausdenken müssen, um sie vor all dem hier zu schützen.« Zornig zurrte sie Estelles Bustier zurecht. Die beiden Schnüre band sie zu einer Schleife kurz oberhalb der Hüfte. Dann ließ sie sich stöhnend auf dem Sessel nieder. »Wenn ihr es schafft, Zuria zu befreien, würdest du uns mit in die Welt unserer Vorfahren nehmen?«

Estelle betrachtete Julet. Ohne das ganze Make-up sah sie unerwartet alt aus. Ihre Stirn lag in tiefen Falten und ihre Augen hatten an Glanz verloren. Sie war ausgelaugt, müde vom Leben. »Was ist passiert?«

»Es ist nicht wegen mir. Es geht um Danis. Ich habe Angst, dass unser Geheimnis of-fengelegt wird. Sie ... Sie ist die Tochter des Kanzlers.« Erschöpft blickte Julet zu Boden.

»W-W-Wie?«, stotterte Estelle bestürzt.

Julet lachte spöttisch. »Na wie wohl! Er hat mich für Sex bezahlt. Als ich schwanger wurde, hat er mir verboten, es wegmachen zu lassen. Er hat mir Geld gegeben, damit ich die neun Monate überlebe. Seither stehe ich in seiner Schuld. Ich gehöre ihm. Sie gehört ihm. Wenn das rauskommt, werden wir nie wieder glücklich. Sie ist das Kind eines Monsters. In Jechton mag das jetzt vielleicht klappen, aber was, wenn der Kanzler einmal stirbt? Wer wird die Macht übernehmen? Was wird mit ihr passieren?«

Estelle hielt den Atem an.

Danis muss Jarundo verlassen.

»Sie ist mein Baby, ich liebe sie über alles. Die Welt unserer Vorfahren wäre ein Neuanfang, ohne diese fürchterliche Geschichte.« Julet blickte auf und sah ihr in die Augen. Es kostete Estelle enorme Kraft, ihrem stolzen Blick standzuhalten. Hinter der Mauer aus Angst steckte ein unzähmbarer Geist.

»Versprich mir, dass du uns mitnimmst«, sagte sie trotzig. »Er wird bereits nach uns suchen. Lange werden wir hier nicht in Sicherheit sein.«

»Ich versprech es«, keuchte Estelle.

Julet nickte erleichtert. Mit einer schnellen Handbewegung wischte sie die ersten Tränen davon. »Genug von mir. Jetzt sieh dich mal an. Du bist wunderschön. Corvin wird ausflippen«, erwiderte sie bestimmend. Für sie schien das Thema mit Estelles Versprechen erledigt zu sein.

Estelle betrachtete sich staunend in dem großen Spiegel, der neben dem Bett stand. Aufgeregt glitten ihre Finger über den glatten Stoff des Bustiers, das so eng saß, dass Estelle automatisch aufrechter stehen musste. Das dunkle Rot der Bluse schmeichelte ihren kasta-nienbraunen Haaren, die sie noch immer nicht standesgemäß streng nach hinten gebunden trug.

»Schätzchen, deine Haare müssen sich von dem Schock erst mal erholen und dann fallen sie von ganz allein in die richtige Richtung«, hatte Yaney damals zu ihr gesagt. Estelle seufzte schwer bei der Erinnerung.

»Was ist? Gefällt es dir nicht?« Julets Augen huschten nervös über das Kleid.

»Es ist wundervoll. Ich habe nur kurz an eine Freundin gedacht, die in Jechton ausharrt.« Da war es wieder, das schlechte Gewissen. Sie konnten auf keinen Fall hierbleiben und liebevolles Paar spielen, während die Welt um sie herum im Chaos versank. *Ich muss kämpfen!*

Julet nickte wissend. »Ihr müsst euch ausruhen. Niemandem ist geholfen, wenn ihr zu früh aufbrecht und an eurer Erschöpfung scheitert. Außerdem wartet draußen jemand, der mit dir den Markt erkunden will. Vielleicht aber auch dich.« Julet grinste und zwickte sie neckisch in den Hintern.

»Sag mal«, zischte Estelle gespielt aufgebracht.

»Tut mir leid, alte Berufskrankheit«, lachte Julet.

Corvin und Danis saßen am Küchentisch und brüteten über einem Brettspiel, das Danis zu gewinnen schien.

»Darf ich euch diese wunderhübsche Dame vorstellen«, sagte Julet, als sie aus dem Zimmer trat.

Gedankenversunken blickte Corvin auf. Kaum hatte er einen Blick erhascht, konnte er sich nicht mehr von Estelle losreißen. Seine Gedanken rasten und seine Gefühle fuhren Achterbahn.

WOW!

Ein verschmitztes Grinsen stahl sich auf seine Lippen.

Danke.

Wollen wir los? Ich meine ... also ... willst du auf den Markt gehen?

Mhm.

So viel Aufmerksamkeit war sie nicht gewohnt, schon gar nicht, wenn diese tief in ihren Gedanken stattfand, unentdeckt von den anderen im Raum.

Julet klatschte aufgeregt in die Hände. »Sag ihr doch endlich, wie wundervoll sie aussieht.«

»Keine Sorge, das ist längst passiert«, antwortete Corvin augenzwinkernd.

»Oh! Ja natürlich«, erwiderte Julet und schlug sich mit der flachen Hand gegen die Stirn. »Mit so einer Gabe hätte ich damals eine Menge Geld verdienen können.«

»Sehr viel Geld«, lachte Corvin schallend.

Estelle hob verwundert die Augenbrauen.

Nichts für deine ehrbaren Aurionohren.

Ehrbare Aurionohren? Was für ein Schwachsinn. Ich weiß sehr wohl, was Julet in Jechton gemacht hat. Sie hat ... Ähm ... hatte ...

Du kannst es ja noch nicht mal aussprechen.

Du spinnst doch!

Dann sag es.

»Ich unterbreche nur ungern euren stillen Flirt. Aber ihr solltet langsam los, sonst verpasst ihr das ganze Spektakel«, lachte Julet.

Danis verschränkte mürrisch die Arme vor der Brust. »Das ist gemein. Ich gewinne und du hörst einfach auf zu spielen«, schmollte sie. »Der Markt ist jeden Tag, warum gehst du nicht morgen?« Wütend schleuderte sie die Würfel quer durch die Küche.

»Ich mache dir einen Vorschlag. Wir lassen das Spiel hier stehen, und wenn ich zurück bin, werden wir unsere Partie fortsetzen«, antwortete Corvin beschwichtigend. Danis zog eine beleidigte Schnute. Estelle warf sie einen bitterbösen Blick zu.

Eine Sechsjährige ist eifersüchtig auf mich.

Wundert dich das?

Estelle rollte genervt die Augen.

Das geht jetzt hoffentlich nicht die ganze Zeit so weiter.

»Versprochen?«, fragte Danis schmollend.

»Ehrenwort!«, erwiderte Corvin.

Danis nickte bockig. »Wehe, du belügst mich, dann rede ich nie wieder mit dir!«, schimpfte sie und verschwand murmelnd in ihrem Zimmer.

Corvin stemmte sich mühsam an der Tischkante nach oben. Die Flügel unter seinem Hemd knarrten leise – über sein Gesicht huschte ein Hauch von Schmerz. Weit weniger, als er in Wirklichkeit verspürte. Estelle verzog gequält die Mundwinkel.

Tut mir leid.

Was?

Dass du meine Schmerzen fühlst.

Meine Gefühle waren für dich sicher auch nicht immer leicht.

Du meinst das Wirrwarr, das mich betrifft?

Estelle blickte verlegen zu Boden.

Was soll ich machen? Ich verdrehe dir einfach total den Kopf.

Ach halt die Klappe.

Ich mag dich, Aurionmensch.

Gemeinsam schlängelten sie sich durch die schmalen Straßen und Abzweigungen von Harok, die wie ein Irrgarten vom Stadtkern abgingen. Estelle hatte Mühe, auf den groben Pflastersteinen Halt zu finden. Die Absätze ihrer neuen Schuhe waren sogar ein kleines Stück höher als bei denen, die sie auf der Giroschebene zurückgelassen hatte.

So ein Mist. High Heels sind total bescheuert.

Die ungewohnt grelle Sonne hing wie ein goldenes Medaillon am Himmel, umspielt von blütenweißen Zuckerwattewolken. Das Blau war so satt, dass Estelle das Gefühl hatte, sie könnte es schmecken. Mit jedem Schritt spürte sie, wie das Leben in sie zurückkehrte. Die Verzweiflung wich einem Gefühl der Sorglosigkeit. Obwohl ihre Reise nicht beendet war und sie Lior verloren hatten, fühlte sie sich frei. Corvin schien es ähnlich zu gehen. Er ging aufrechter und die dunklen Schatten unter seinen Augen verblassten allmählich im warmen Sonnenlicht. Er erholte sich ausgesprochen gut von der Wunde.

Ob das vielleicht an unserer Verbindung liegt?

Der Markt umfasste die gesamte Innenstadt. Kleine Marktbuden standen dicht gedrängt an den Häuserwänden. Es gab gerade genug Platz, dass die Passanten in Ruhe flanieren konnten. Noch nie hatte Estelle so viele Reduco gesehen. Sie machten den Großteil der Händler aus. Doch sie verkauften nicht, sie tauschten.

Fisch wurde gegen Mehl getauscht und Strickwaren gegen Kartoffeln. Jeder tauschte das, was er benötigte, gegen das, was er im Überschuss hatte. Die Reduco in ihren wallenden Gewändern schauten mürrisch in die Menge.

»Sind die immer so schlecht gelaunt? Ich dachte, das wäre ein Phänomen, das es nur in Jechton gibt.«

»Die Reduco sind im Allgemeinen keine allzu fröhliche Gemeinschaft«, antwortete Corvin schmunzelnd. Das Lächeln, das seit Stunden auf seinen Lippen lag, stand ihm ausgesprochen gut.

Vor einem mintgrünen Haus mit dunklen Holzbalken bot ein besonders misslaunig dreinblickender Reduco frischen Fisch an.

»Oh, schau mal. Sollen wir Julet einen Fisch mitbringen?«

Corvin zuckte die Achseln. »Wir haben nichts zum Tauschen.«

»Lass mich nur machen«, sagte Estelle und trat an den Marktstand heran. Dickbäuchige Fische lagen aufgereiht auf einer Holzplatte, die über und über mit Eis bedeckt war. Der Reduco trug einen grauen Schlapphut, der an den Seiten nach unten knickte. Seine matschbraunen Haare waren wie bei allen Reduco schulterlang. Eine Knubbelnase zierte die Mitte seines Gesichtes. Zwei kugelrunde dunkelgraue Augen musterten sie griesgrämig.

»Was wollt ihr«, murrte er.

»Einen Fisch«, antwortete Estelle beschwingt.

»Natürlich, was sonst? Eier hab ich ja keine.«

Verblüfft sah sie Corvin an, der neben ihr stand und einen Lachanfall nur schwer zurückhalten konnte. »Ich nehme den da.« Estelle zeigte auf ein besonders dickes Exemplar.

»Was habt ihr für mich?«, erwiderte er knurrend.

Estelle kramte in der Tiefe ihrer feuerroten Umhängetasche, die Julet ihr am Morgen geliehen hatte, und legte einen Diamanten in die raue Handfläche des Reduco.

»Das kann ich aber nicht essen«, schnaufte er genervt.

»Damit können Sie sich was Neues kaufen«, entgegnete Estelle verdutzt. »Oder Sie tauschen es weiter.«

Scharf pfiff der Reduco die Luft aus seiner sonderbaren Nase.

»Immer diese Touristen. Ständig kommen sie aus dem Süden des Landes und wollen was kaufen. Mein Cousin dritten Grades lebt in Jechton. Dem ist auch nicht mehr zu helfen. Will mir dauernd einreden, dass ich Gold für meinen Fisch verlangen soll. Dabei brauch ich Mehl und Eier. Kein Gold. Wie soll ich Gold essen?« Zornig riss er Estelle den Fisch aus der Hand und klatschte ihn zurück auf den Tisch. Erschrocken sprang sie zur Seite, als Eisstücke in ihre Richtung flogen.

»Wenn du Mehl oder Eier hast, bekommst du einen Fisch. Ansonsten verschwinde! Wisst ihr überhaupt noch, was Tauschhandel bedeutet? Diamanten tauschen ... Pffff ... Was für ein Dummkopf.«

»Es tut mir leid. Ich dachte, ich kann ...«

»Ja ja, ihr denkt doch nie nach!«, unterbrach sie der Reduco aufgebracht. Er griff über den Tisch, packte forsch ihr Handgelenk und zerrte sie näher. Den Diamanten stopfte er Estelle in den Kragen ihrer Bluse. »So was brauch ich nicht. Damit könnt ihr vielleicht die Zeppeline bezahlen, die euch herbrachten, oder die Hotels der Ourak«, schimpfte er weiter. »Freizeitspaß heißt das! Freizeitspaß für die Schnösel aus dem Süden. Ihr wohnt wohl auch in dieser 1. Zone?« Mit einer abwertenden Handbewegung scheuchte er sie davon.

»Wie unhöflich Sie sind. Sie hätten wenigstens eine Ausnahme machen können«, brummte Estelle. Wütend öffnete sie den Blusenkragen und fischte den Diamanten aus ihrem Ausschnitt.

»Lass es.« Lachend zog Corvin Estelle von dem schimpfenden Reduco fort. »Du darfst mich nicht so zum Lachen bringen. Meine Wunde tut dann höllisch weh«, prustete er mit schmerzverzerrtem Gesicht.

»Du hast gewusst, dass er so reagiert, oder?«

Corvin wischte sich nickend eine Träne aus dem Augenwinkel. »Es war einfach köstlich. Die Reduco werden bereits unfreundlich geboren. Ich weiß gar nicht, warum es sie hierher verschlagen hat. Und du bietest ihm Diamanten an«, presste er hervor.

»Diamanten zum Tauschen.«

»Du hättest mich wenigstens vorwarnen können, wenn du schon meine Gedanken liest.« Beleidigt drehte sie sich um und marschierte davon.

Blödmann!

Corvin folgte ihr schweigend. Mit seinen Fingern spielte er an der Schleife des Bustiers.

Wie wunderschön sie ist. Sie riecht wie der Frühling; nach Rosen und Jasmin. Das Sonnenlicht lässt ihre bernsteinfarbenen Augen glänzen. Wir gern würde ich mit ihr hierbleiben. So tun, als wäre die Welt in Ordnung. Ein kleines Haus kaufen, um die letzten Sonnenstrahlen zu genießen, bis die Dunkelheit über uns alle hereinbricht.

Seine Gedanken brachten zahlreiche Schmetterlinge in ihrem Bauch zum Fliegen.

Du riechst wie der Herbst, kurz bevor der Regen fällt.

Corvin blieb abrupt stehen. Estelle drehte sich um und ergriff seine Hand. Zaghaft berührte sie die blasse Haut seines Handrückens. Die dunklen Adern schimmerten hindurch wie eine Landkarte. Ihre Fingerspitzen wanderten weiter, glitten unter das weiße Hemd. Eine Gänsehaut prickelte auf seiner Haut und kitzelte ihre Fingerkuppen. Estelle blickte nach oben in die dunkelsten Augen der Welt.

Sie wird mich hassen. Für alles, was ich getan habe. Ich bin ein gefallener Sarafin. Ein Monster wie mein Vater. Ich hasse mich für das, was ich bin.

Estelle umschloss sein Handgelenk mit den Fingern. Sie fühlte die Traurigkeit, die seine Seele durchtränkte. Waren die Gedanken für sie bestimmt gewesen? Oder hatte sie eben in sein Innerstes hineingesehen?

Wie könnte ich dich hassen, nach allem, was wir erlebt haben?

Corvin wich einen Schritt zurück. Doch Estelles Finger gruben sich tief in seine Haut. Sie würde ihn jetzt nicht so einfach davonkommen lassen.

»Du warst in meiner Gedankenwelt«, sagte er und strich verlegen eine Haarsträhne aus ihrem Gesicht. Wo seine Fingerkuppen ihre Stirn streiften, fühlte sie ein warmes Kribbeln, das sie leise aufseufzen ließ.

»Das alte Jarundo macht dich stärker.«

»Du weichst mir aus.«

Corvin lächelte matt.

Ich weiche dir aus, weil ich keinen blassen Schimmer hatte, dass du längst in meine Gedankenwelt sehen kannst. Ich will dich mit meinen Gedanken und Gefühlen nicht erschrecken.

Keine Ahnung, wie das passiert ist und wie ich es steuern kann.

Ich werde es dir zeigen.

»Du weißt aber, dass ich dich nicht hassen kann?«

»Ja.«

Nein!

»Schon wieder! Hör auf, solche Sachen zu denken.«

Corvin schloss die Augen. »Estelle, du weißt eben noch nicht alles über mich.«

»Das ist doch unwichtig. Du hast mir das Leben gerettet. Mehrmals. Und du hast das Aroun für mich aufgegeben. Wie sollte ich dich da hassen können?«

»Du verstehst das nicht«, unterbrach er sie.

»Nein! Du hörst mir jetzt zu. Seit ich denken kann, habe ich diese eigenartigen Gefühle in mir. Ich dachte immer, ich werde irgendwann verrückt. Weil ich zu nett war, zu schüchtern und irgendwie passte ich nirgendwo hin. Selbst hier war ich der unreine Aurion. Niemand konnte mich sehen, außer dir. Bis ich dich auf der Giroschebene beinahe verloren habe. Da wurde mir bewusst, dass ich ohne dich nicht leben kann.«

Du bist mein Gegenstück, ich sollte dich vervollständigen. Siehst du nicht, wie mich alle ansehen? Sie glotzen das Monster an.

Estelle waren die irritierten Blicke längst aufgefallen. Die Passanten starrten Corvin argwöhnisch an, wichen ihnen teilweise sogar großflächig aus. Manchmal erhaschte sie einzelne Bilder von Kämpfen oder fuchsteufelswilden Sarafin, die durch die Berge zogen und Reisende überfielen. Sie konnte den Ourak nicht verübeln, dass sie Angst vor ihm hatten.

Bist du deshalb immer so wütend? Weil dich die Leute so ansehen?

Wenn sie Angst haben, dann behandeln sie mich mit Respekt.

Warst du so gemein zu mir, weil du dachtest, ich wäre wie sie? Ähm ... Weil ich, wie sie war?

Corvin nickte zaghaft.

Es tut mir leid, Estelle. Es ist schwer, alte Gewohnheiten abzulegen. Aber du versteckst dich doch auch. Zwar nicht vor den Ourak, aber vor der Liebe.

Was ... Ich ...

Ein Zucken durchfuhr ihren Magen. Er hatte den einen grauen Fleck auf ihrem Herzen gefunden.

Wir sind uns so unbeschreiblich ähnlich. Macht das ein Gegenstück aus?, wich sie der Konfrontation aus. Sie wollte auf keinen Fall gestehen, dass sie sich bereits verliebt hatte.

»Es gibt da schon ein paar grundlegende Unterschiede zwischen uns.« Corvin grinste spöttisch. »Und vergiss niemals, dass du deine Gefühle nicht vor mir verstecken kannst.«

Oh man! Also ... Welche Gefühle?

»Es ist nicht einfach mit einem Gegenstück, oder?«, lachte er erleichtert.

»Nein«, murmelte Estelle verlegen.

»Zum Glück hab ich nie was anderes behauptet.« Abwehrend hob er die Hände.

Du bist echt so was von eingebildet!

Das liegt uns Sarafin im Blut.

»Komm, gehen wir weiter«, sagte Estelle und wirbelte herum. Corvin hielt sie an ihrem Arm zurück. Fordernd drehte er sie zu sich um und zog sie an seine Brust. Sein warmer Atem streifte ihre Stirn und ließ ihr Herz Purzelbäume schlagen.

Es wird Zeit, dich mal wieder zu küssen.

Estelles Wangen wurden heiß. Nervös schluckte sie den entstehenden Knoten in ihrem Rachen hinunter. Sie wusste, dass er in diesen Momenten alles spüren konnte. Das machte die Situation noch viel peinlicher.

Ja. Also ich ... puhhh ...

Prustend unterdrückte Corvin einen erneuten Lachanfall.

Es tut mir leid. Aber du bist einfach so leicht zu durchschauen. Ich muss nicht mal deine Gedanken lesen.

Beschämt knabberte sie auf ihrer Unterlippe. Corvin zog scharf die Luft ein und starrte auf ihren zart glänzenden Mund.

Bürschchen, du machst mich echt verrückt.

Sanft strich er mit seinem Daumen über ihre halb geöffneten Lippen.

Das war nicht meine Absicht.

Ich habe dich durchschaut, Aurionmädchen. Du willst mich verrückt machen.

Er beugte sich zu ihr herunter und küsste sie beinahe scheu. Vorsichtig erwiderte sie den Kuss. Corvin stöhnte leise auf, was Estelles Beine zum Zittern brachte.

Ich sag doch, du machst mich verrückt.

Estelle schloss die Augen. Ein Feuerwerk aus goldenen Funken explodierte hinter ihren Lidern. Sie spürte ihre Gefühle, die Achterbahn fuhren und die Welt auf den Kopf stellten. Dazu sein Verlangen, das ihr eine Hitzewelle nach der anderen durch den Körper jagte.

Das hier ist verrückt!

Wuchtige Gardinen verbannten die natürlichen Sonnenstrahlen der Außenwelt. Die Sommerresidenz im Norden glich dem Regierungspalast in der 1. Zone. Kahle Wände, helles Licht und elegante Möbel, die zeigten, welchen Reichtum er besaß. Allein die Fassade des Palastes hatte er an die Stadt anpassen lassen. Es war ein verschnörkeltes Etwas, das sein Innerstes jedes Mal aufschreien ließ, sobald er in Sichtweite kam. Gelbe Dachziegel, barocke Säulen und Fensterscheiben in unterschiedlichen Farbtönen. Cecilia hatte ihm damals versichert, die Leute würden ihn für dieses Gebäude lieben. Doch Hanton war nie seine Stadt gewesen. Zu trivial, zu altmodisch und zu viele Ourak, die ihn nach wie vor nicht als Herrscher annahmen. Egal, wie sehr sie sich verbeugten, in zu vielen Augen konnte er die Abscheu sowie den Stolz auf ihre alten Werte erkennen. Wenigstens hatten sie erkannt, wie nützlich die Zentan sein konnten. Ohne die große Abnahme des Nordens hätte er die unzähligen Katzenwesen längst töten müssen. Das war eine enorme Geldverschwendung, Geld, das immer weniger wurde.

Aufgeregt knibbelte der Kanzler an seinen fleischroten Fingerkuppen. Dünne Hautfetzen hingen am Nagelbett herab und entblößten das nässende, blutunterlaufene Fleisch darunter. Schmerzverzerrt schnitt er eine Grimasse, während er das tropfende Blut mit den Lippen aufsaugte. Schmatzend blickte er Brückner an, der mit tippelnden Füßen vor ihm stand und die verschlossenen Fenster argwöhnisch musterte. Er kannte ihn bereits so viele Jahre, dass er wusste, was in seinem Kopf vorging. Wäre er nicht der Herrscher dieser Welt, sondern sein alter Schulfreund, würde Brückner ihm den Finger aus dem Mund schlagen. Doch die Jahre der Freundschaft waren längst verstrichen.

»Herr Kanzler, Sie könnten das natürliche Sonnenlicht vertragen, Sie müssen aufhören, sich so zu verbarrikadieren.« Brückner betrachtete den Kanzler aufmerksam. »Die Narbe wird aufplatzen, wenn sie sich zu schnell bewegen. Außerdem sollten sie ihre Finger in Ruhe lassen. Es wirkt unprofessionell, wenn sie zu der großen Zeremonie mit solch zerschundenen Händen kommen.«

»Mein Gott, Brückner. Dann ziehe ich eben Handschuhe an, wo ist das Problem? Jetzt sagen Sie mir endlich, ob alles vorbereitet ist. Ist Zuria aufgeladen?«

»Sie ist kein Akku, den man beliebig aufladen kann.« Brückner schnalzte genervt mit der Zunge. Eine Geste, die dem Kanzler die Hitze in die Wangen trieb. Brückner schien dies zu bemerken, denn er wich einen Schritt zurück. Gut so!

»Wenn Sie ihre Regeneration meinen, kann ich Sie beruhigen. Sie ist wiederhergestellt und kann ohne Probleme an der Zeremonie teilnehmen. Zuria kennt ihre Bestimmung und wird ihre Tochter sicher überzeugen können.«

»Die Maschinen sind ebenfalls einsatzbereit?«

Brückner nickte. »Lentars Vorbereitungen laufen erstklassig. Der Ballsaal ist geschmückt und die Zimmer dekoriert. Hoffen wir, dass alles nach Plan verläuft. Schließlich landen die ersten Gäste in ein paar Stunden. Das Mädchen hat die Giroschebene bereits vor einer Weile verlassen. Die Aufräumarbeiten in der Zuchtstation werden leider wohl einige Wochen in Anspruch nehmen. Der Schaden ist immens. Aber es scheint so, als entwickelte sie sich in die richtige Richtung. Der Kontakt zu ihrer Mutter wird bestimmt die letzte Barriere stürzen.«

Es musste nach Plan verlaufen, wenn er seine Herrschaft ausbauen wollte. Der Süden reichte bei Weitem nicht, er wollte ganz Jarundo unter sich wissen. »Was noch? Sind Sie nicht eigentlich hier, um mich zu untersuchen?« Die Stimme des Kanzlers erhob sich erneut. Angespannt strich er über den Verband an seinem nackten Oberkörper. Braune Flecken klafften auf seiner Brust.

»Der Schmerz wird bald nachlassen«, sagte Brückner mit sanfter Stimme.

»Pah! Das versprichst du mir seit fünfzehn Jahren.« Angewidert blickte der Kanzler zur Seite. Vielleicht sollte er Brückner hinrichten lassen? Dann würde ihm jeder wieder mit Respekt begegnen. Der Leibarzt des Kanzlers, hingerichtet wegen törichten

Verhaltens. Der Klatsch würde sich in Windeseile im Land verbreiten. Selbst die Chento würden seinen Tod im Wind verkünden.

Brückner nickte hastig. »Sie haben recht. Ich bitte um Entschuldigung. Ich meinte: Die Schmerzen werden erträglicher.«

Genervt grunzte der Kanzler und verlagerte sein Gewicht. Trotz der Schmerzen verweigerte er eine Dosis Aroun. Dieses Teufelszeug wollte er unter keinen Umständen in seinem Körper wissen. Schon länger hegte er den Verdacht, dass Brückner ihm in den unzähligen Operationen heimlich Dosen der widerwärtigen Flüssigkeit spritzte. Die letzte Behandlung hatte seine Vermutung bestätigt. Solange er jedoch bei Bewusstsein war, würde er niemals Aroun zu sich nehmen. »Warum sind Sie hier? Muss ich Ihnen jetzt die Worte aus der Nase ziehen?«

Brückner verzog für einen Augenblick angewidert den Mund. Dann fischte er eine silberfarbene Kugel aus der Tasche seiner weißen Arbeitsuniform. »Das sind die neuen Lichteinheiten«, erklärte er und ließ die glänzende Kugel spielerisch von einer Hand in die andere rollen. »Ich habe sie mit unseren Technikern geprüft und für gut befunden. Die Bewohner der 1. Zone werden gar nicht bemerken, dass sie weniger reines Licht bekommen. Gesundheitlich haben sie die zusätzlichen Lichteinheiten nie benötigt, da sie über das Beleuchtungssystem täglich mit reinem Licht versorgt werden. Es hat einige Wochen gedauert, aber nun können wir die Lichtintensität perfekt imitieren. Für den Kick, den sich die Anwender wünschen, habe ich gerade genug reines Licht eingespeist. In das Beleuchtungssystem der 1. Zone schleusen wir ebenfalls eine kleinere Menge künstliches Licht ein. Kein Ourak wird einen Mangel erleiden, da ich medizinisch alles genau untersucht und technisch richtig eingestellt habe. Somit sparen Sie, Herr Kanzler, wichtige Ressourcen.«

Anerkennend trommelte der Kanzler mit den Fingerknochen auf den Tisch. Wie konnte er bloß an Brückner zweifeln? »Das nenne ich gute Neuigkeiten. Es scheint, als würde mein Tag immer besser werden.«

Brückner lächelte schüchtern. »Ich gebe mein Bestes.«

»Sicher doch. Daran habe ich niemals gezweifelt.« In einer großen Geste hob der Kanzler die Arme in die Luft. »Sie sind mein bester Mann!« Unvermittelt durchfuhr ein heißes Stechen seine Brust. Erschöpft von den andauernden Schmerzen sank der Kanzler zurück in die Polster.

»Trotz der erfreulichen Nachrichten sollten Sie sich nun ausruhen«, ermahnte der Arzt ihn erneut.

»Sie haben recht. Ich sollte nicht an Ihrer fachlichen Kompetenz zweifeln.«

Zaghaft klopfte es an der Tür.

»Was!«, brüllte der Kanzler.

Lentar streckte seinen Kopf durch den Türspalt. Die Atmung des Greises ging stoßweise. Kalter Schweiß stand auf seiner gerunzelten Stirn.

»Warum stehst du wie ein bettnässender Schuljunge vor der Tür? Komm rein und sag gefälligst, was du willst. Bin ich eigentlich nur von Idioten umgeben?«

»I-I-Ich ...«, stammelte Lentar, als er ins Zimmer kam. »I-Ich h-h-habe Neu-Neuigkeiten aus H-H-Harok. S-Sie g-g-glauben ni-nicht, w-wenn M-Mawet auf-auf-aufgegriffen h-hat.«

7. FEBRUAR

Die Mittagssonne brannte unerbittlich durch das Esszimmerfenster. Der Frühling verstrich und machte langsam einem heißen Sommer Platz. Was merkwürdig war, denn Estelle war im tiefsten Winter nach Jechton gelangt. Dass in Jarundo die Jahreszeiten anders verliefen, verwunderte sie noch immer.

Julet und Danis waren vor mehr als einer halben Stunde aufgebrochen, um Nurus Beschützerin im östlichen Teil der Stadt aufzusuchen. Die Zentanfrau verstand sich prächtig mit der älteren Dame. Anfangs war sie skeptisch gewesen, wie dieser stumme Widerstand etwas verändern sollte. Doch die wiedergewonnene Freiheit hatte sie überzeugt. Verließen sie die Wohnung, verhielt sich Nuru wie die anderen Zentan. Sie ging stets einen Schritt hinter ihrer Beschützerin. Zu Hause und bei Verbündeten war sie ein gleichwertiges Wesen. Für viele Zentan, die in Gefangenschaft geboren worden waren oder die frühere Ordnung vergessen hatten, wurde Nuru schnell zu einer Art Vorbild. Estelle hatte sich fest vorgenommen, die Zentanfrau vor ihrer Abreise selbst noch einmal zu besuchen.

Julet hatte ihnen in Hanton einen Kontaktmann vermittelt. Wobei sie auf ihren Plan eher verhalten reagiert hatte. »Ich weiß nicht, was Bartisam sich vorgestellt hat, aber hier ist niemand wirklich aktiv. Nach der Schlacht auf der Giroschebene sind die letzten Überlebenden untergetaucht und nie wieder an die Front zurückgekehrt. Die Ourak leisten stillen Widerstand. Sie unterstützen einander, verachten den Kanzler und behalten den Tauschhandel mit den Reduco bei. Ob euch die Ourak helfen können oder wollen, weiß ich nicht. Ich hoffe bloß, Bartisam ist keinem Traum hinterhergejagt. So hört es sich zumindest an.«

Nach der hoffnungslosen Offenbarung hatte sich Estelle zurückgezogen. Sie benötigte Ruhe, um ihre wirren Gedanken zu ordnen. Die fand sie zu ihrer Erleichterung in Julets Bücherregal. Das alte Leder der dicken Einbände roch vertraut. Für wenige Augenblicke reiste sie zurück in die Schillerallee. Gemütlich saß sie auf dem geblümten Sofa und durchblätterte das Märchenbuch über die Prinzessin und den unheimlichen Fremden, der sich am Ende als Prinz entpuppte. Estelle schmunzelte; die Frau aus der 1. Zone hatte während ihrer Flucht in Estelle und Corvin euphorisch die Märchenfiguren erkannt.

Kaum zu glauben, wie viel Zeit seither vergangen ist. Was wir alles überlebt haben. Wen wir alles verloren haben.

»Estelle. Kommst du bitte?« Corvin riss Estelle aus der immer weiter aufsteigenden Traurigkeit. Rasch klappt sie das Buch zu, legte es auf den Beistelltisch neben dem Sofa und schlenderte den Gang entlang. Vor der geschlossenen Zimmertür wurde Estelle bewusst, dass sie allein waren und ihre Gefühle sich drastisch verändert hatten. Verwirrt hielt sie inne. Mit zitternden Fingern berührte sie zaghaft den Türgriff.

Soll ich aufmachen? Mist ... Ich trau mich nicht ... Warum hab ich Angst? Nur weil wir allein sind? Das hat nichts zu bedeuten.

»Jetzt mach schon. Ich weiß, dass du vor der Tür stehst.«
Ertappt kniff sie die Augen zusammen.

Es ist so peinlich, dass er immer alles von mir weiß. Warum kann sich kein Loch auftun, in dem ich mich verkriechen kann?

»Du musst die Türklinke runterdrücken. Es ist ganz einfach. Sogar der dümmste Reduco schafft das«, hörte sie ihn lachen.

In jeder Situation hat er einen dämlichen Spruch auf den Lippen.

Schleppend öffnete sie die Tür. Corvin saß im Schneidersitz auf dem Boden und lächelte sie breit an. Erleichtert entwich ihr die angehaltene Luft zwischen den Zähnen.

Warum bin ich eigentlich erleichtert? Weil er nicht nackt auf dem Bett liegt?

Corvin dröhnendes Gelächter machte ihr sofort wieder bewusst, dass ihre Gedanken vollkommen offen lagen. Zumindest für den Sarafin. Glühend heiße Schamesröte schoss ihr in den Kopf.

Nicht so schüchtern. Setz dich zu mir. Ich möchte dir zeigen, auf welche Weise wir miteinander verbunden sind. Diese Verbindung ist selbstverständlich rein geistiger Natur.

Grinsend zwinkerte er ihr zu und verstärkte das unangenehme Glühen ihrer Wangen.

Zögernd betrat Estelle das Zimmer und kauerte sich zu ihm auf den Boden. Unvermittelt reichte er ihr die Hand. Mit klopfendem Herzen legte sie ihre in seine und schloss die Augenlider, als ein angenehmer Schauer über ihren Rücken wanderte. In ihrem Bauch schwirrten plötzlich Tausende Schmetterlinge.

Komm etwas näher. Ich will, dass du ganz nah bei mir bist.

Estelle rutschte in seine Richtung. Sie stoppte erst, als sich ihre Knie berührten. Unter der Berührung spannten sich sofort sämtliche Muskeln in ihrem Körper an.

Öffne deine Augen.

Estelle zog scharf die Luft ein. Sie kämpfte gegen den drängenden Fluchtinstinkt an und öffnete vorsichtig die Lider. Corvin grinste sie aufmunternd an. Seine Haut hatte im Sonnenlicht an Farbe gewonnen. Er hatte nun eine vornehme Blässe, die perfekt zu seinen schwarzen Haaren und den dunklen Augen passte. Estelle lächelte gezwungen. Sie war sich ihrer Nähe nur allzu bewusst. Sein Körper verströmte eine Wärme, die sie schwindelig werden ließ.

Was muss ich tun?, sagte sie rasch in Gedanken. Sie wollte auf keinen Fall beim Schmachten erwischt werden.

Du darfst keine Angst vor den Emotionen anderer haben. Dann geht es von ganz allein. Wie damals bei Lior. Ihm hast du vertraut, daher war er der Erste, bei dem du in die Gedankenwelt sehen konntest. Bei Raoul ging es, weil du unbedingt Loun finden wolltest.

Warum konnte ich es bei dir bisher nicht?

Weil du mir nicht vollkommen vertraut hast. Und ich ... na ja ... eine Blockade aufgebaut hatte.

Die ich auf dem Markt durchbrochen habe?

Genau. Auf dem Weg nach Harok hast du das erste Mal meine

Gedanken lesen können, ohne dass ich dich direkt angesprochen habe.

Gibt es da einen Unterschied?

Du kannst mit niemand so sprechen, wie wir es gerade tun.

Sicher?

Du kannst die Gefühle und Gedanken der anderen sehen. Aber nur mit mir kannst du in Gedanken sprechen, weil die anderen gar nicht merken, dass du in ihrem Kopf bist. Bei ihnen kannst du lesen und durch deine Gefühle Gutes tun. Bei mir mitschreiben, mitfühlen und mitsehen, weil ich ein Teil von dir bin. Und du von mir.

Lior war erstaunt, dass ich seine Vergangenheit gesehen habe.

Die meisten Aurion fühlen einfach das, was ihr Gegenüber fühlt. In ganz seltenen Fällen können Aurion in andere so tief blicken wie du. Wir Sarafin erfassen allein unser jeweiliges Gegenstück. Du musst lernen, mit deiner Gabe angemessen umzugehen, denn du bringst den Ausgleich. Die Aurion löschen die Gefühle nicht, sondern schwächen sie. Alle Lebewesen schöpfen durch sie neue Kraft. Du als Mensch hast aber viele Gefühle, die den Aurion eigentlich fremd sind. Wenn du sie nicht im Griff hast, kannst du damit Schlimmes anrichten.

Das klingt alles sehr kompliziert.

Lass es mich anders erklären. Als du diesen blonden Schnösel geküsst hast, konntest du fühlen, dass er dich nicht liebt. Daher war der Kuss auch so was von scheiße! Selbst wenn du ihn geliebt hättest, was du aber nicht getan hast, wäre der Kuss unvollkommen gewesen, weil er für dich keine Liebe empfunden hat. Er hat Lust verspürt. Du hast das erkannt, ohne dir darüber bewusst zu sein. Deine Sinne waren bereits aktiviert.

Ähm ... Lust?

Er wollte dich mit dem Kuss flachlegen.

Das hast du gesehen? Alles?

Estelle runzelte verwundert die Stirn.

Natürlich. Du bist mein Gegenstück. Zum Glück hast du es nicht getan, stell dir vor, wie grottig das erst gewesen wäre.

Das ist irgendwie unheimlich und total peinlich.

Unruhig wand sich Estelle auf dem Boden. Am liebsten wäre sie aufgesprungen und vor Scham davongestürmt. Corvin verstärkte seinen Griff um ihre Hand und grinste sie schief an.

Du hast auf deine Intuition vertraut. Ich wünschte, ich hätte das öfter getan ... In die Seele der anderen zu blicken, ist ein großer Schritt und er kostet am Anfang enorm viel Kraft. Daher darfst du diese Gabe erst mal nicht ständig anwenden. Außerdem musst du lernen, dich abzugrenzen. Die Gefühle der Zentan haben dich vollkommen eingenommen. Ich hatte wirklich Angst um dich.

Ich wusste nicht, dass du dich um mich sorgst.

Jeden beschissenen Tag leide ich Höllenqualen. Wenn dir etwas passiert, ich wüsste nicht ...

Estelle zog scharf die Luft ein. Sie spürte, dass er die Wahrheit sagte.

Bisher ist es gut gegangen. Du musst doch zugeben, ich bin eine Amazone geworden. Wie Wonder Woman.

Amazone? Wonder wer?

Ach vergiss es. Wenn wir alles hinter uns haben, werde ich dir meine Welt zeigen.

Darauf freue ich mich schon. Bist du bereit?

Was muss ich genau tun?

Ungeduldig rutschte sie ein Stück näher.

Schau mir einfach weiter in die Augen. Ich lasse dich rein.

Ich dachte, wir sehen alles voneinander?

Ich sehe alles von dir. Du stehst noch ganz am Anfang.

Ich bin bereit.

Was willst du sehen?

Lass mich überlegen ... Hmhm ...

Du willst meine Mutter sehen. Wie sie ... Wie er sie ...

Was? Nein, ich hab doch gar nicht ...

Entsetzt riss sie die Augen auf.

Du willst es wissen, seit Minette es dir erzählt hat.

Ähm ... Es tut mir leid.

Das war der Grund, warum du mich überhaupt geküsst hast. Du hattest Mitleid und ich war dein Held. Ich wurde dadurch irgendwie menschlicher für dich.

Ich ...

Estelle wurde heiß und kalt zugleich. Ihre Wangen glühten vor Scham.

Jetzt werd nicht wieder rot. Ich weiß eh alles über dich. Also darfst du das auch über mich wissen. Du musst es sogar wissen, erst dann kannst du mich wirklich verstehen. Wenn es zu viel wird, sagst du es. Sofort!

Corvin drückte ihre Hand.

Das ist lieb von dir. Ich bin mittlerweile aber viel stärker, wie du weißt.

Das spielt keine Rolle. Du wirst es durch meine Erinnerung, mit meinen Emotionen sehen. Ich weiß, wie schlimm es war ... Ich öffne meine Gedankenwelt, halte dich bereit.

Okay. Und jetzt?

Atme tief ein.

Estelle tat, wie ihr befohlen. **Vor ihr öffnete sich plötzlich eine ihr unbekannte Welt. Die Sonne hing satt am Himmel. Einige Sarafin kreisten über ihr. Ihre Flügel schim-merten in den unterschiedlichsten Farbtönen. Nicht weit von ihr, am Ufer des Sees, lag Minettes Pension. Eine Frau mit hüftlangen feuerroten Haaren kam auf sie zu.**

Corvin. Ich kann ... das ist ja unglaublich.

Siehst du sie?

Ja. Sie war wunderschön. Ihre roten Haare und diese grünen Augen. Oh ... Ich sehe deinen Vater. Du hast seine Haare und die dunklen Augen. Er war so ...

Schön?

Zauberhaft! Sie strahlt so eine Güte aus, man will gleich in ihrer Nähe bleiben. Alle Sorgen und Ängste verschwinden durch sie. Wird es bei mir auch so sein?

Hab Geduld. Du wirst vielleicht noch stärker werden.

Sturmwolken zogen auf, die tief in die Felsspalten des Gebirges vordrangen.

Was passiert jetzt? Was ist das für eine trostlose Wolke, die über dem Gebirge hängt?

Das ist der Umbruch. Ich hauste damals mit meiner Mutter in den Bergen. Estelle, wenn du erschöpft bist, hören wir sofort auf.

Das ist ja fürchterlich. Dein Vater ist so wütend. Er schreit mich ... dich an. Du wolltest ihn bloß umarmen. Sie weint so sehr und er, er will nichts von ihr wissen. Warum ist er so gemein zu ihr?

Du zitterst. Lass uns aufhören.

Nein. Noch ... Gott! NEIN! Warum tut er das? Was hat sie ihm getan? Corvin! Er, er drückt sie zu Boden. Er sitzt auf ihr. Es ist so grauenvoll. Warum tut denn keiner was? Warum hilft ihr niemand?

Es ist niemand da. Nur ich.

Hör auf! Sie bekommt keine Luft mehr!

Estelle, das ist zu viel für dich.

Corvin packte Estelles Arme und schüttelte sie. Zu seinem Entsetzen tauchte sie nicht wieder aus der Erinnerung auf.

Du darfst ihr nicht wehtun. Du liebst sie doch. Warum hört er nicht auf? NEIN! Ihre Augen ... Sie blutete ... BITTE!

Atme! Du musst atmen. Es ist die Vergangenheit. Hör mir zu! Es ist vorbei!

Ihre Augen bluten.

Estelle starrte mit weit aufgerissenen Augen ins Leere.

Komm zurück zu mir. Bitte!

Corvin wischte sich mit dem Unterarm über die tränennassen Augen. Panisch zog er Estelle an seine Brust.

Es tut so weh!

Ich bin bei dir. Schhh ... Ich werde dir niemals so etwas antun. Niemals!

Warum hat er das getan?

Der Umbruch hat sie alle rasend gemacht.

Sie hat bis zum Schluss nicht geglaubt, dass er sie ... Oh Gott! Corvin, du hast keine Schuld an ihrem Tod. Du warst so klein.

Estelle schlang ihre Arme um ihn und vergrub ihr Gesicht in seinem weiten Hemd. Wie sollte sie ihn jemals trösten können?

Schhhh ... Es ist vorbei.

Minuten oder Stunden vergingen, in denen Estelle wie eine Katze an Corvin geschmiegt auf dem Boden saß. Sie schwiegen beide, dennoch waren sie sich so nah wie nie zuvor. Er streifte durch ihre Gedankenwelt, sie lauschte seinem tröstenden Herzschlag. Schützend hatte er seine Arme um ihren Körper geschlungen. Mit den Händen streichelte er sanft über Estelles Rücken. Corvin hatte ihr seine schlimmste Erinnerung anvertraut, schonungslos und vollkommen ehrlich. Sie gehörten von nun an zusammen. So eigenartig die Vorstellung auch war.

Deine Haare riechen nach Frühlingsblumen.

Auch die Strähne, die du von mir hast?

»Was?« Corvin räusperte sich und rutschte ein Stück zurück.

»Heee. Nicht weggehen«, protestierte Estelle. Sie umschlang seinen Oberkörper und drückte sich wieder eng an seine Brust. Kichernd ließ sie den Kopf in den Nacken fallen und sah ihn an.

»Das hatte ich beinahe vergessen«, raunte Corvin verlegen.

»Von wegen!« Estelle zwickte ihm spielerisch in die Seite.

»Hör auf! Körperliche Züchtigung ist Sache der Sarafin.« Lachend packte er sie an den Beinen. Mit einem Ruck zog er sie auf den Boden, setzte sich auf sie und kniff sie neckisch in den Bauch. »Die Aurion sind für die Liebe zuständig.«

Ich bin aber auch ein Mensch.

Das macht die Sache natürlich viel interessanter.

Eine rabenschwarze Haarsträhne fiel in sein lächelndes Gesicht. Verträumt stellte sich Estelle vor, wie sie sich in dem wunderschönen Himmelbett küssten. Wie er der Eine war. Der Richtige.

Corvin hielt in der Bewegung inne und grinste schelmisch.

Du hast doch verstanden, was ich dir vorhin erklärt habe, oder? Die Sache mit den Gedanken.

Estelle nickte aufgeregter, als sie eigentlich wollte.

Was? Ich hab nicht ... Also ... Puuhhh ...

Schon wird sie wieder rot wie eine Tomate.

Corvin richtete sich auf und zog Estelle in einer fließenden

Bewegung auf seinen Schoß. Seine Nasenspitze berührte dabei ihre, was die Schmetterlinge in ihrem Bauch erneut zum Fliegen brachte.

Ich bin auf jeden Fall der Richtige.

Corvin trug Estelle Richtung Bett und warf sich mit ihr lachend auf die weiche Matratze. Verlegen zupfte Estelle an ihrem Bustier. Corvin, der bis auf wenige Zentimeter an sie herangerutscht war, strich sanft mit den Fingerspitzen über ihr Gesicht, ihren Hals und zurück. Estelle durchfuhr ein angenehmer Schauder. Seine dunklen Augen wanderten den feinen Stoff des Kleides entlang und blieben an ihren Händen hängen.

»Ich bevorzuge erfahrene Frauen.« Corvins Worte hingen wie Schatten in Estelles Erinnerung. Hatte Corvin viel Erfahrung? Was, wenn sie nicht gut genug für ihn war? Sie wusste ja nicht mal, was sie als Nächstes tun sollte.

Corvin ... also ich hab noch nie ...

Was ich gesagt und getan habe, bereue ich jeden Tag. Hätte ich gewusst, dass ich dich irgendwann finde, hätte ich das Aroun niemals angerührt. Ich habe damals versucht, etwas zu fühlen; etwas anderes als Hass, Verbitterung und Angst. Doch alles, was ich gefunden habe, war Dunkelheit. Kannst du mir verzeihen?

Was soll ich dir verzeihen?

Dass ich so viel Mist gebaut habe. Ich habe die Mauern um meine Gedanken und Erinnerungen aufgebaut, weil ich mich schämte. Ich wollte nicht, dass du es sofort siehst und mich dann verabscheust.

Was für schlimme Sachen?

Estelle, ich will nicht.

Bitte, sag es mir. Du weißt alles über mich.

Nervös rutschte Estelle ein Stück näher.

Angespannt fuhr sich Corvin durch die Haare.

Also ... Ähm ... Der Mann in Nouns Haus ... Ich war das. Die Schreie des Mädchens waren kaum zu ertragen. Ich bin leider zu spät gekommen, er hatte sie bereits ...

Estelle schluckte schwer. Die Schreie und die qualvollen Gefühle des Mädchens würde sie niemals vergessen können.

Ich weiß längst, dass du es warst.

Was? Woher?

Verwundert zog er eine Augenbraue nach oben.

Du hattest danach so einen zufriedenen Ausdruck auf dem Gesicht. So wie du aussahst, habe ich mich gefühlt. Ich war froh, dass er tot war. Du brauchst keine Mauer um dich herum.

Corvin stöhnte erleichtert auf.

Meine Erinnerungen sind unglaublich dunkel, ich möchte dir in den nächsten Wochen, Monaten und Jahren alles offenbaren. Schritt für Schritt. Einiges davon wird nicht einfach zu ertragen sein.

Ich kann warten. Also auf die Erinnerungen ... Sonst bin ich ... Ähm ...

Ein helles Kichern entfuhr Corvin. Die Blamage nahm kein Ende. Warum benahm sie sich in seiner Gegenwart wie eine Idiotin?

Du bist einmalig, Aurionmädchen.

Behutsam küsste er ihren Hals und fuhr mit der Nasenspitze über den Stoff ihrer Bluse.

Viel zu viel Stoff.

Seufzend vergrub Estelle ihre Hände in seinen dichten Haaren. Forschend wanderte er zurück zu ihrem Mund und hauchte ihr einen flüchtigen Kuss auf die Lippen. Unvermittelt hörte er mit den Liebkosungen auf und sah sie fragend an.

Bist du dir ganz sicher, dass du es willst? Ich meine, so wie ich jetzt aussehe.

Estelle spürte, dass er Angst vor Zurückweisung hatte. Dabei war ihre Angst beinahe atemberaubend. Schüchtern nickte sie.

Ich muss es hören.

Ja.

Sag es laut.

Estelle zögerte. Sie mochte die Intimität der stillen Unterhaltung. Etwas laut auszusprechen, machte sie unerwartet nervös.

»Ja«, flüstert sie kaum hörbar.

Du machst mich gerade unbeschreiblich glücklich.

Mit flinken Fingern löste er die Schnüre des Bustiers und streifte es behutsam ab. Ihr Rock landete ebenfalls in einer fließenden Bewegung auf dem Boden. Sanft strich er mit seinen Fingern über die Innenseite ihrer Schenkel und schob ihr Unterkleid zentimeterweise nach oben. Estelle seufzte leise.

Unbeholfen versuchte sie, sein Hemd aufzuknöpfen.

»Lass mich nur machen«, raunte er Estelle ins Ohr. Aufgeregt biss sie sich auf die Unterlippe und schloss die Augen. Seine Gefühle waren deutlich zu spüren: Neugier. Liebe. Aufregung.

Einen Atemzug lang flackerten plötzlich die abscheulichen Erinnerungen der Berge wieder auf. Aus Corvins Mund entwich zischend angehaltene Luft. Seine Zähne mahlten wütend aufeinander.

Verdammt! Bitte hab keine Angst vor mir. Wir müssen wirklich nicht bis zum Äußersten gehen.

Estelle nickte. Vielleicht war das der letzte gemeinsame Moment zusammen in Freiheit. Vielleicht der letzte Moment ihres Lebens. Sie wollte sich diesen einzigartigen Augenblick auf keinen Fall von ihrer Angst zerstören lassen.

Ich will aber.

Corvin schlang lächelnd seine Arme um sie.

Du gehörst zu mir.

Sie träumt von Lior, ihrem treuen Freund. Wenn ich ihr doch nur sagen könnte, dass alles besser wird. Lior wird sterben – wenn er nicht bereits tot ist. Genau wie sein Sohn. Und auch wir werden sterben. Wie sollten wir das, was uns bevorsteht, überleben?

8. Februar

Corvins Flügel schimmerten bunt in der aufgehenden Sonne. Zarte Strahlen hüllten ihn in einen Kokon aus Licht. Die Haut war bedenklich gespannt, feingliedrige Knochen zeichneten sich unter der viel zu dünnen Schicht ab. Ganz zaghaft hatte sie die Flügel berührt, weil sie nicht wusste, ob es ihm Schmerzen bereitete. Er hatte glücklich gelächelt und sie aufgefordert, weiterzumachen. Es hatte sie überrascht, dass seine Haut weich war, obwohl sie so zerschunden aussah. Wulstige Narben, die so lang wie ihr kleiner Finger waren, krochen über seinen Oberkörper. Doch selbst diese fühlten sich hauchzart an.

Das Aroun hatte ihn in ein schattenhaftes Wesen verwandelt. Es milderte die täglichen Schmerzen über den Verlust der Vollkommenheit. Im Gegenzug raubte es seine angeborene Schönheit. Pechschwarze Haare, die wie Federn auf dem Kopfkissen lagen, ragten aus einem zerwühlten Berg Decken hervor.

Estelle streckte sich genüsslich und bewunderte weiter Corvins eigenartigen Körper. Was würde Peter zu ihrer Wahl sagen? Ein Grinsen umspielte ihre Lippen, als sie daran dachte, wie er zu jeder Tageszeit seine Leibspeise zubereiten konnte. Lachs mit Ei und Gemüse. Sofort begann ihr Magen zu knurren.

Ungelenk drehte sich der Sarafin auf die Seite und atmete stöhnend aus. Estelle vergrub das Gesicht in den warmen Laken, um den drohenden Kicheranfall zu verhindern, der sich bereits anbahnte. An Schlaf war nicht mehr zu denken, sie war viel zu glücklich. Die Realität war süß wie Zuckerguss. Doch sobald sie die Augen schloss und in die Traumwelt glitt, herrschten dort Angst und Schrecken. Der Schlaf war in Jarundo ihr Feind geworden.

Grübelnd starrte sie minutenlang die Decke an.

Ich könnte den anderen die Leibspeise von Peter auftischen. Wenn ich gleich losgehe, um den Fisch zu besorgen, sollte ich fertig sein, bevor sie wach sind. Ich muss bloß ein Tauschmittel finden.

Lautlos rutschte Estelle aus dem Bett und sammelte die Kleidungsstücke zusammen, die Corvin auf den Boden hatte fallen lassen. Ihr Bustier war nur noch ein Wirrwarr aus Schnüren. Estelle schnaufte genervt. Alles neu einzufädeln, würde zu viel Zeit kosten. Hastig schlüpfte sie in ihre Bluse, dann in den Rock. Fieberhaft legte sie sich den Umhang über die Schultern und verschwand, nicht ohne einen letzten Blick auf Corvin zu erhaschen, in die Küche.

Der unfreundliche Reduco verlangt Mehl oder Eier.

Estelle widerstrebte es, etwas mit diesem feindseligen Wesen zu tauschen. In Harok blieb ihr jedoch nichts anderes übrig. Behutsam zog sie die Schubladen der Küchenschränke auf. Hinter unzähligen Töpfen fand sie tatsächlich einen großen Beutel Mehl. Estelle fischte eine kleine Dose aus dem obersten Regal und schöpfte den Tauschartikel mit einem Löffel ab. Plötzlich knarrten leise die Dielen.

»Was machst du da?«, flüsterte Danis neugierig.

»Ich will euch ein Frühstück kochen. Das soll aber eine Überraschung sein«, flüsterte Estelle zurück. Verschlafen rieb sich Danis die Augen. Verschwörerisch legte Estelle den Zeigefinger auf die Lippen.

»Ich sag keinem was!«, zischelte sie, dabei drückte sie ihre Puppe fest an sich. »Gar niemand sag ich was. Penelope sagt auch keinem was. Ehrenwort!«

»Dann ab mit dir ins Bett. Ihr braucht doch bestimmt noch eine Dosis Schönheitsschlaf.«

»Schönheitsschlaf? Sehen wir danach besser aus?«, fragte Danis schlagartig hellwach.

»Natürlich. Der Schönheitsschlaf findet wenige Augenblicke nach dem Sonnenaufgang statt. Wenn du ihn nicht verpassen willst, solltest du schnell wieder ins Bett.«

Danis sah sie mit großen Augen an. Entsetzt schüttelte sie den

Kopf, machte auf dem Absatz kehrt und tapste rasch zurück in ihr Zimmer. »Penelope, in ein paar Stunden werden wir wunderschön aussehen«, flüsterte sie der Puppe ins Ohr. Schmunzelnd packte Estelle die Dose in ihre Umhangtasche.

Der Duft von Tau wehte ihr entgegen, als sie auf das holprige Kopfsteinpflaster trat. Sie atmete tief ein, ließ die klare Luft ihre Lungen fluten. Die Temperaturen waren noch frisch, denn die Sonne stand kurz über dem Horizont. Die Welt hatte sich seit gestern nicht verändert. Das Blau des Himmels war noch immer strahlend und der Kanzler hatte das Land weiterhin in seiner Gewalt. Trotz alledem fühlte sich Estelle leichter. Selbst die Art, wie sie den Einwohnern zunickte, war feinfühliger, irgendwie erwachsen. Ob Einbildung oder nicht, Estelle spürte das breite Grinsen, das ihr im Gesicht klebte.

Der Reduco mit den Fischen muss ganz in der Nähe sein. Der wird Augen machen, wenn er das Mehl sieht.

Gespannt hielt sie Ausschau nach dem mintgrünen Haus. Der Markt war um diese Tageszeit wenig besucht, da viele Händler ihre Buden erst mit Waren bestückten. Honigkisten wurden von gleich aussehenden Reduco auf Holzplatten durch die Gassen geschleppt. Eine Ourakfrau mit feuerrotem Haar legte bunte Stoffe auf einem kleinen Stand aus und sah Estelle gutmütig an. Alle Ourak lächelten oder grüßten freundlich, sobald sie an ihnen vorüberging. Das erste Mal konnte sie ungefiltert die Gefühle erspüren.

Verwunderung.
Scham.
Liebe.
Freude.

Wow, es fühlt sich total krass an. So viele Gefühle. Und so eine große Verantwortung. Ich darf auf keinen Fall leichtsinnig mit meinen Gaben umgehen. Sie können ja nicht selbst entscheiden, ob sie mir ihre tiefsten Ängste oder Wünsche offenbaren.

Corvin hatte recht behalten. Die Bewohner erkannten den Aurion in ihr. Es erfüllte sie mit Stolz, dass die anderen sich dermaßen über ihre Anwesenheit freuten. Sie war jemand. Nicht nur eine Mörderin! Sie war eine Frau, ein Aurion und ein Mensch.

Niemand verrät mich, weil alle darauf hoffen, dass sich die Welt noch einmal ändert. Der stille Widerstand funktioniert tatsächlich. Wir haben eine Chance.

Im Morgenlicht sah das mintgrüne Haus deutlicher heller aus, beinahe wäre sie daran vorbeigeschlendert. Ihr Blick blieb jedoch an dem grimmig dreinblickenden Reduco hängen. Die Fische waren bereits aufgereiht und mit einer ordentlichen Portion Eis bedeckt. Hatte er sich überhaupt wegbewegt?

»Du schon wieder«, murrte er argwöhnisch.

»Ich möchte einen Fisch gegen Mehl tauschen«, sagte sie selbstsicher, während sie näher herantrat.

Die wuchtigen Augenbrauen des Reduco hoben sich. Fragend musterte er sie. »Erst will ich es sehen.«

Estelle zog die Dose Mehl aus ihrer Tasche und überreichte sie ihm grinsend.

»Aha! Wie ich sehe, hast du dazugelernt. Etwas wenig Mehl, aber du machst Fortschritte.« Seine Stimme wurde heller, als er die Dose öffnete und den schneeweißen Inhalt sah.

»Du bist der Aurion, der bei Julet lebt. Nicht wahr? Mit diesem Sarafin«, bellte er abfällig.

Estelle nickte. Die Gefühle der Reduco zu deuten, war keine knifflige Angelegenheit. Sie waren entweder wütend oder es ging ihnen gut, dazwischen gab es kaum Schattierungen.

»Wir sind hier, um uns auszuruhen«, antwortete sie höflich. Sie wollte den Fisch, keinen Streit.

»Soso«, entgegnete er. Estelle nickte erneut, nur intensiver.

»Das geht mich ja auch nichts an«, motzte er und wickelte den Fisch in braunes Papier. »Aber dieses Ding, das dich hier ständig in der Öffentlichkeit abschlabbert, hat sich gestern mit einem Mann getroffen«, sagte er und zeigte auf eine abgelegene Gasse zwischen zwei eng stehenden Häusern. »Es war keine gewöhnliche Unterhaltung. Nein, dein Sarafin hat sich ununterbrochen nach allen Seiten umgeschaut. Das stinkt bis zum Himmel! Die Sarafin haben ja ihre Mädchen damals ins Jenseits befördert. Du bist entweder selten dämlich oder du verstehst dein Handwerk besonders gut.« Fordernd hielt er Estelle den Fisch vor das Gesicht. Die milchigen Augen des toten Tieres starrten sie ausdruckslos an.

Der Reduco muss sich irren! Corvin würde sich niemals heimlich mit jemand treffen. Warum sollte er das tun?

»Da hast du völlig recht. Es geht dich nichts an!«, zischte Estelle hitzig. Ihre Wangen glühten und ihr Herz pochte so laut, dass ihre Ohren rauschten. Was bildete er sich eigentlich ein?

»Kein Grund, sich so aufzuregen. Ich dachte, es würde dich interessieren. Außerdem heißt es: ›Traue nie einem Sarafin, wenn du nicht binnen zehn Minuten die Möhren von unten betrachten willst.‹ Wie man sieht, hast du länger überlebt.«

Ungestüm riss sie ihm den Fisch aus den Händen und sah ihn nach Atem ringend an. »Ich will nur meinen Fisch. Deine Ratschläge kannst du dir sonst wo hinstecken!«

Die Augenbrauen des Reduco hoben sich erneut. Wortlos machte Estelle auf dem Absatz kehrt und ließ den sprachlosen Reduco stehen.

Was für ein Idiot!

Gedankenversunken hastete sie durch die schmalen Gassen der Stadt. Das Getümmel wurde bunter, doch Estelle vernahm kaum etwas von den Ourak um sie herum. Keine Gefühle, keine Gedanken, nur ihre eigene düstere Fantasie. Mit wem hatte er sich getroffen? Warum sollte er ein harmloses Treffen vor ihr geheim halten? Sie musste ihn fragen. Sofort.

Außer Atem erreichte sie Julets Haus. Der Fisch, den sie unter ihre Achsel geklemmt hatte, samt Frühstück waren vergessen. Ihre Gedanken drehten sich einzig um Corvin und das geheime Treffen in einer dunklen Gasse. Als sie nach dem Türknauf griff, erhaschte sie einen kühlen Lufthauch. Ein leises Flüstern jagte ihr eine Gänsehaut über den Körper.

»Aurion.«

Scheiße! Etwas steht hinter mir. Was zum ...

Bevor sich Estelle umdrehen konnte, spürte sie jedoch einen stechenden Schmerz an ihrem Hals. »Wer?«, stöhnte sie. Die Welt zerfiel in einzelne Partikel. Ein Schatten fing ihren fallenden Körper auf. Die letzten Farben verschwammen in der Dunkelheit wie ein Regenbogen, der im Dämmerlicht verblasste.

Estelle! Wo bist du?

9. FEBRUAR

Estelle blinzelte benommen. Die Farben und Lichter verschwammen, doch allmählich fanden sich die Konturen wieder. Ihr Mund war staubtrocken und ihre Zunge klebte an ihrem Gaumen. Mühsam leckte sie sich über die spröden Lippen. Was war passiert? Erschöpft schloss sie erneut die Lider.

Corvin!

»Sie sollten die Augen offen halten. So werden Sie sich schneller zurechtfinden«, sagte eine warmherzige Männerstimme.

Estelle öffnete ihre schweren Augenlider und blickte in ein ihr vertrautes Gesicht. »Papa?«, seufzte sie erleichtert.

Ich bin zu Hause. Gott sei Dank. Es war nur ein Traum.

»Oh, entschuldigen Sie. Ich bin nicht Ihr Vater«, erwiderte der blonde Mann mit den eisblauen Augen. Er sah ihm zum Verwechseln ähnlich. Die honigblonden Haare, das verschmitzte Lächeln und die sanfte Stimme.

»Sie sagt mir auch ständig, dass ich aussehe wie Peter.«

Estelle schüttelte verwirrt den Kopf. Die Gefühle, die von ihm ausgingen, waren verworren. Tausend Gefühlsscherben lagen in seiner Gedankenwelt verstreut. Scharfkantige Splitter, die seine Seele blutig schnitten. »Wer sagt das?«, murmelte sie benommen.

»Ihre Mutter«, seufzte er.

Schuld. Das Gefühl der Schuld umgab ihn.

Hoffnung.

»Meine Mutter? Ist sie hier?«, keuchte Estelle.

Bin ich in Hanton?

Schlagartig kam die Erinnerung zurück. Der Stich in den Hals vor Julets Haus war also kein Traum gewesen. Der Kanzler hatte sie gefunden. Panik überrollte Estelle. Sie versuchte, ihre außer Kontrolle geratene Atmung zu kontrollieren, in dem sie sich auf ihren Herzschlag konzentrierte.

»Sie machen das sehr gut. Tief einatmen, lange ausatmen. Mawet, der Schwachkopf, hat Ihnen zu viel Beruhigungsmittel gegeben. Ich hatte schon Angst, Sie würden überhaupt nicht mehr aufwachen.«

Ihr fahriger Blick wanderte durch den klinisch reinen Raum. Silberne Lampenschirme hingen in Dreierreihen von der Decke herab. Bullige Metallschränke standen aufgereiht an der gegenüberliegenden Wand.

Bin ich in der 1. Zone?

»Wo bin ich?« Ihre Stimme zitterte. Die grellen Lampen verschwammen erneut vor ihren Augen. Bittere Galle schoss ihr in den Rachen. Estelle würgte, blinzelte die Übelkeit aber davon.

»In Hanton. Soll ich Ihnen etwas gegen den Brechreiz geben?«

Abwehrend schüttelte sie den Kopf. Sie wollte auf keinen Fall weitere Medikamente bekommen. »Wie?«

»Man hat Sie auf Anweisung des Kanzlers hergebracht«, sagte er und legte Estelle seelenruhig eine Blutdruckmanschette um den Oberarm. Schweigend pumpte er Luft in die eng anliegende Manschette. Eine tiefe Falte bildete sich zwischen seinen so vertraut wirkenden Augen. »Endlich kehrt das Leben in Sie zurück.« Zischend entwich die Luft aus dem Gerät.

»Wo ist Corvin?«

»Allen Beteiligten geht es gut. Der Kanzler ist überaus glücklich, dass wir Julet und Danis gefunden haben. Sie können sich gar nicht vorstellen, wie untröstlich er war, als seine Tochter verschwand. Sie sah seiner«, er seufzte, »ersten Liebe zum Verwechseln ähnlich.«

Hoffentlich wird er Julet für ihre Flucht nicht bestrafen.

»Ich bin übrigens Brückner.« Fürsorglich tupfte er ihre schweißnasse Stirn mit einem Tuch trocken.

Estelle versuchte, sich aufzurichten, doch ihr Körper war mit braunen Lederriemen an der Matratze fixiert. »Warum bin ich festgeschnallt?«

»Sobald Sie ganz bei Kräften sind, werde ich die Fixierung lösen.

Dann können Sie Zuria besuchen.« Bei seinen Worten schossen Estelle sofort Tränen in die Augen. Zuria war hier. Sie würde ihre Mutter nach all den Jahren endlich wiedersehen. »Was hat der Kanzler mit mir vor?«, flüsterte sie fiepsig.

Brückner schwieg. Nachdenklich kaute er auf seiner Unterlippe, bevor er sagte: »Er braucht sie beide. Aber dazu später mehr. Sie ruhen sich noch etwas aus und ich gebe in der Zwischenzeit Ihrer Mutter Bescheid. Sie wird sich sehr freuen.«

Zuria blickte über das weite Land hinüber ins dunkle Jechton. Die Sonne brannte auf ihrer ungeschützten Haut, dennoch vermied sie es, in den Schatten zu gehen. Zu lange hatte sie in der Dunkelheit verbracht. Die Sonnenstrahlen vertrieben die düsteren Gedanken, die sie seit Wochen plagten. Dieses Mal war sie nur knapp dem Tod entkommen. Eine Anwendung mehr an den Maschinen und sie wäre einfach verschwunden wie die anderen Aurion, die mit ihr gefangen worden waren. Sie alle waren über die Jahre verschwunden, bis sie die Prozedur allein überstehen musste.

Die Bolzen der Tür wurden krachend aufgeschoben. Sie erkannte ihn sofort. Die Schuldgefühle folgten ihm, egal, wohin er ging. Sein Herz war weich, sein Geist schwach. Daher war er der Handlanger des Kanzlers geworden. Nicht aus Boshaftigkeit oder Geldgier. Zu Beginn hatte ihn sein Forschergeist angestachelt. Als die Methoden härter wurden, stand er jedoch bereits zu sehr unter dem Einfluss des Kanzlers.

»Du bist oft hier«, sagte sie, ohne sich umzudrehen.

»Ich wollte dir die Neuigkeiten selbst überbringen«, antwortete Brückner fröhlich. »Und etwas Abwechslung hat noch niemand geschadet. Ich bin schließlich der Einzige, der mit dir redet.«

»Es war nur eine Feststellung«, erwiderte sie ruhig. »Es war nicht meine Absicht, dich zu kränken.«

»Ach, dazu seid ihr Aurion gar nicht fähig«, lachte er. Sie mochte sein Lachen. Es hatte ihr in den letzten Jahren die dunkelsten

Tage erhellt.

»Deine Tochter ist hier.«

Seine Worte trafen sie wie ein Schwert. Er meinte es gut, dachte, sie würde sich über die Neuigkeit freuen. In Wirklichkeit zerschnitt sie ihr Herz. Sie hatte alles versucht, um Estelle vor dem Kanzler zu schützen. Selbst die Öffnung des Portals hatte sie auf sich genommen, dabei war sie seit ihrer Verhaftung nicht mehr dazu imstande, in andere Welten zu reisen. Doch sie konnte unter keinen Umständen zulassen, dass der Kanzler erfuhr, wer das Portal geöffnet hatte. Estelle war ohne das Wissen ihrer Vorfahren nach Jarundo gelangt. Wie der Zufall es wollte, fiel Estelles Ankunft auf ihr ursprüngliches Rückkehrerdatum. Das rettete ihrer Tochter das Leben. Und bescherte ihr zusätzliche Anwendungen, um die angeblich überschüssige Kraft aus ihrem Körper zu saugen. Niemand hatte ihre Version bisher angezweifelt. »Wie geht es ihr?«, hauchte sie einer Ohnmacht nahe.

Brückner stürmte sofort herbei, stützte sie und führte sie zu ihrem opulenten Bett. Siebzehn Jahre hatte sie auf einer harten Pritsche geschlafen, das Bett kam ihr unwirklich vor, wie ein Traum, aus dem sie bald erwachen würde.

»Ich hätte dich erst bitten sollen, Platz zu nehmen. Wie unachtsam von mir.«

»Wo ist sie?«

»Zuerst war ich etwas in Sorge, da Mawet, der Trottel, ihr zu viel Beruhigungsmittel gespritzt hat, aber sie ist wieder auf den Beinen. Ich werde sie später in ihre Gemächer bringen lassen.«

Zuria atmete hörbar aus.

»Deine Tochter wird ebenfalls an der Zeremonie teilnehmen. Du musst mir aber helfen, sie von unserem Vorhaben zu überzeugen. Sie scheint ein ganz schöner Wildfang zu sein«, lachte Brückner.

Zuria lächelte. Verlegen wickelte sie eine wilde Locke mit dem Zeigefinger auf. »Sie wird so dickköpfig wie ihr Vater sein.«

Der Arzt nickte lächelnd und trat einen Schritt zurück, um Zuria zu mustern.

»Du siehst umwerfend aus. Ich konnte dem Kanzler endlich klarmachen, dich im Norden des Landes zu lassen. Du brauchst die Sonne ...«

Ein lautes Klatschen unterbrach Brückner. »Was sehe ich da? Der Arzt und der Aurion sind Freunde. Oder ist dieser vertraute Umgang normal, wenn man so lange in Gefangenschaft ist?« Mawet stolzierte in das bunt gestrichene Zimmer. Staunend drehte er sich um die eigene Achse. »Aber Gefangenschaft lässt sich heutzutage wohl auch unterschiedlich auslegen.«

»Was wollen Sie?«, murmelte Brückner sichtlich wütend.

»Ich wollte die Mutter sehen. Schließlich habe ich die Tochter gefangen.«

Zuria rutschte ein Stück zurück. Ihre Hände krallten sich in der silberfarbenen Tagesdecke fest.

»Die Tochter scheint nicht so schüchtern zu sein. Ich habe erfahren, dass sie und der Sarafin sehr vertraut auf den Straßen von Harok unterwegs waren.«

»Was wollen Sie?«, wiederholte Brückner die Frage.

»Ich will sichergehen, dass sie weiß, wo ihr Platz ist. Mir ist zu Ohren gekommen, dass sie beide ein eigenartiges Verhältnis führen.«

»Also ...«

»Jetzt tun Sie mal nicht so überrascht. Im Palast wird getratscht. Die Leute leben für den Quatsch. Wie geht es dem Kanzler? Liebt er Cecilia noch immer? Was ist die Rolle des Arztes? Ist er wirklich loyal oder steht er auf der Seite der Aurion? Und? Stehen Sie auf der Seite des Kanzlers?«

»Natürlich!«, entgegnete Brückner entrüstet.

»Zuria. So heißen Sie doch?«, sagte der Offizier an Zuria gewandt.

»Ja«, keuchte sie leichenblass.

»Ganz egal, was man von Ihnen verlangt, Sie werden es tun. Die letzten Jahre haben Sie bei diesem Pfuscher einen Sonderstatus erhalten. Wenn Sie auf der Gala irgendwelchen Blödsinn anstellen, wird Ihre Tochter binnen Stunden unter der Erde liegen. Wir sind noch nicht am Ende! Die Dunkelheit ist erst bis in die Berge vorgedrungen.«

Zurias Augen weiteten sich. »Was?«

»Wer gibt Ihnen das Recht, so mit mir zu sprechen?« Brückner trat selbstsicher einen Schritt vor Zuria.

»Sie ist eine Gefangene und Sie, tja, was sind Sie?«

»Sie sind lediglich ein Offizier, der dem mächtigsten Mann des Landes unterstellt ist. Wenn mir einer Befehle gibt, dann unser Herrscher«, bellte der Arzt.

Mawet schmunzelte. »Der Kanzler ist krank. Jeder in seinem Umfeld weiß das. Sobald er eine Gefahr darstellt, muss das Militär seiner Pflicht nachkommen und das Land schützen. Mir sind die Aurion völlig egal, ich will nicht mal ihr Licht. Denn ich bin gegen die Finsternis immun. Der Kanzler hat vielleicht die Dunkelheit gebracht. Ich bin jedoch ein Kind der Dunkelheit.«

»Sie sind wahnsinnig? Von was reden Sie da?«

Mawet fuhr mit den Fingern über die goldene Knopfleiste seiner Uniform.

»Sie stellen sich also offiziell gegen den Kanzler?« Brückners Stimme zitterte.

»Wenn der Kanzler versagt, muss ich Jechton abschotten. Und Sie beide werden als Erste sterben.«

»Jechton abschotten«, japste Brückner erschrocken. »Für wen arbeiten Sie?«

Mawet fixierte Zuria mit seinen blauen Augen, die die Farbe eines Gletschers besaßen. »Sie werden alles dafür tun, dass Ihre Tochter gefügig ist. Die Dunkelheit benötigt mehr Zeit«, antwortete er kühl.

Zuria nickte, Tränen schimmerten in ihren Augen. »Keine Sorge, sie wird tun, was von ihr verlangt wird.«

»Sehr kooperativ!«

Mawet schnippte Brückner an den Kragen seiner Arbeitsuniform.

»Wir sehen uns auf der Gala«, sagte er und marschierte mit stolz geschwellter Brust davon.

Sobald er das Zimmer verlassen hatte, atmete Zuria hörbar aus. »Er ist kalt.«

Brückner blinzelte mehrmals ungläubig, bevor er seine Stimme wiederfand. »Wie meinst du das?«

»Der Kanzler hat eine dunkle Seele, er schreit vor Wut wie ein kleines Kind. Mawet ist tot. In ihm ist nichts.« Zuria erzitterte.

Brückner blickte sie unheilvoll an. »Wie, da ist nichts?«

»Der Kanzler hat die Dunkelheit gebracht, weil er wütend, traurig und hasserfüllt ist. So sehr, dass die wenigen Chancen, die wir hatten, nicht ausreichten, um seine Gefühle zu verändern. Er war verloren. Mawet hat keine Gefühle. Er schmunzelt zwar, aber nicht, weil er fröhlich ist, sondern weil er es imitiert. Jede Gefühlsregung ist eine Nachahmung seiner Umwelt.« Brückner schmetterte Zurias Bedenken mit einer flapsigen Handbewegung ab.

»Quatsch, er ist der stolzeste Junge, dem ich jemals begegnet bin. Wen wundert es bei der Karriere. Er ist, wenn überhaupt, neunzehn Jahre alt und steht bereits an der Spitze des Militärs. Er ist der beste Späher und er handelt stets mit Verstand. So sagt es zumindest der Kanzler.«

»Er führt uns in die Irre. Vielleicht liegt es an der Finsternis, in der er aufgewachsen ist?« Zuria wischte sich mit der silbernen Decke Schweißtropfen aus dem Nacken. »Vielleicht gibt es außer den Chento mittlerweile noch eine Generation der Dunkelheit? Eine Generation, die nicht durch das Aroun zu Schattenwesen ohne Körper mutierten, sondern Kinder, die durch das Aroun im Mutterleib verändert wurden? Die Gaben der Aurion waren nie bestimmt, um als Droge ungefiltert eingenommen zu werden.«

Brückner schluckte hörbar. »Ist das dein Ernst? Wobei ... Ich habe immer wieder Testreihen gefordert, doch niemand wollte mir zuhören, weil das Aroun so gut funktioniert hat. Und die Dunkelheit hatte bereits die Mondscheinkinder hervorgebracht.

Wenn nun die gesunden Kinder im Mutterleib mit Aroun in Kontakt kamen und ihre Entwicklung anders verlief ... dann ... das ist unmöglich ...«, murmelte der Arzt.

Zuria zuckte mit den Schultern. »Ich kann dir nicht sagen, ob es noch andere wie ihn gibt, schließlich bin ich seit Jahren eingesperrt. Ich fühle mich schuldig. Wäre ich damals bloß bei Peter geblieben.«

»So darfst du auf keinen Fall denken!«

Sie wusste, dass er sich im Moment allein um ihr Licht sorgte. In ihm gab es zwar die Seite, die sich um sie als Person bemühte, doch die Seite, die dem Kanzler hörig war, besaß deutlich mehr Kraft. Sein Auftrag bestand darin, sie für die nächste Sitzung bereit zu machen. Egal wie! Depressive Verstimmungen oder Schuldgefühle hinderten ihn an der Durchführung. »Ich muss es sofort dem Kanzler berichten«, sagte Brückner fahrig.

Zuria streckte schnell ihre Hand aus und berührte den Unterarm des Arztes. »Bitte. Erzähl ihm erst nach der Gala davon. Er wird wütend sein und es an mir auslassen.« Sie konzentrierte sich auf die Liebe, die sie für Peter empfand und die er für sie empfunden hatte. Der Arzt zögerte. Verwirrt wuschelte er seine Haare durcheinander.

»Du siehst aus wie Peter, wenn du das tust«, lächelte sie ein scheues Lächeln.

»Ist das jetzt meine Entscheidung oder veränderst du gerade meine Gefühle?«

»Du bist ein guter Mann«, flüsterte Zuria. Der Kanzler hatte sie nicht ohne Grund von anderen Bediensteten abgeschottet. Brückner war der Einzige, den sie zu Gesicht bekam, denn seine Gefühle waren stark mit dem Kanzler verbunden. Dennoch konnte sie sich hin und wieder etwas Freiraum verschaffen, indem sie seine dunklen Gedanken vertrieb und seinen ursprünglichen Charakter zurück ans Licht holte.

»Ich hoffe, ich werde es nicht bereuen«, erwiderte Brückner und tätschelte lächelnd Zurias Hand.

Ohne sie herrscht vollkommene Dunkelheit, selbst wenn die Sonne hoch am Himmel steht. Die Schwärze frisst sich durch meinen Verstand, verändert meine Knochen, Muskeln und Organe. Ich spüre, wie meine Flügel schwächer werden – der Prozess ist unumkehrbar. Bald werden die verbliebenen Muskelstränge an Kraft verlieren. Das Atmen fällt mir bereits zunehmend schwerer; die Flügel zerren an meinem Brustkorb.

Ich habe Angst.

Angst davor, ein Chento zu werden.

Wenn mein Körper zerfällt, wird der Wind erfüllt sein mit ihrem Namen.

10. FEBRUAR

Die Korridore, durch die sie schritten, leuchteten hell. Es war, als hätte der Kanzler die Dunkelheit aus seinem Leben verbannt. Sollten sich doch die Armen damit quälen. Brückner ging direkt vor ihr. Alle paar Meter zeigte er nach rechts oder links und plapperte unentwegt. Estelle hörte ihm nicht zu. Sie interessierten die Geschichten zur Entstehung des Hauses nicht. Ihre Gedanken kreisten allein um Corvin und Julet, die irgendwo in diesem weißen Monstrum gefangen gehalten wurden.

Zuria muss uns retten. Hoffentlich ist sie wieder stark genug.

Brückner blieb abrupt stehen und katapultierte Estelle zurück in die Realität. »Sie werden hierbleiben, bis der Kanzler Sie und Ihre Mutter erwartet.«

»Ist meine Mutter da drin?«, fragte Estelle nervös. Zitternd strich sie ihre schweißnassen Hände an dem Stoff ihres Rockes ab.

»Nein, tut mir leid, meine Liebe. Sie werden Zuria erst bei der Zusammenführung treffen. Es wird eine atemberaubende Zeremonie sein, bei der sehr viele hochgeschätzte Ourak aus Jechton anwesend sein werden.« Schwungvoll öffnete er die zwei wuchtigen Türen und trat ein. Widerwillig folgt sie ihm.

Das Zimmer war mindestens zehnmal so groß wie Liors Hütte. An der Decke hing ein prunkvoller Kronleuchter, der schillernde Lichtreflexe an die Wände warf. Ein weißes verschnörkeltes Bett thronte in der Mitte des Raumes, bedeckt mit silberschimmernden Kissen. Ein lebensgroßer Spiegel, der aussah wie aus einem barocken Zeitalter, stand neben wunderschön geschwungenen Kommoden. Verwundert drehte sich Estelle einmal um ihre Achse. Die 1. Zone war so steril und minimalistisch. Warum dann plötzlich dieser Protz? Was bezweckte der Kanzler?

»Ich hoffe das Zimmer gefällt Ihnen. Der Kanzler war sich

nicht sicher, was eine Frau in Ihrem Alter anspricht. Also haben wir eine Bedienstete befragt, die ungefähr so alt sein müsste wie Sie. Sie sollen sich die nächsten Jahre natürlich wohlfühlen.«

Keuchend verließ sämtliche Luft Estelles Lunge.

Die nächsten Jahre? Er will mich jahrelang hier festhalten?

Brückner schien ihr Entsetzen nicht bemerkt zu haben. Unbeirrt fuhr er fort. »Der Kanzler hat endlich eingesehen, dass sein bisheriges Vorgehen nicht optimal war. Auf meinen Rat hin werden Sie und Ihre Mutter hier einquartiert. Ach, bevor ich es vergesse. Auf dem Bett liegt ein Kleid für Sie.«

Estelles Blick glitt zu dem opulenten Bett, auf dessen silbernen Laken ein smaragdgrünes Kleid lag.

»Es ist aus echter Seide und wird Ihnen hervorragend stehen. In drei Stunden geht es los. Ich denke, Sie sollten sich zuerst frisch machen. Danach setzen Sie sich auf den Balkon und konsumieren die restlichen Sonnenstrahlen, ehe die Nacht anbricht. Sie werden Ihre gesamte Energie benötigen.«

Sprachlos stand Estelle neben ihm. Sie versuchte, gleichgültig auszusehen, auch wenn die Tränen bereits in ihren Augen brannten.

»Ich werde Sie jetzt allein lassen«, sagte Brückner und schob die Soldaten, die Estelle noch immer neugierig musterten, forsch aus dem Zimmer. »Genießen Sie die letzten Stunden vor Ihrem großen Auftritt. Sie werden sehen, es wird deutlich angenehmer für Sie und Zuria werden.« Die Tür sprang knallend hinter ihm ins Schloss. Drei Bolzen krachten, dann war sie erneut eingesperrt. Nur dieses Mal nicht in einem Kerker, sondern in einem Prinzessinnenzimmer.

Geschwächt setzte sich Estelle auf die Bettkante und vergrub ihr Gesicht in den Händen. »Genießen Sie Ihre letzten Stunden!«, äffte sie Brückner wütend nach.

Was für ein Idiot!

Niemals würde sie hierbleiben. Sie wusste, dass es nur zwei Optionen gab: fliehen oder sterben. Beide Optionen schienen im

Moment eine willkommene Wahl zu sein.

Estelle seufzte. Müde rieb sie sich die pochenden Schläfen. Brückner hatte sie erschöpft. Seine Anwesenheit glich einem Wasserfall aus Emotionen. Er war hin- und hergerissen zwischen dem, was er tat, und dem, was er tatsächlich fühlte.

Hat er nicht etwas von einem Balkon erzählt? Vielleicht hilft mir die frische Luft, neue Kraft zu tanken. Vielleicht gibt es aber auch eine Fluchtmöglichkeit?

Ihre Fluchtpläne zerschellten an der Realität, kaum hatte sie die schweren Glastüren geöffnet. Der Kanzler hatte natürlich vorgesorgt. Ein engmaschiges Drahtgeflecht umwob den geräumigen Balkon. Sie saß in einem überdimensionalen Vogelkäfig fest. Verärgert stampfte sie mit den Füßen auf. »Scheiße!«, brüllte sie voller Zorn. Sie musste sich ihre Freiheit also bei der Zusammenführung erkämpfen. Erschöpft sank sie zu Boden und blickte in den wolkenlosen Himmel.

Corvin, wo bist du?

Das smaragdgrüne Kleid, das Brückner ihr herausgelegt hatte, saß perfekt. Es war bodenlang und zu ihrer Erleichterung ohne Bustier. Anmutig drehte sich Estelle vor dem Spiegel und bewunderte das Wunderwerk aus Seide.

Welch ein Glück. Wenigstens muss ich nicht eingeschnürt sterben.

Goldene Schlangenköpfe, wie die der Reichssoldaten, verzierten die Knopfleiste an der Vorderseite des Kleides. Mit zitternden Fingern strich sie über den fließenden Stoff; er fühlte sich kostbar an. Was bezweckte der Kanzler? Warum hatte er Ourak aus Jechton einfliegen lassen?

Sonst raubt er uns Aurion im Verborgenen das Licht und die Liebe. Wobei alle wissen, woher das Aroun stammt. Sie wollen es nur nicht wissen! So ein verlogenes Pack!

Die Sonne stand mittlerweile tief am Horizont. Blutrote Wolken hingen über den Dä-chern von Hanton. Estelles Herz wog bleischwer, als ihre Gedanken zu Lior schweiften.

Guter, lieber Lior. Wenigstens hat er gefunden, wonach er jahrelang gesucht hat.

Die Bolzen des Türschlosses krachten ohrenbetäubend. Schleppend wurden die schweren Türen aufgeschoben. Estelle ballte ihre Hände zu Fäusten und schluckte den Knoten in ihrem Hals herunter. Niemals würde sie kampflos aufgeben. Zum Erstaunen von Estelle lugte ein blonder Lockenkopf mit großen blauen Augen ins Zimmer. »Man hat mich hergeschickt. Ich soll Ihre Haare richten«, wisperte sie mit zittriger Stimme.

Estelle zögerte für einige Augenblicke, dann winkte sie das Mädchen herein. Gegen sie zu rebellieren, wäre zwecklos. Sie war nur eine Dienstbotin, die vor Angst bibberte.

»Danke«, hauchte sie und errötete leicht, als sie eintrat.

»Warum danke?«

»Der Kanzler sagte, wenn ich Ihre Haare nicht richte, wird er mich ...«, ihre Stimme versagte. Verängstigt blickte sie zu Boden. Estelles Magen machte einen Satz.

Wie konnten die Ourak zulassen, dass der Kanzler an die Macht kam? Warum haben sie nicht erkannt, wie böse er ist?

Der blonde Lockenkopf trug einen beigefarbenen Rock, eine grüne mit Rüschen verzierte Bluse und ein braunes Bustier. Sie war höchstens sechzehn Jahre alt. Hinter ihr wurde die Tür ruckartig zugezogen und krachend verriegelt. Ein, zwei, drei Bolzen. Jeder einzelne ließ das Mädchen wie ein verschrecktes Tier zusammenzucken.

»Hab keine Angst, sie wollen uns nur einschüchtern«, sagte Estelle und setzte sich auf einen gepolsterten Stuhl neben dem Balkon. Die frische Luft half ihr, den Schwindel, den die Wut mit sich brachte, abzuschwächen. Die letzten Sonnenstrahlen streiften warm ihre Haut. Zögernd ging das Mädchen auf sie zu. Erst da bemerkte Estelle, dass sie einen schmalen Kamm und Haarnadeln fest umklammert hielt.

»Ich werde dir nichts tun«, seufzte sie. »Was hat der Kanzler dir bloß über mich erzählt?«

Das Mädchen zögerte erneut. »Er hat gesagt, dass du meine Gedanken lesen und manipulieren kannst.«

Estelle rollte genervt die Augen. »Wenn ich das könnte, dann hätte ich längst den Kanzler manipuliert und würde jetzt nicht in einem Barbie-Traumhaus-Gefängnis sitzen. Die ursprünglichen Aurion bringen Freude, Liebe sowie Sanftmut in jede erdenkliche Situation. Das ist doch etwas Schönes, oder?«

Das Mädchen ging einen weiteren Schritt auf sie zu und nickte nachdenklich.

»Ich spüre, dass du verunsichert bist. Du weißt nicht, ob du mir oder dem Kanzler trauen sollst.«

Das Mädchen hob verwundert eine Augenbraue.

»Du hast bisher noch keinen Aurion gesehen, oder?«, lachte Estelle.

Rasch schüttelte sie den Kopf. »In Jechton gibt es niemanden wie dich. Du wirkst gar nicht wie eine Hexe«, keuchte sie, den Blick dabei auf ihre gefalteten Hände gerichtet.

»Ich bin auch keine Hexe«, sagte Estelle. »Wie heißt du?«

»Mara.« Verlegen fuhr sie mit der Fußspitze die Kontur des Mamorbodens nach.

»Freut mich, Mara. Ich bin Estelle.«

Mara lächelte erleichtert. Die Furcht wich einem Gefühl der Entspannung.

»Du bist aus Jechton?«

»Ich wurde mit einem Zeppelin hergeflogen. Der Kanzler hat viele Bedienstete einfliegen lassen, er vertraut uns.«

Er vertraut den Bewohnern des Südens nicht. Ob er von dem stummen Widerstand in Harok weiß?

»Wir sollten anfangen. Ich will zu meinem großen Auftritt auf keinen Fall zu spät kommen«, sagte Estelle mit etwas mehr Nachdruck. Mara nickte entschlossen. Sie legte das Bündel Haarnadeln auf den Tisch und berührte vorsichtig Estelles Haare.

»Nicht so scheu. Ich bin keine Porzellanpuppe.«

Ein Grinsen huschte über Maras angespannte Lippen. Sie teilte einige Haarsträhnen lose ab und wickelte sie auf ihre Finger. »Du hast wunderschöne Haare. Wie sie«, seufzte sie.

»Wie wer?«

»Oh nein! Ich bin so dumm. Ich darf das gar nicht sagen. Wenn sie rausfinden, dass ich ...«, wimmerte Mara. Verängstigt blickte sie sich im Zimmer um.

»Hast du meine Mutter gesehen?« Mara hielt inne. Ihre blauen Augen glänzten feucht.

Angst.

»Ja«, flüsterte sie zögernd.

»Wie geht es ihr?«

»Ich darf das wirklich nicht sagen«, wisperte Mara ihr ins Ohr. Estelle drehte sich um und berührte ihre Hände. »Bitte!«, flehte sie. Ein Hauch von Traurigkeit wehte durch den Raum. »Bitte!«

Mara seufzte. »Ich habe ihr vorhin die Haare gerichtet. Als sie vor ein paar Wochen ankam, ging es ihr sehr schlecht. Doch das Sonnenlicht und die Pflege des Kanzlers hat sie wieder gesund gemacht«, raunte sie. Ihre Augen wanderten unvermittelt zur Tür. Die Angst hatte ihre Klauen tief in die Seele des Mädchens gebohrt. Estelle spürte, dass sie nichts weiter aus ihr herausbekommen würde. »Danke«, flüsterte sie und drückte Maras Hände.

»Dann stecke ich jetzt deine Haare hoch«, seufzte sie erleichtert.

Estelle nickte.

Zurias Körper war also regeneriert. Hatten sie nun eine Chance zu fliehen?

Mara fixierte Estelles Locken mit den Haarnadeln flink an ihrem Hinterkopf. Nachdem sie eine Regel des Kanzlers so unachtsam gebrochen hatte, schwieg sie eisern. Das Mädchen plagte ein schlechtes Gewissen. Ihre Gefühle waren frei zugänglich wie ein offenes Buch, in dem Estelle nach Belieben blättern konnte. »Mara«, setzte sie erneut an.

Ihre Finger zuckten nervös.

»Hast du hier einen Sarafin gesehen? Groß, schwarze Haare und dunkle Augen.«

Klirrend fiel eine Haarnadel zu Boden. »Ein Sarafin? Nein, noch nie! Sonst würde ich doch jetzt nicht mehr leben.« Ihre Stimme zitterte. »Oder er würde mir andere schlimme Dinge antun.«

»Nicht alle Sarafin sind böse. Corvin gehört zu den guten«, entgegnete sie wütend. »Er ist mein ...« Estelle seufzte. Wie sollte sie Mara verständlich machen, um was es ging?

»Freund?«, murmelte Mara entsetzt. Estelle nickte.

»Bist du etwa in einen Sarafin verliebt?« Ihre Augen weiteten sich.

Estelle nickte heftiger. »Er ist mein Gegenstück.«

»Ich war noch niemals verliebt. Glaube ich zumindest«, sagte Mara und hielt inne. Gedankenverloren ließ sie eine Haarnadel zwischen ihrem Zeige- und Mittelfinger hin und her gleiten.

Unsicherheit.

»Warte, bis der Richtige kommt«, erwiderte Estelle lächelnd.

»Wirklich?«, antwortete Mara und steckte weiter Nadeln in die dunklen Locken. »Der Sarafin war dein ...«

Neugierde.

»Ja, war er«, unterbrach Estelle sie hektisch, nachdem sie Maras Schutzwall erneut durchbrochen hatte. »Kannst du mir sagen, ob er hier ist?«

»Ich habe niemand gesehen, auf den die Beschreibung zutrifft. Aber ich darf auch nicht überall hin«, flüsterte sie schuldbewusst.

»Ist schon in Ordnung«, wisperte Estelle enttäuscht. Wo hielt der Kanzler Corvin ge-fangen? Ohne ihn konnte sie auf keinen Fall fliehen.

»Ich bin fertig. Willst du es dir ansehen?« Zaghaft trat Mara zur Seite und deutete auf den Spiegel.

Estelle nickte zornig. »Wenn ich heute sterbe, dann will ich wenigstens wissen, wie ich dabei aussehe.«

Maras Hand glitt zu ihrem Mund. Pures Entsetzen stand in ihren ahnungslosen Augen. Estelle sehnte sich für den Bruchteil einer Sekunde dorthin zurück. Zu den unschuldigen Tagträumen und den ersten Dates. Wo sie noch einmal Kind sein konnte. Unbeschwert und glücklich. Ihre Kindheit lag jedoch meilenweit entfernt, verrottet in den Bergen vor Jechton. Als sie vor den Spiegel trat, sah sie eine erwachsene Frau mit erwachsenen Problemen. Einer Liebe, die alles zu übersteigen schien, und einem Schicksal, um das sie nie gebeten hatte. Mara hatte ihr die Locken mit goldglänzenden Haarnadeln anmutig nach hinten gesteckt. Oberhalb der rechten Schläfe saß ein Schmetterling aus Diamanten, der seine Flügel spreizte. Wegfliegen, das wäre wundervoll. Doch wie weit würde sie kommen? Bis zu ihrem Balkon?

Mara stand noch immer erstarrt neben ihr, die zarte Hand an den Lippen und die blauen Augen vor Schreck aufgerissen.

»Ich mache nur Spaß. Ich werde nicht sterben«, lachte Estelle.

»G-Gefällt es dir?«, stotterte Mara entgeistert.

»Es ist fabelhaft.«

Erleichtert atmete das Mädchen aus. »Dann wird es dem Kanzler bestimmt gefallen.«

»Ganz sicher«, zischte Estelle.

Krachend entriegelte sich erneut die Tür. Auch dieses Mal zuckte Mara bei jedem Bolzen zusammen. Brückner stürmte ohne Vorwarnung herein und musterte sie ausgiebig.

Erregung.

Estelle schüttelte sich. Der Arzt lächelte selbstgefällig, als er die Reaktion sah. »Wenn Sie älter werden, werden Sie sich über jede Gefühlsregung eines Mannes geschmeichelt fühlen. Der Stolz der Jugend«, lachte er spöttisch.

Wütend versuchte Estelle, eine ausdruckslose Miene aufzusetzen.

»Mara, Sie haben hervorragende Arbeit geleistet. Einer der Soldaten wird Sie zu Ihrer Unterkunft begleiten. Wir wollen schließlich nicht, dass Ihnen etwas zustößt. Es ist schon reichlich spät geworden«, säuselte er.

Mara nickte. Schamesröte schoss ihr unter Brückners Blicken

in die Wangen.

Ein Hauch **Liebe.**

Estelles Magen krampfte, als sie Maras Gefühle für den Arzt erkannte. Mit gesenkten Augenlidern ging Mara an Brückner vorbei. Vor der Tür stand ein Soldat, der sie lächelnd in Empfang nahm.

»Die beiden anderen sind dann wohl für mich bestimmt?« Estelle zeigte auf die Männer, die sie angespannt anstarrten. Einer war ungefähr siebzehn, mit schmalen Augen und großen Segelohren, die von seinem Kopf abstanden. Der zweite war braun gebrannt mit dunklen Locken und kastanienbraunen Augen. Er war Mitte zwanzig und hatte weit weniger Angst als sein jüngerer Kamerad, der die Hände zu Fäusten ballte.

»Nur zur Sicherheit«, sagte Brückner und machte eine wedelnde Handbewegung Richtung Tür. »Sie sehen umwerfend aus. Mara ist eine wahre Meisterin.«

»Wenn man schön sterben will«, antwortete sie ruppig und ging mit erhobenem Haupt an ihm vorbei.

Brückners klares Lachen hallte den langen Korridor hinab. »Niemand wird Sie umbringen. Ich päppele Sie nicht drei Tage auf, um Sie danach umbringen zu lassen. Ich bin schließlich kein Idiot.«

»Was soll das Theater dann?«

»Es wird viel Publikum geben. Vielleicht werden Sie sogar berühmt. Das wollen die jungen Frauen doch alle, oder?«

»Wann sehe ich Zuria?«, überging sie seine Anspielung.

»Sie wartet bereits vor dem Saal auf uns.«

Brückners blaue Augen verschwammen in einem See voller Schuldgefühle. Was stimmte nicht mit ihm? Seine Fassade war kalt und rau, sein Innerstes war jedoch schmerzverzerrt.

»Geht es Ihnen gut?«, fragte er besorgt und griff nach ihrem Arm.

Estelle schwankte, schluckte die Übelkeit herunter, die ihr in der Kehle kitzelte, und nickte benommen. »Alles super! Warum fragen Sie?« Niemals würde sie in seiner Nähe diese Art von Schwäche zulassen.

»Sie sehen angespannt aus«, erwiderte er stirnrunzelnd.

»Alles bestens«, murmelte Estelle.

Du würdest es als Letzter erfahren.

Brückner legte nachdenklich den Kopf schief, machte schulterzuckend auf dem Absatz kehrt und lief voraus. Estelle folgte ihm schweigend.

Ich sehe meine Mutter. Jetzt! Was soll ich sagen? Wie soll ich sie ansprechen? Mama? Zuria? Gott, ist mir schlecht.

Ihr Herz schlug wie verrückt. Schützend platzierte sie die Hand auf der Brust und ver-suchte, die Anspannung, die sich in ihr anstaute, wegzuatmen. Quälend lange Minuten schlängelten sie sich durch endlos scheinende Korridore, stiegen drei Wendeltreppen hinauf, um am Ende rechts abzubiegen.

Estelle erkannte sie sofort.

Liebe.

Trauer.

Einsamkeit.

Zuria stand zwischen zwei Soldaten vor einer mächtigen Flügeltür. Sie trug ein meerblaues Kleid, ihre Haare waren aufwendig am Hinterkopf drapiert. Sofort schossen Estelle Tränen in die Augen. Ihre Ohren rauschten und ihre Knie verwandelten sich in eine gummiartige Masse. Sie versuchte, kontrolliert einzuatmen, um nicht doch noch in Panik zu geraten. Zuria zitterte ebenfalls, das konnte sie deutlich erkennen. Der fließende Stoff des Kleides waberte wie Ozeanwellen um ihre viel zu dürren Beine.

»Zuria, du bist wunderschön«, säuselte Brückner, als sie vor der Tür zum Stehen kamen.

Estelle kaute nervös auf ihrer Unterlippe. So oft hatte sie sich den Moment ausgemalt, jedes Wort zurechtgelegt. In diesem Augenblick blieb ihr Mund jedoch verschlossen.

»Schatz.« Zurias Stimme klang zart. Dünne Fältchen umrahmten ihre traurigen saphirgrünen Augen.

Sie sieht genauso aus wie auf dem Foto.
»Mama«, hauchte Estelle. Eine Träne stahl sich aus ihrem Augenwinkel, die sie hastig davonblinzelte. Zuria ging mit offenen Armen auf sie zu, was Estelle erleichtert aufseufzen ließ.
»Nein!«, zischte der Lockenkopf, der hinter Estelle stand. »Keine Umarmungen!«
Estelle hielt die Luft an, um nicht laut zu schreien. Der Hass auf den Kanzler schwoll zu einem unerträglichen Feuerball an. Kalter Schweiß bildete sich in ihrem Nacken, während sie den Impuls unterdrückte, dem Arzt ins Gesicht zu schlagen.
Zuria blickte Brückner eindringlich an.
Schuld.
»Darf ich wenigstens ihre Hand halten?« Der junge Soldat setzte erneut an. Doch Brückner schnitt ihm mit einer Handbewegung die Worte ab.
Mitleid.
»Natürlich darfst du die Hand deiner Tochter halten.«
Estelle presste die angehaltene Luft zwischen ihren angespannten Lippen hervor, als Zuria ihre Hand ergriff. Sie war überwältigt. Pure Liebe ging von ihr aus; hingebungsvoll, kompromisslos. Estelle fühlte sich sofort schwummrig, regelrecht betrunken.
Ich weiß nicht, ob ich die ganzen Gefühle ertragen kann.
»Ich habe dich so sehr vermisst«, flüsterte Zuria. »Kannst du mir verzeihen, dass ich damals gegangen bin?«
»Fühlst du das nicht?«, antwortete Estelle entsetzt.
Zuria nickte müde. Ein schüchternes Lächeln umspielte ihre Mundwinkel. Sie war wunderschön. »Ich spüre Gudruns Entschlossenheit und Peters Stärke in dir.«
Estelle zwinkerte eine weitere Träne fort.
»Geht es ihm gut?«, wimmerte Zuria.
Sie liebt Peter noch immer.
»Er vermisst dich, jeden Tag.«
Wenn er das hören könnte, wäre er endlich wieder glücklich.
Zurias Finger krallten sich tief in ihre Haut. »Ich ihn auch.«

Zaghaft strich Estelle mit dem Daumen über den Handrücken ihrer Mutter.

Liebe.

Güte.

Barmherzigkeit.

Vergebung.

Alles, was Estelle von ihrer Mutter empfing, war wundervoll. Sie war ein wahrer Aurion. Es gab keine Wut, keine Verbitterung, aber auch keine Stärke, mit der sie kämpfen konnte. Estelle wurde klar, warum die Aurion sich damals nicht gegen die Dunkelheit wehren konnten. Es war schlicht unmöglich. Ohne Wut keine Gegenwehr. Ohne Verbitterung keine Rache. Zuria waren schlimme Dinge widerfahren, dennoch reichte das nicht aus, um sich gegen die Ungerechtigkeit aufzubäumen. Das war schließlich seit Anbeginn der Zeit die Aufgabe der Sarafin. Die gefallenen Helden, die ohne die Aurion doch nutzlos waren.

»Du kannst uns retten«, flüsterte Zuria entschlossen. Hoffnung flackerte in ihren Augen auf. »Du bist nicht wie ich. Du bist stark.«

»Schluss jetzt. Die Nerven des Kanzlers sind momentan etwas schwach«, knurrte Brückner. »Wenn er rausfindet, dass ihr vor der Zusammenführung miteinander geredet habt, gnade uns Gott.«

Estelle verzog keine Miene. »Haben Sie etwa Angst?«

»Erspar mir dein Getue. Ich weiß genau, dass du mich lesen kannst«, presste er hervor.

»Dann wäre das ja geklärt«, erwiderte Estelle gefühllos. Ihr war es egal, ob er starb oder lebte. Er war nur ein Handlanger des Kanzlers.

Zuria wandte sich erneut Brückner zu und platzierte ihre Hand auf seinem Unterarm.

»Du bringst mich noch in echte Schwierigkeiten. Okay ... Ihr könnt euch an den Händen halten, wenn ihr reingeht. Ich tue dir den Gefallen, nicht deiner Tochter, diesem undankbaren Weibsbild.« Seine Augen funkelten sie zornig an.

»Was soll das? Seid ihr befreundet oder was?«, zischte Estelle.

Zuria drückte sanft ihre Hand. »Schatz, ich bin seit siebzehn Jahren in Gefangenschaft. Er war immer bei mir und hat mir so gut es ging geholfen. Er ist nicht so schlecht, wie du glauben magst.«

»Das ist keine Entschuldigung«, knurrte sie.

Wäre ich ein Zentan, würde ich über ihn herfallen und seine Kehle zerfleischen.

Zurias Druck wurde stärker. »Bleib bei mir«, flüsterte sie.

»Es geht los«, sagte Brückner aufgeregt, während er einen Schritt hinter die beiden trat. »Wenn die Türen aufgehen, lauft ihr zielstrebig auf die Bühne. Aber langsam genug, dass auch alle euch bestaunen können.«

Zuria nickte dem Arzt zu.

Der Soldat mit den Segelohren und der Lockenkopf formierten sich rechts und links neben Estelle und Zuria. Die älteren Soldaten, die Zuria begleitet hatten, bildeten den Schluss ihrer kleinen Karawane.

Es ist so weit.
Ich bin es, der das Unheil in die Welt bringt.

Ohrenbetäubende Blasmusik drang aus dem Saal. Estelle betrachtete Zuria aus dem Augenwinkel. Nach so vielen Jahren hielt sie endlich die Hand ihrer Mutter. Die Mutter, die weder verrückt war noch ihren Vater verlassen hatte, weil sie zu früh Mutter geworden war. Zuria liebte kompromisslos und sie hatte keine Angst, diese Liebe offen zu zeigen.

Ich bin stolz, ihre Tochter zu sein.

Zuria zwinkerte ihr zu. Estelle wusste, dass sie jedes Gefühl von ihr lesen konnte.

Die mächtigen Flügeltüren wurden aufgeschoben. Ein lautes Raunen schlug ihnen entgegen. Hunderte Augenpaare starrten sie neugierig an. Zwei lange Tische mit spitzenverzierten Tischdecken und festlich geschmückter Dekoration thronten in der Mitte des prunkvollen Ballsaals. Zwischen den mit Silberbesteck dekorierten Tafeln führte ein schmaler Durchgang direkt zu einer erhöhten Bühne.

»Wir gehen zielstrebig nach vorn«, flüsterte Brückner hinter ihnen und stupste Estelle in den Rücken. »Verstanden?«

Sie verspürte den Drang, sich umzudrehen, um ihm eine schallende Ohrfeige zu verpassen. Angewidert schüttelte sie seine Hand ab. »Verstanden«, knurrte sie.

Langsam schritten sie den Mittelgang entlang. Auf der Bühne wartete der Kanzler, ein dunkelhaariger groß gewachsener Mann. In einer imposanten Geste breitete er die Arme aus, dabei spannte seine blaue Uniform ungewöhnlich straff an der Brust. »Meine Damen und Herren, hier sehen Sie die letzten und kräftigsten Aurion von Jarundo. Mutter und Tochter. Beide Auserwählte ihrer Spezies.«

Staunende Augen brannten sich in Estelles Geist. Zurias Druck auf ihre Hand wurde stärker.

Angst.

Bewunderung.

Freude.

Neid.

Begierde.

Hass.

Estelle fand sich auf einer Party wieder. Eine Frau mit hochtoupierten Haaren kreischte schrill: »Aroun! Wer will Aroun?« Ihre Freunde riefen wild durcheinander. Estelle verspürte das dringende Verlangen, an einer der Pillen zu lecken. Sie lachte lauthals, als ihr ein Teller mit Aroun gereicht wurde.

Angewidert schüttelte sie den Kopf. Die vielen Gefühle und Erinnerungen verwirrten Estelle. Selbst in ihren schicken Anzügen und farbenfrohen Kleidern konnten die Ourak nicht kaschieren, dass sie Süchtige waren. Aroun war das Einzige, das sie wirklich interessierte. Estelle versuchte, den aufsteigenden Würgereiz zu kontrollieren, indem sie laut hustete.

»Reißen Sie sich zusammen«, zischte Brückner sofort. Sein heißer Atem streifte die Haut in ihrem Nacken.

Ich hasse ihn.

In der staunenden Menge erkannte sie überraschend ein vertrautes Augenpaar. Am Tischende vor der Bühne saßen Julet und Danis. Sie waren zurechtgemacht wie Puppen, die der Kanzler nach Belieben aufhübschen ließ. Julet lächelte matt. Ihre Augen waren blutun-terlaufen. Danis' kirschroter Mund formte ein »O«, als sie Estelles grünes Kleid sah. Sie hatte keinen blassen Schimmer, was gerade passierte. Estelle nickte Julet zu. Diese nickte ebenfalls und wischte sich eine Träne aus dem Augenwinkel. Wenn Julet hier war, dann musste Corvin auch irgendwo im Palast sein. Unruhig wanderte ihr Blick durch den gewaltigen Saal. Wo war er? Gemeinsam hatten sie eine Chance zu entkommen.

Zurias Gefühle schwankten zwischen Hoffnungslosigkeit und Vergebung, während sie selbst ein Wechselbad aus Wut, Angst, Hass und Rache durchwatete. Die Gefühle wurden jede Minute stärker.

Wenige Augenblicke später erreichten sie die Bühne. Schwankend stieg Estelle die schmalen Treppenstufen nach oben, so wie Brückner es befohlen hatte. Auf der Bühne warteten zwei weitere Soldaten, deren Finger nervös über ihre Degen glitten. Ein schmächtiger Mann mit Hasenscharte und ein imposanter Soldat, dessen blaue Augen Estelle durchbohrten. Er war kaum älter als sie und doch hatte er etwas an sich, das Estelle erschrocken zurückweichen ließ.

»Das ist Mawet. Der höchste Offizier in Jarundo. Egal, was passiert, mach, was immer die Soldaten verlangen. Er ist die Dunkelheit«, keuchte Zuria entsetzt.

Da war er wieder, dieser merkwürdige Luftzug, den sie bereits vor Julets Haus gespürt hatte.

Mawet hat mich entführt! Er verursacht die Kälte. Wie kann er die Dunkelheit sein?

Estelle löste ihren Blick von dem außergewöhnlichen Offizier, um sich umzusehen. Eine eigenartige Maschine, mit einem zylinderförmigen Sockel und einer großen Kugel an der Spitze, war in der Mitte der Bühne platziert. Ein Kabelgebilde so dick wie Estelles Oberarm ging von der Kugel ab und endete in einem grotesk aussehenden Helm. Neben der Maschine standen zwei weiß gepolsterte Stühle mit grauen Lederriemen, die ein Entkommen verhindern sollten.

Mein Gott. Wurden die Aurion an dieser Maschine ausgenommen? Das ist total krank.

Brückner scherte aus und positionierte sich einen Schritt hinter dem Kanzler. Zweifelnd sah er sie an.

Ein Monster, das Zweifel hat. Etwas spät, um sich schuldig zu fühlen.

Zuria warf ihr einen warnenden Blick zu.

Angst.

Vergebung.

Estelle erschauderte, als sie die Gefühle ihrer Mutter in sich aufnahm. Zuria hatte Angst, gleichzeitig versuchte sie, ihr das Gefühl der Vergebung zu vermitteln. Doch Estelle wollte niemandem vergeben. Sie wollte Rache.

Die vier Soldaten nahmen ihre Positionen am Rand der Bühne

ein. Zuria und Estelle standen wie auf einem Jahrmarkt vor Schaulustigen, während der Kanzler Beifall klatschte. Sein nach hinten gekämmtes Haar wippte an seinem Hinterkopf wie ein Pfauenschwanz. Tiefschwarze Augenringe zierten sein aschfahles Gesicht. Die Menge applaudierte euphorisch. Der Feuerball in Estelle wuchs weiter, verschlang langsam jede Spur von Mitleid, die sie irgendwann einmal für die Ourak empfunden hatte.

Der Applaus ebbte ab und der Kanzler ergriff das Wort. »Ich werde Ihnen, den hoch angesehenen Bewohnern der 1. Zone, vorführen, wie wir gegen die Dunkelheit vorgehen. Diese beiden bezaubernden Wesen werden in Kürze an eine Maschine angeschlossen.« Stolz zeigte er auf die silberne Kugel. Seine Stimme war tief und fest. Er wusste um seine Autorität und die daraus resultierende Attraktivität. Mit stolzgeschwellter Brust lächelte er in die Menschenmenge. Ein Raunen ging durch die Reihen. Einige Frauen rutschten unruhig auf ihren Stühlen. Sie kicherten, wenn sein Blick auf ihnen landete. »Meine Damen, keine Sorge, es wurde jahrelang getestet. Noch niemals wurde jemand bei der Anwendung verletzt«, sagte er besänftigend.

Was ist mit den unzähligen Aurion, die in der Todeszone gestorben sind?

»Die Aurion werden mit der völlig ungefährlichen Lichtmaschine verbunden, damit ich Ihnen demonstrieren kann, warum Sie in der 1. Zone seit Jahren reines Licht beziehen können.«

Erleichtert atmete die Menge auf.

»Wir werden die Mutter zuerst anschließen. Für unseren jungen Aurion ist es die erste Sitzung, daher überlassen wir dem Profi den Vortritt«, säuselte er lächelnd.

Dem Profi? Estelles Hände waren schweißnass, fühlten sich aber eiskalt an.

»Wenn Sie von der Vorstellung begeistert sind, können Sie am Ende mit meinem Privatsekretär sprechen. Er nimmt Ihre Spenden dankend entgegen und wird Ihnen, je nach Höhe einen bedeutenderen Ehrentitel zukommen lassen.«

Estelle runzelte die Stirn. Befanden sie sich auf einer Spenden-gala? Corvin hatte erzählt, dass das Aroun knapp wurde. Doch auf die irrwitzige Idee, dass der Kanzler vielleicht pleite war, wäre sie niemals gekommen.

»Nun, dann wollen wir jetzt beginnen«, sagte er, während er einen Soldaten zu sich heranwinkte. Estelle verstärkte ihren Griff um Zurias Hand. Sie würde ihre Mutter nicht kampflos aufgeben.

»Schatz, du machst es damit nur schlimmer. Wenn uns jemand retten kann, dann Bartisam. Er wird sicher bald kommen. Jetzt, da du hier bist, wird er wissen, wo ich bin. Er hat auf mich ge-wartet.«

»Bartisam ist verschwunden. Niemand wird kommen. Wir sind allein«, flüsterte Estelle.

Zuria riss die Augen auf. »Was?«, keuchte sie.

Panik.

Estelle schüttelte den Kopf. »Tut mir leid.«

Der Soldat mit den Segelohren packte Zuria am Arm. »Beweg dich!«, zischte er.

Zuria nickte mechanisch. »Lass los, Schatz«, raunte sie nieder-geschlagen.

»Niemals!«, knurrte Estelle.

»Wenn wir für immer bleiben müssen, mach, was sie von dir verlangen.« Zuria presste angespannt die Lippen aufeinander. »Bitte.«

Widerwillig ließ Estelle die Hand ihrer Mutter los. Der gespielt arrogante Blick des Soldaten traf sie unvermittelt. Er hatte Angst vor ihnen. Angst vor dem Kanzler und dem Tod. »Hast du dir mittlerweile in die Hose gemacht?«, murmelte sie ihm zu, wäh-rend er Zuria Richtung Maschine schob. Sein Gesicht wurde feu-rig rot und seine Mundwinkel zuckten nervös. Estelle tippte sich kaum merklich gegen die Stirn. »Ich sehe alles!«

Todesangst.

Sehr schön. Hoffentlich stirbst du vor Angst.

Estelle fühlte eine wärmende Genugtuung. Sie wollte jedem in diesem Raum wehtun. Jedem, der ihr oder Zuria wehtat. Denn ihre Mutter konnte sich nicht wehren. Selbst nach all den Jahren an den Maschinen war keine Wut in ihr. Sie war müde und deprimiert, aber Wut suchte sie bei Zuria vergeblich. In Estelle hingegen tobte die zügellose Wut.

»Darf ich bitten«, sagte der Kanzler bestimmend.

Zuria glitt ohne Gegenwehr auf den Stuhl. Mit zitternden Fingern schnürte der junge Soldat die Lederriemen um ihre Handgelenke. Brückner tauchte hinter Zuria auf und setzte ihr den silbernen Helm auf den Kopf. Ein aufgewühltes Raunen ging durch den Saal.

»Meine Damen und Herren, bevor mein persönlicher Arzt, Herr Brückner, die Maschine startet, möchte ich Ihnen noch jemand ganz Besonderes vorstellen. Meinen fleißigsten Helfer, ohne dessen Hilfe das hier alles nicht möglich gewesen wäre.«

Unter lautem Trompetengeheul wurden die Türen erneut aufgezogen. Estelle zog scharf die Luft ein. Ihr Herz stolperte, flackernde Sterne blitzten vor ihren Augen auf. Sie schloss die Lider für einen Atemzug, um einer Ohnmacht entgegenzuwirken.

Corvin.

Die Menge klatschte irritiert, als sie den Sarafin erblickte, der von zwei Soldaten in den Ballsaal geführt wurde.

Angst.

Neugierde.

Entsetzen.

»Der Kanzler hat ihn aus den Steinbrüchen geholt und sich um das verlorene Kind gekümmert wie um einen Sohn. Was für ein ehrbarer Mann«, erzählte eine Frau mit hochtoupierten Haaren in der ersten Reihe jedem, der es wissen wollte, und denen, die nicht danach gefragt hatten.

Was? Er hat im Palast wie ein Sohn des Kanzlers gelebt? Er war doch nur ein einfacher Handlanger.

»Hör nicht auf die Leute«, keuchte Zuria. »Du musst dich abschotten.«

Wie sollte sie sich abschotten? Sie hatte zwar gelernt, wie man in die Gedankenwelt der anderen eintauchen konnte. Sie hatte jedoch keinen blassen Schimmer, wie sie sich gegen diese Gedanken schützen sollte.

Corvin schritt die Stufen nach oben, blieb vor dem Kanzler stehen und senkte unterwürfig den Blick. Er verbeugte sich tief und presste angespannt die Lippen aufeinander.

Estelle. Du darfst ihm auf keinen Fall glauben. Bitte, ich würde dich nie verraten.

Ich werde heute Nacht sterben. Du hättest mich in den Bergen zurücklassen sollen.

»Das ist der Mann, dem wir es zu verdanken haben, dass unser junger Aurion heute hier sein kann«, brüllte der Kanzler stolz. In seiner Gedankenwelt war nichts außer Verachtung. Er ekelte sich vor Corvin, verabscheute ihn regelrecht.

Todesangst.

Was?

Schlagartig wurde Estelle klar, was den Kanzler antrieb.

Er ist tatsächlich unheilbar krank.

Der wütende Blick des Kanzlers traf sie völlig unverhofft. »Wage es nicht, meine Gedankenwelt zu beschreiten«, zischte er sie an. Estelle nickte verwirrt und wich einen Schritt zurück.

»Ich spüre dich. Ich habe euch alle gespürt. Jedes Mal, wenn ihr meine Gefühle verändern wolltet. Also nimm dich in acht«, fauchte er sie an, dann wandte er sich wieder der Menge zu. »Er darf die Maschine betätigen, wenn der junge Aurion an der Reihe ist«, lachte der Kanzler heiter.

Ich werde es nicht tun. Vertrau mir. Ich war nicht ...

Halt deine Klappe!

Corvin verfolgte Estelle mit seinen Augen. Sein Blick war flehend. Hatte er sie die ganze Zeit belogen? War er ein Verbündeter des Kanzlers? Die Wut floss wie Gift durch ihre Adern. Sie war bloß ein dummes Mädchen, das auf einen Sarafin hereingefallen war.

»Brückner starten Sie die Maschine.«

Widerstandslos ging Brückner zu einem Schaltpult im hinteren Bühnenbereich und drückte mehrere blinkende Knöpfe. Zuria presste die Lippen aufeinander, bis nur noch eine dünne Linie ihr Gesicht zierte.

Angst.

Ich muss etwas tun, bevor es zu spät ist. Jetzt oder nie!

Estelle, wir müssen ...

Lass mich!

»Fass sie nicht an, du mieses Stück Scheiße!«, brüllte sie. Im selben Moment sprang sie nach links und spuckte dem jungen Soldaten ins Gesicht.

Erschrocken taumelte er rückwärts. Schreiend wischte er sich über das Gesicht, als wäre Estelles Speichel eine ätzende Säure. Sie nutzte die Gelegenheit und schlug ihm mit der Faust in den ungeschützten Magen. Er stöhnte laut auf und krümmte sich.

Blitzschnell griff Estelle nach seinem Degen und zog ihn aus der Scheide an seiner Hüfte. Kampflustig schwang sie die Klinge in Brückners Richtung. Tod oder Gefängnis, andere Optionen gab es nicht mehr. »Wenn du einen Finger rührst, dann bring ich dich um«, schrie sie. Ein Kreischen fegte durch die Halle. Julet sah Estelle mit weit aufgerissenen Augen an. Abwehrend schüttelte sie den Kopf. Es war zu spät. Sie hatte sich entschieden. Niemand würde Zuria an dieses Monstrum anschließen. Nicht solange sie imstande war, sich zu wehren.

Estelle!

Corvins Stimme flatterte durch ihre Gedanken wie ein lauwarmer Herbstwind. Sie ignorierte ihn, auch wenn es kaum zu ertragen war.

»Meine Damen und Herren, wir haben alles im Griff. Sie ist nur etwas aufgeregt. Das wird sich schnell wieder legen, wenn sie sieht, dass sich ihre Mutter an der Maschine wohlfühlt«, rief der Kanzler beschwichtigend in die Menge, die bereits aufgesprungen war. Frauen kreischten hysterisch, Männer schmissen wütend ihre Servietten auf die Tische.

»Ich bin nicht aufgeregt!«, brüllte Estelle, den Degen weiter auf den erstaunt dreinblickenden Brückner gerichtet. Der Kanzler schaute sie nun direkt an. Seine Mundwinkel bebten und seinen Augen zuckten nervös.

»Ihr alle seid schuld an dem Untergang eures Landes. Weil ihr nicht genug bekommt von dem Gold, der Macht und dem Aroun!«, schrie sie.

»Anscheinend bevorzugst du die harte Tour«, zischte der Kanzler in ihre Richtung. Die Ader auf seiner Stirn pulsierte, während seine Lippen zu beben begannen.

Mordlust.

Estelle spürte die wachsende Unsicherheit in der Halle. Der junge Soldat wischte sich noch immer mit dem Ärmel über das längst saubere Gesicht. Eine Frau direkt vor der Bühne war unter den Tisch gesprungen. Die Panik breitete sich wie ein Lauffeuer aus. Was wussten die Ourak von den Aurion? Mara hatte ein völlig falsches Bild von ihren Fähigkeiten gehabt. Selbst Yaneys Erinnerungen waren nach Jahrzehnten verblasst gewesen. Sie musste alles auf eine Karte setzen. Angst. Das war der Schwachpunkt aller Anwesenden. Sie holte tief Luft und spannte die Muskeln an, damit niemand das Zittern sah, das ihren Körper durchfuhr. »Ich werde euch alle manipulieren. Ihr werdet büßen für das, was ihr meinem Volk angetan habt! Ich bin kein normaler Aurion, ich stamme aus der Welt eurer Vorfahren. Ich besitze die alleinige Macht über alle Gedanken.«

Totenstille herrschte für den Bruchteil einer Sekunde, dann brach heilloses Chaos aus. Kreischend stürzte sich die Menge Richtung Ausgang.

Was für ein dummes Volk! Sie haben es nicht anders verdient.

»Verriegelt die Türen!«, befahl der Kanzler erbarmungslos. »Niemand verlässt das Schauspiel des Jahres ohne meine Erlaubnis!«

Krachende Bolzen verschlossen die Tür und verwandelten den Ballsaal in ein Gefängnis.

»Die Dunkelheit ist noch nicht so weit! Wir benötigen mehr Zeit«, zischte Mawet abfällig. »Bring deine Tochter zur Vernunft«, knurrte er Zuria an.

»Was schwafeln Sie da?«, keuchte der Kanzler.

»Das werden Sie bald bemerken«, erwiderte er kalt.

Der Kanzler schüttelte fassungslos den Kopf. »Wenn einer auch nur daran denkt, einen Fuß durch diese Tür zu setzen, dann werde ich demjenigen den Kopf abschlagen.«

Die Menge blieb augenblicklich stehen. Entsetzt starrten sie auf die Bühne. Der Kanzler massierte mit schnellen Bewegungen seine Stirn. Wimmernd versammelten sich die Ourak in einer Ecke des Saales. Estelle suchte im Durcheinander nach Julet und Danis. Sie entdeckte die beiden abseits der Geschehnisse, bewacht von einem Soldaten. Julet schob ihre Tochter schützend hinter sich. Neugierig lugte sie hervor und reckte die Hand Richtung Bühne. Ermutigend hob sie den Daumen.

Hoffen wir, dass du recht behältst, kleine Danis.

»Was fällt dir ein? Niemand widersetzt sich mir!«, brüllte der Kanzler sie an. Weißer Schaum bildete sich in seinen Mundwinkeln. Sein Hass war übermenschlich. Er würde sie, ohne mit der Wimper zu zucken, vor allen Augen töten.

»Du hast alles ruiniert. Warum konntest du nicht dein dummes Mundwerk halten?«

Zitternd hielt Estelle den Degen fest umklammert.

»Steht hier nicht so teilnahmslos herum! Sie ist nur ein lachhaftes Kind!«, schrie er die Soldaten an. »Sie hat keinerlei Macht über euch. Sie spielt bloß mit euren Ängsten! MAWET!«

Der Offizier mit den eiskalten Augen zog kopfschüttelnd seinen Degen und ging auf sie zu. Estelles Herz pochte wild, als sie die Kälte spürte, die von ihm ausging. Sie hatte keine Chance gegen ihn und das wusste er. Lächelnd holte er aus und schlug beherzt mit einem kräftigen Hieb auf ihre Klinge ein. Klirrend fiel der Degen zu Boden. Estelles Hand pulsierte von der Kraft des Schlages. Panisch versuchte sie, mit der anderen Hand nach der Waffe zu greifen, doch er war schneller und kickte sie von der Bühne. »Die Zeit des Lichts ist endgültig zu Ende«, flüsterte er ihr zu. Irritiert wich Estelle zurück.

Neben ihr zuckte Corvin zusammen.

Meine Gefühle gehen dich nichts mehr an. Verräter!

Bitte Estelle. Lass es mich erklären.

Halt deine Klappe!

»Sieh sich einer diesen flehenden Blick an!«, zischte der Kanzler. »Warst du etwa so naiv und bist auf seine angebliche Liebe hereingefallen? Du bemitleidenswertes Ding. Das alles war ein abgekartetes Spiel. Corvin war der Köder«, lachte der Kanzler höhnisch und drehte sich mit ausgestreckten Armen um die eigene Achse. »Sein Lohn war Aroun. Er ist ein Süchtiger und wollte nur dein Licht.«

»Das stimmt nicht, ich habe es weggeworfen«, krächzte Corvin.

»Wenn du mir meine ganze Show schon kaputt machen musst, können wir auch gleich reinen Tisch machen.«

Estelle presste ihre pochende Hand unter die Achsel. Mawet musterte sie ausdruckslos. Er schüttelte erneut den Kopf und trat wieder ans Ende der Bühne.

Von ihm gehen wirklich keine Gefühle aus. In ihm ist nichts, wie ist das möglich?

»Vielleicht wissen Sie bereits, dass uns das Licht ausgeht«, brüllte der Kanzler die verängstigte Menge an. Dann wandte er sich Estelle zu und sagte: »Ich wusste, dass nur ein Sarafin das in dir wecken kann, was uns so dringend fehlt. Licht. Wir brauchen dein Licht, um weiter überleben zu können. Ohne deine Gabe werden mehr Kinder sterben als jemals zuvor. Dafür willst du doch nicht verantwortlich sein, oder? Corvin war niemals in dich verliebt. Ich habe ihn auf dich angesetzt.«

Estelle biss die Innenseite ihrer Wange blutig. Corvins Gesicht war weißer als gewöhnlich und seine Finger zitterten.

Wut.

Schuld.

War alles eine Lüge gewesen? Die Nacht in Julets Haus und ihre Liebe?

»Er lügt«, sagte Corvin betont ruhig.

Estelle schüttelte abwehrend den Kopf. In Harok hatte er sich mit jemand getroffen. War er ein Spitzel des Kanzlers? Hatte er sie für ein bisschen Aroun verraten?

»Na na, wer wird denn jetzt weinen. Du wirst ihn vergessen, sobald du siehst, wie du uns alle retten kannst«, säuselte der Kanzler. »Du könntest eine kleine Heldin sein.«

Estelle hatte gar nicht bemerkt, dass Tränen über ihre Wangen liefen.

Warum? Warum hab ich ihm vertraut? Lior hat von Anfang an recht gehabt.

»Warum warst du in meiner Zelle? Sag mir, dass du aus freien Stücken da warst«, brüllte sie den Sarafin an.

Corvin senkte den Blick. »Das kann ich nicht«, nuschelte er den Tränen nahe.

Ihr Magen krampfte, als die Worte seinen Mund verließen. Sein Verrat schmerzte so sehr, dass sie keine Luft mehr bekam. Panisch griff sie sich an ihr Herz, das plötzlich unregelmäßig schlug.

Ich muss hier weg! Ich kann nicht ... Warum? Ich ... Es tut so weh.

»Estelle, höre mir bitte zu. Du darfst ihm kein Unrecht tun. Er liebt dich wirklich.« Zuria bäumte sich auf. Sie versuchte mit aller Kraft, durch die fest anliegenden Lederriemen zu rutschen.

Panik.

Corvin ging einen Schritt auf Estelle zu. »Estelle, ich ...«, flüsterte er mit bebender Unterlippe.

»Lass mich! LASS MICH IN RUHE!«, schrie sie aus Leibeskräften, bis ihre Stimmbänder schmerzten. Wie konnte er ihr so etwas antun? Sie wollte in seine Gedankenwelt sehen, doch sie lief gegen eine Wand aus Schmerz.

»Er war bei mir, nachdem du angekommen bist. Ich hatte

Gerüchte gehört, dass ein Aurion, der mir zum Verwechseln ähnlich sieht, durch ein Portal gekommen ist. Und er wollte herausfinden, ob ich deine Mutter bin. Er hatte so viele Fragen.« Zurias Augen waren vor Schreck weit aufgerissen. »Er hat sich heimlich in meine Zelle geschlichen und dabei sein Leben riskiert.«

Estelle drehte sich angewidert weg. Wem konnte sie überhaupt vertrauen? Corvin hatte sie benutzt. Ihre Küsse und die Nacht, die sie zusammen verbracht hatten, war alles bloß eine Lüge gewesen. Estelle durchfuhr ein eiskalter Schauer.

»Für eine Sekunde konnte ich in ihn hineinsehen und er in mich. Ich war überwältigt, dass er dein Gegenstück ist«, wimmerte Zuria.

»Halt dein Maul, Zuria!«, brüllte der Kanzler wie von Sinnen.

»Ich habe alles auf eine Karte gesetzt. Ich wusste nicht, ob es klappen wird. Aber er ist dein Gegenstück und ich bin deine Mutter. Verstehst du? Ich konnte ihn in deine Welt blicken lassen und habe ihm gezeigt, was Liebe bedeutet. Du musst ihm verzeihen. Wie es ein Aurion tun würde.«

»Ich bin ein Mensch!«, weinte Estelle bitter.

»Zuria, noch ein Wort und ich werde die Maschine so einstellen, dass dein Gehirn danach aussieht wie eine Rosine.« Die Augen des Kanzlers waren vor Wut blutunterlaufen.

Corvin ballte die Hände zu Fäusten, seine Haut spannte sich aschfahl um die Knöchel. Der Soldat mit den Segelohren zurrte die Lederriemen um Zurias Handgelenke so eng, dass sich tiefe Kerben in ihre Haut schnitten. Sie stöhnte laut auf. »Ich wusste, dass ich ihn auf meiner Seite hatte, als ich ihm zeigte, wie es ist zu lieben. Ich konnte ihm nicht sagen, was er tun muss, doch ich konnte ihm zeigen, was ich auf der Erde gelernt habe. Ich habe ihm vertraut. Ich musste ihm vertrauen«, brüllte Zuria mit schmerzverzerrtem Gesicht.

»Du hast es nicht anders gewollt. Dann wird deine Tochter zuerst dran glauben.« Der Kanzler lächelte dämonisch. »Wärst du so freundlich und würdest Platz nehmen?«, säuselte er.

Estelle wich zurück.

Wut.

Hass.

»Darf ich bitten.«

Mawet schnippte mit den Fingern. Die zwei Soldaten, die bisher stumm auf der gegenüberliegenden Seite der Bühne gestanden hatten, marschierten auf Estelle zu. Sie packten sie an ihren Armen und schleiften sie zu der Maschine. Panisch strampelte sie mit den Beinen. »NEIN! Lasst mich los!«

»Bitte, ich werde an ihrer Stelle mein ganzes Licht geben!«, heulte Zuria auf.

Nein! Ich lasse nicht zu, dass er dir etwas antut.

»Nimm deine dreckigen Finger von ihr!«, brüllte Corvin und stürmte auf den Kanzler zu.

Abscheu.

Liebe.

In Windeseile zog der Kanzler einen Dolch aus dem Ärmel seiner blauen Uniform. Corvins Augen schrien vor Schmerz, doch sein Mund stand weit offen, ohne dass ein Ton entwich. Die Zeit schien für mehrere Augenblicke stillzustehen.

»Nein!«, schrie Estelle.

Eine Totenstille legte sich über den Ballsaal. Corvin sackte auf seine Knie und sah Estelle mit aufgerissenen Augen an.

Estelle.

Liebe.

Trauer.

Blut sickerte auf den Boden, sammelte sich in einer kirschroten Lache, die auf dem weißen Untergrund wunderschön und beängstigend zugleich aussah.

»NEIN!«, kreischte Estelle erneut. Sie wand sich wie ein Fisch in dem starken Griff der Soldaten.

Der Kanzler wedelte geringschätzig mit der Hand. »Lassen wir ihnen diesen Moment. Ich bin ja kein Monster«, sagte er und

verzog seinen Mund zu einem spöttischen Lächeln. Den blutverschmierten Dolch wischte er an Corvins Schulter ab und steckte
ihn zurück in den Ärmel. Abschätzig tätschelte er die Wange des
Sarafin. »Du wirst jetzt sterben. Das war es dann mit der Bestimmung.«

Die Soldaten sahen sich fragend an, folgten aber der Anweisung des Kanzlers. Estelle stürzte nach vorn. Corvin kniete zitternd vor ihr, seine Hände fest auf die klaffende Wunde gedrückt.

Das wird schon. Mit Bauchwunden kenne ich mich mittlerweile aus.

Estelle berührte mit flatterndem Herzen die blassen Finger, die
sich langsam rot färbten. Corvin lächelte angestrengt, während er
versuchte, auf den Knien zu bleiben.

»Ach wie süß. Hollywood hätte es nicht besser inszenieren
können«, lachte der Kanzler. »Nur wird er dieses Mal wirklich
sterben. Happy Ends sind etwas für die Filmindustrie.«

Brückner sah den Kanzler vorwurfsvoll an. »War das unbedingt nötig?«, zischte er.

»Es hätte alles so einfach sein können!«, murmelte Mawet, der
dem Schauspiel teilnahmslos folgte. »So einfach.«

Corvin glitt keuchend zu Boden. Sein schwarzes Haar fiel
aus der Stirn und gab seine dunklen Augen preis, auf denen ein
feuchter Schimmer lag. Behutsam strich Estelle ihm über die immer kälter werdende Wange.

»Da wir das Ganze nun so dramatisch beenden, kann ich es ja
sagen. Ich habe dich angelogen. Greif in die Seitentasche deines
Liebsten. Hinter der grässlichen Fratze verbirgt sich ein richtiger
Romantiker. Anders hätte er dich wohl kaum rumgekriegt«, lachte der Kanzler.

Estelle griff in Corvins Hosentasche und fischte einen Ring heraus.

Nein! Es tut mir so, so leid.

»Der Ring sieht aus wie der von Zuria«, flüsterte Estelle und
bewunderte die kleine Diamantenblume.

»Ich dachte, er würde dir gefallen.«

»Darum hast du den Mann in der Gasse getroffen.«

»Er ist ein Juwelier. Wir hatten doch so viele Diamanten«, keuchte Corvin. Er streckte seinen Finger nach dem Ring aus und berührte ihn vorsichtig. Zurück blieb eine feine Blutspur, die sich über das Silber zog.

»Warum so heimlich?«

»Es sollte eine Überraschung werden. Als ich ihn dir geben wollte, warst du aber bereits verschwunden und dann haben sie uns geholt.«

Estelles Augen füllten sich mit Tränen.

»Ich wollte kein Aroun. Es ging mir die ganze Zeit nur um dich ... Jetzt werde ich so ein gefühlsduseliges Weichei. Und du bist schuld«, lachte er röchelnd.

»Wie süß. Sie trauern um ihre große Liebe«, verhöhnte der Kanzler sie weiter. »Seht alle her, ein sterbender Sarafin!«

Ich habe dich das erste Mal in der Lagerhalle bei deiner Ankunft gesehen und wusste sofort, dass wir zusammengehören. Einer der Soldaten hat dich auf deiner Flucht beobachtet und eine detaillierte Beschreibung im Palast abgeliefert. Ich habe verschwiegen, dass ich dort war, weil ich gehofft hatte, der Katzenmann könnte dich schützen. Nachdem Julet dich verraten hatte, kam der Kanzler auf die Idee, dass ich dich erwecken könnte. Oder zumindest dein Vertrauen gewinnen könnte, wenn ich behaupte, dein Gegenstück zu sein. Er wusste nie, dass du wirklich mein Gegenstück bist. Niemals. Alles, was ich dem Kanzler erzählt habe, waren falsche Informationen. Ich habe euch nicht in Gefahr gebracht. Estelle, ich liebe dich.

Streng dich nicht an. Bitte, ich brauche dich doch hier.

Corvin schüttelte energisch den Kopf.

Hör mir zu. Zuria hat mir geholfen zu erkennen, was unser Land braucht. Wie wir den Umbruch stoppen können, bevor er das ganze Land einnimmt. Soll ich es dir zeigen?

Estelle nickte kaum merklich, sie wollte unter keinen Umständen riskieren, dass jemand ihre stille Unterhaltung bemerkte.

Ein Schaudern durchfuhr sie, als die ersten Bilder ihre

Gedanken erreichten: **historische Gemälde einer jungen Frau mit wehenden Haaren. Filmaufnahmen. Dicke Bücher auf dem Küchentisch. Sie war zu Hause.**

WOW!

Sie kannte die aufflackernden Bilder aus dem Schulunterricht. Ein Mädchen mit schulterlangen braunen Haaren. Sie runzelt die Stirn, kämpft für die Freiheit.

Fernsehaufnahmen flackern vor ihren Augen auf. Tausende Menschen marschieren, brüllen für die Freiheit. Ein Mann steht vor einem Panzer.

Mauern fallen. Menschen weinen. Freudentränen.

Estelles Haut begann zu kribbeln.

Corvin? Was soll das?

Als Zuria erfahren hat, wer du bist, wer wir sind, hat sie mir diese Bilder gezeigt. Wir sollten das Land befreien und den Kanzler stürzen. Eine Revolution! Wie es auf der Erde bereits passiert ist. Sie ist damals zurückgekommen, weil sie gehofft hat, dem Widerstand mit ihrem Wissen zu helfen. Leider war sie selbst nicht fähig zu kämpfen und die Schlacht auf der Giroschebene hatte jede Hoffnung auf Frieden zerstört. Verstehst du?

Nein. Was ist hier los?

Nachdem wir aus der 1. Zone zurück waren und ich erfahren habe, dass Bartisam deine Mutter kennt, habe ich ihm von den Bildern erzählt. Er war sich sicher, wir könnten Zuria mit deiner Hilfe freikämpfen. Als Bartisam verschwand, musste ich euch überzeugen, ohne ihn zu gehen. Wir konnten doch nicht in Jechton ausharren und auf ein Wunder hoffen. Wir beide sind das Schicksal, das letzte verbliebene Paar. Ich hatte gehofft, wir könnten Zuria befreien und mit ihr an unserer Seite den Widerstand aufleben lassen. Irgendjemand hat uns aber in Harok ausgeliefert. Ich habe dich nicht verraten! Du musst mir glauben. Ich würde dir niemals etwas antun.

Estelle durchwanderte seine Gedankenwelt. Alles, was er sagte, entsprach der Wahrheit. Zitternd umschloss sie seine Hand. Warmes Blut quoll zwischen ihren Fingern hervor.

Ich weiß, dass du mich nicht verraten hast. Tut mir leid, dass ich wieder an dir gezweifelt habe.

Schon gut. Ich weiß, dass es schwer ist, einem gefallenen Sarafin zu vertrauen. Außerdem habe ich dich ja belogen. Nachdem ich meinen Vater umgebracht hatte, bin ich vor Jechton herumgestreunt, voller Schuld und Hoffnungslosigkeit. Bis mich die Soldaten des Kanzlers aufgriffen. Sie haben mich zu ihm gebracht, von da an habe ich für ihn gearbeitet. Er war niemals wie ein Vater für mich. Er hat mich abhängig gemacht.

Es ist okay. Aber bitte sag mir, was wolltet ihr genau bezwecken?

Die Unterdrückten müssen endlich kämpfen und ihre Freiheit fordern. Dafür brauchen sie eine Anführerin. Du hättest ihnen zeigen sollen, wie man sich zur Wehr setzt. Wir brauchen solche Massen, wie sie auf der Erde zusammenkommen, wenn sie im Einklang protestieren, um etwas zu bewegen.

Ich? Ich sollte die Anführerin sein? Warum habt ihr mir das nicht gesagt?

Wie hätten wir einem verängstigten Mädchen, das du bei deiner Ankunft warst, sagen sollen, dass wir mit ihr die Welt retten wollen? Dass sie die Heldin werden soll! Wie? Sag es mir!

Ich weiß nicht ...

Vorsichtig blickte sich Estelle um. Der Kanzler belächelte sie, ohne zu merken, dass sie heimlich miteinander sprachen.

Du bist Mensch und Aurion. Du kannst kämpfen wie ein Mensch und lieben wie ein Aurion. Du kannst die Zentan und die Ourak anführen. Sie brauchen eine Heldin. Sie brauchen dich!

Aber ich bin nicht wie sie! Ich bin nur ich.

Viele Frauen eurer Geschichte waren Aurion. Sie lebten unter euch, ohne dass ihr davon etwas wusstet.

Corvin, ohne dich bin ich niemand.

Ohne mich bist du noch immer Estelle. Eine starke und sturköpfige Frau. Du musst kämpfen.

Ich will niemand mehr töten.

Das musst du nicht. Benutze deine Kraft ...

Corvins Augenlider flatterten unruhig. Die warme Blutlache

umspielte bereits Estelles Knie. Sein Atem ging flach und verließ nur noch stoßweise seine Lunge. Seine Gedankenwelt verblasste mit jedem Atemzug. Bis sie allein zurückblieb.

NEIN! DU DARFST MICH NICHT VERLASSEN!

Ein Lavastrom aus Wut schoss durch ihre Adern, als Corvin die Lider schloss. Panisch tastete sie nach seinem Puls. Stille. An seinem Hals und seinen Handgelenken war kein Herzschlag mehr zu spüren. Geistesabwesend sah Estelle auf ihre blutverschmierten Hände.

»Corvin!« Danis' helle Stimme übertönte das grausame Schauspiel. Ihre kindliche Liebe war mit einem Mal zerbrochen. Das Schluchzen traf Estelle mitten ins Herz. Nie hätte sie gedacht, dass ein Gefühl so schmerzvoll sein könnte. Eine schwarze Klaue ergriff ihre Seele und vergiftete sie mit Hass und einer Todessehnsucht, die ihr einen kalten Schauer über den Rücken jagte. Sanft küsste sie Corvin auf die schweißnasse Stirn. Tränen tropften auf sein dichtes Haar. Ein markerschütternder Schrei brach aus ihr heraus. So laut, dass die Ourak auf der anderen Seite des Saales zusammenzuckten. Das war ein Abschied für immer.

Ihr tränenverschleierter Blick wanderte zum Kanzler, der amüsiert seinen Triumph feierte.

Euphorie.

Verlangen.

Angeekelt schüttelte sie seine Gefühle ab und richtete sich langsam auf. Dafür würde er büßen. Er würde für alles büßen, was er ihr und ihren Lieben angetan hatte. Was er diesem Land angetan hatte.

Die Soldaten, die hinter dem Kanzler standen, wichen zurück.

Angst.

Mawet hingegen musterte sie ausgiebig, ohne dass ein Gefühl von ihm ausging.

»Du hast mir mein Gegenstück genommen!«, brüllte Estelle so laut, dass Zuria zusammenfuhr.

»Denkst du, ich hab Angst vor dir?«, knurrte der Kanzler.

Estelle wusste, dass die Aurion mit ihrer Sanftheit jeden Streit schlichten konnten. Was aber war mit Gefühlen, die ihre menschliche Seite fühlte. Wut, Hass und dem alles verschlingenden Gefühl der Rache? Sie wollte ihn vernichten!

»Ich hasse dich. Ich wünsche dir den Tod.« Ihre Stimme zitterte vor Zorn.

Wut.

Hass.

Verunsicherung.

»Seht, wie wütend sie ist«, lachte der Kanzler nervös, während er einen Schritt zurückwich.

»Du hast mein Leben zerstört!«, brüllte sie heiser. In Gedanken würgte sie ihn, bis jegliche Farbe aus seinem Gesicht verschwunden war.

Schreiend ging der Kanzler in die Knie. »Tut doch etwas! Helft mir!«, tobte er. Die Soldaten zögerten, sahen sich ängstlich an.

»Mawet!«

Der Offizier blieb wie angewurzelt stehen.

»Untersteht euch!«, schrie Estelle ihnen entgegen.

»Mein Kampf beginnt nach dieser Nacht«, erwiderte Mawet kalt.

»Schatz! Du darfst ihn nicht töten. Wenn du es tust, wirst du wie er!«, kreischte Zuria.

Doch die Wut war glühend heiß, trieb sie weiter an. Es war, als hätte eine fremde Macht ihren Körper in Besitz genommen.

Mit aufgerissenen Augen kniete der Kanzler vor ihr.

Todesangst.

Endlich. Estelle genoss die Angst. Sie allein würde aber niemals ausreichen, um Corvins Tod zu rächen.

Unter dem dunkelblauen Stoff seiner Uniform bildete sich ein nasser Fleck auf der Brust. Ächzend strich sich der Kanzler mit der Hand über die durchnässte Stelle. Die Genugtuung, ihm Schmerzen zu bereiten, wärmte sie. Das wahre Monster kroch auf dem Boden.

»Deine Gefühle tun mir weh«, wimmerte Zuria.

»Bitte!«, brüllte Brückner, der zitternd hinter Zuria stand. Seine Hände ruhten auf ihren bebenden Schultern.

Widerwärtiger Scheißkerl!

»Seine Wunde! Sie wird aufplatzen. Er darf sich auf keinen Fall aufregen.« Der Arzt hegte tiefe Gefühle für den Kanzler, die Estelle zutiefst verabscheute. Wie konnte jemand dieses Monster lieben?

»Schatz, lass nicht zu, dass deine menschlichen Gefühle dich antreiben. Denk an Peter. Er würde nicht wollen, dass du diesen Schritt gehst.«

Sie war diesen Schritt schon einmal gegangen. In den Bergen, als sie den Sarafin getötet hatte. Den Kanzler zu töten, wäre ein Leichtes. Sie musste nur in seinen Ärmel greifen, den Dolch herausziehen und das kälteste Herz Jarundos damit durchbohren.

Wimmernd beugte sich der Kanzler nach vorn.

Schmerz.

Liebe.

Schuldgefühle.

Wie kann dieses Monster überhaupt Liebe empfinden?

Eine Frau, deren braune Augen mit goldenen Flecken gesprenkelt waren, wirbelte lachend durch einen hell erleuchteten Raum. Der Saum ihres grünen Kleides umspielte ihre sonnengebräunten Beine. Sie war wunderschön. Tausend Schmetterlinge schwirrten in Estelles Bauch. Cecilia.

Ich bin in seiner Erinnerung.

Plötzlich verblassten die Farben. Zornestränen füllten die Augen der Frau. Teller zersprangen an den Wänden. Der erste Schlag traf sie unvermittelt ins Gesicht. Die Schläge und Tritte, die folgten, waren gezielt und aggressiv. Sie versuchte, sich zu wehren; gegen die beinahe unmenschliche Kraft hatte sie jedoch keine Chance. Estelle fühlte sich unbeherrscht, völlig von Sinnen. Sie hasste Cecilia. Verstand nicht, warum sie sein Kind nicht wollte. Der letzte Schlag traf Cecilias Schläfe. Dann

schimmerten ihre Augen glasig, bevor das Leben in der Ewigkeit verschwand.

Ein markerschütternder Schrei entwich aus Estelles Mund. Sie konnte das Leid nicht mehr ertragen, das ihre Gabe mit sich brachte. Schützend schlang sie ihre Arme um den Oberkörper. Der Kanzler blinzelte hektisch. Als er sah, dass Estelles Aufmerksamkeit nachließ, raffte er sich mühsam auf und zog erneut seinen Dolch.

»Vorsicht!« Julets Stimme riss sie aus der Lethargie. Schweißgebadet bäumte sich der Kanzler vor ihr auf.

Trauer.

Selbsthass.

Estelle wich zurück. Stolpernd taumelte er vorwärts. »Du widerwärtiges Miststück. Meine Erinnerungen gehen dich einen Dreck an. Dafür habe ich deine Spezies schon immer gehasst. Ihr habt mich alle mit diesem mitleidigen Blick angesehen. So wie du es tust. Nur dass ich in deinen Augen noch etwas anderes sehe. Hass! Der gute Hass, den nur wir Menschen fühlen können. Tu es. Ich weiß, dass du es willst«, brüllte der Kanzler. »Bring mich um, wenn du kannst! Ich werde niemals kampflos aufgeben. Einer von uns wird heute sterben.«

»Nein! Estelle!«, heulte Zuria.

»Tu es für das Monster, das dort am Boden liegt. Wirst du jemals wieder jemanden finden, der dich so lieben wird? Vielleicht willst du ihm Gesellschaft leisten? Spürst du nicht das Verlangen nach dem Tod? Das dumpfe Gefühl der Hoffnungslosigkeit wird verschwinden, sobald du hinübertrittst.«

»Halt deine Klappe!«, kreischte Estelle. Blind vor Wut stürmte sie auf den Kanzler los. Er war nur noch ein Schatten seiner selbst, und doch hatte er genug Kraft, um Estelle abzuwehren. Mit der linken Hand griff er blitzschnell nach ihrem Arm, der gerade zum Schlag ausholte. Die toten Augen der dunkelhaarigen Schönheit starrten Estelle aus seiner Erinnerung an.

»Raus aus meinen Gedanken«, brüllte er und schüttelte angewidert den Kopf. Für den Bruchteil einer Sekunde war er abgelenkt. Estelle nutzte die Chance und schlug ihm mit der anderen Hand ins Gesicht. Ihre Fingernägel gruben sich tief in seine Haut. Er schrie laut auf, verlor klirrend den Dolch und packte mit seiner nun freien Hand Estelle am Hinterkopf. Wütend spuckte sie ihm ins Gesicht. Estelle spürte, dass die Gefühle um den Verlust von Corvin immer stärker wurden. Um sie herrschte eine erschreckende Stille. Die Deckenbeleuchtung fing an zu flackern. Surrend zersprangen die ersten Lampen. Ein Regenguss aus Glassplittern rieselte auf sie herab, gefolgt von einem Donnergrollen.

Der junge Soldat mit den Segelohren kreischte entsetzt. Er ging hinter Zuria in Deckung und wimmerte wie ein verängstigtes Kind. Mawets Blick schweifte wissend über die Bühne. Seine Hand glitt zu seinem Degen, dann verschwand er aus ihrem Blickfeld.

Estelle wünschte sich nichts Sehnlicheres, als den Kanzler aus Jarundo zu verbannen. Sie wünschte sich zurück zu Peter. In eine Zeit, in der alles einfach gut war. In der ihre Seele noch heil war. In der sie nicht geliebt und verloren hatte. Sie zuckte unkontrolliert, brüllte den Schmerz heraus, den ihr der Kanzler mit seinen Erinnerungen zugefügt hatte. Den er seiner und ihrer Liebe angetan hatte.

Das Donnergrollen wurde kräftiger. Ein gleißendes Licht erfüllte plötzlich die Bühne. Sekunden später erlosch es zischend. Zurück blieb ein Portal, es war zwei Meter hoch und mindestens einen Meter breit. Ein schneebedeckter Untergrund, ein grauer Himmel und ein naher Wald flimmerten auf der anderen Seite.

Hab ich das Portal geöffnet? Es sieht aus wie eine alte Filmprojektion.

Bevor der Kanzler sich umdrehen konnte, zog Estelle das Knie nach oben. Sie traf ihn zwar nur an seinem Oberschenkel, doch der Stoß reichte aus, um ihn ins Wanken zu bringen. Ein animalisches Fauchen zischte zwischen seinen zusammengebissenen Zähnen hervor. Seine Finger waren noch immer dicht mit ihren Haaren verwoben. Estelle erhaschte Zurias angsterfüllten Blick.

Dann warf sie sich mit ihrem ganzen Körpergewicht auf den Kanzler.

Dumpf schlugen sie auf der Wiese auf. Das Gras war feucht und der Boden gefroren. Estelle lag auf der nassen Brust des Kanzlers. Stöhnend rollte er sich auf die Seite und schüttelte sie wie Ungeziefer ab. Angewidert blickte Estelle an sich herunter. Ihr Kleid war durchtränkt von einer gelben, zähen Flüssigkeit. Der Geruch von Eiter hing in der Luft, bitter und faulig. Sie würgte, drehte den Kopf zur Seite und spuckte einen Schwall Galle aus.

Keuchend wälzte sich der Kanzler neben ihr auf dem Boden. Seine Haare waren zerwühlt, das Gesicht schmerzverzerrt. »Was hast du getan?«, brüllte er.

Ruckartig riss er seine Jacke auseinander. Der Gestank, der ihr entgegenschlug, war bestialisch. Sein weißes Hemd klebte an seinem Körper. Eine wulstige Narbe zeichnete sich unter dem nassen Stoff ab. Direkt in der Mitte klaffte ein faustgroßes Loch. Estelle glaubte, einen blauen Schimmer zu erkennen.

Brückner tauchte vor ihr auf.

Er ist so jung.

Seine Augen waren blutunterlaufen. Wann hatte er das letzte Mal geschlafen? Stand es etwa so schlecht um ihre Gesundheit? Er schluckte, bevor er sprach: »Deine Organe versagen. Schon wieder. Die Organe weisen alle einen Gendefekt auf. Ich schätze, die ersten Siedler, die von der Erde kamen, haben den Defekt an ihre Ahnen weitergegeben. Die Ourak können damit problemlos leben, du jedoch nicht. Die Organe der Katzenwesen sind unseren aber extrem ähnlich. Es bereitet mir Kopfzerbrechen, warum dein Körper sie dennoch abstößt. Jens, ich muss an ihnen forschen, sonst finde ich es nie heraus. Es ist unethisch, doch wir benötigen mehr Platz. Viel mehr Platz. Und Genetiker. Vielleicht können wir so auch Menschen in unserer Heimat retten.« Estelle spürte plötzlich einen stechenden Schmerz in der Brust aufwallen.

Schreiend berührte der Kanzler das klatschnasse Hemd. Wie konnte er mit dieser Wunde überleben? Wie hielt er die Schmerzen aus?

Er benötigt die Zentanorgane in der Halle. Er forscht nicht nur daran, er lässt sie sich implantieren, weil er unheilbar krank ist.

»Dafür wirst du büßen!« Ächzend drehte er sich auf die Seite und zog einen schwarzen Revolver aus dem Hosenbund.

Auf allen vieren krabbelte Estelle davon. Das gefrorene Gras durchnässte ihr Kleid mit eiskaltem Wasser, ihre Haut begann sofort fürchterlich zu brennen.

Der Kanzler stöhnte erbärmlich. Vorsichtig riskierte sie einen Blick zurück und sah, dass er versuchte, sich aufzurichten. Er zielte mit seiner Waffe auf sie, war aber zu schwach und nicht in der richtigen Position, um sie zu treffen. Panisch robbte sie weiter, rappelte sich auf und rannte Richtung Waldlichtung. Sie musste in Deckung gehen. Ein Schuss knallte über die Ebene. Ein Zischen neben ihrem Ohr ließ Estelle aufkreischen. Der Kanzler taumelte. Seine animalischen Schreie trieben sie an.

Todesangst.

Hass.

Der Wald, der direkt vor ihr lag, begann, sich zu drehen. Estelles Ohren rauschten, dann setzte ein Pfeifen ein. Sie biss sich auf die Innenseite der Wange. Die Panik durfte unter keinen Umständen die Oberhand gewinnen. Corvin war nicht hier, um sie zu beschützen. Er würde nicht wiederkommen. Er war tot! Sie musste stark sein. Estelle schüttelte die Angst ab und rannte um ihr Leben.

Ein zweiter Schuss durchbrach die winterliche Stille. Die eisigkalte Luft brannte bei jedem Atemzug mehr in ihrer Lunge.

Nur noch ein kurzes Stück. Ich schaffe das! Ich bin mutig!

»Bleib stehen! Ich bin dein Herrscher!«, hörte sie den Kanzler toben. Keuchend erreichte Estelle die ersten Bäume am Waldrand. Das Echo der dritten Kugel hallte durch die Waldlichtung. Holzsplitter schossen vor Estelle in die Luft. Kreischend warf sie sich in das schützende Dickicht. Im dichten Gestrüpp robbte sie tiefer in den Wald hinein.

Hinter ihr knarrte plötzlich der vereiste Boden. Angespannt presste sie die Lippen aufeinander und hielt den Atem an. Die verräterischen Nebelschwaden, die ihren Mund verließen, würden sie sofort verraten.

»Kleiner Aurion, wo bist du?«, rief er in einem gruseligen Singsang. Er war jetzt direkt über ihr. Der Drang, wie eine Ertrinkende nach Luft zu schnappen, schwoll an. Die spitzen Dornen der überwinternden Pflanzen rissen blutende Wunden in die Haut. Leise kroch sie hinter einen dicken Baumstamm, zog die Knie an und holte tief Luft. Der Stoff des Kleides klebte eiskalt an ihrer mittlerweile blau verfärbten Haut. Estelle spannte die Muskeln an, um das Klappern ihrer Zähne zu unterdrücken. Sie musste sich konzentrieren. Bartisam hatte erklärt, dass die Portale durch die Aurion gesteuert wurden. Sie konnten an alle Orte reisen, die sie besuchen wollten. Was machte sie hier? Forschend blickte sich Estelle um. Die Felsformationen, die zwischen den Bäumen Richtung Himmel ragten, kamen ihr so vertraut vor. Als wäre sie schon einmal hier gewesen. Vor sehr langer Zeit.

Natürlich! Ich war jeden Sommer hier. Peter und ich sind durch die Wälder gewandert und haben in einer Pension in den Bergen übernachtet. Bis ich mit Anna und ihrer Mutter das erste Mal in den Frauenurlaub gefahren bin.

Estelle hatte sich insgeheim an einen gefahrlosen Ort gewünscht. Einen Ort, den sie mit ihrem Vater verband. Doch wie kam sie jetzt wieder nach Jarundo? Sie konnte die anderen auf keinen Fall zurücklassen.

»Ich weiß gar nicht, warum du um das Monster weinst. Er war nur Mittel zum Zweck. Er sollte dein Licht und deine Liebe wecken. Damit ich dich benutzen kann, wie ich deine Mutter benutzt habe. Und ich muss sagen, er hat seine Aufgabe hervorragend erfüllt. Findest du nicht?«

Estelle strich über den Ring an ihrem Finger. Corvin hatte sich für sie und gegen das Aroun entschieden. Er war kein Monster.

»Ich habe dir sogar einen Gefallen getan. Wusstest du, dass die meisten Aurion durch die Hände der Sarafin getötet wurden. Sie sind wie Tiere.«

Estelle würgte lautlos bei dem Gedanken, ihr Gegenstück für immer verloren zu haben.

Es tut mir leid, dass ich jemals an dir gezweifelt habe.

»Weißt du, was am traurigsten an der ganzen Geschichte ist? Corvin wird niemals erfahren, dass seine Familie keine Schuld an der Dunkelheit hat. Kleine Kinder und dumme Klatschweiber glauben einem wirklich alles. Am Ende glaubten sie die Legende des mordenden Kindes und des ersten gefallenen Sarafin tatsächlich. Die Wahrheit ist, ich habe die Dunkelheit gebracht. Ich allein! Sie waren und sind einfache Verbrecher.«

Die Stimme des Kanzlers war nur noch ein Flüstern im Wind. Alles, woran Estelle dachte, war Corvin und ihre Liebe.

Benutze deine Kraft ...

Jarundo brauchte eine Heldin. Das war Corvins Vermächtnis.

Corvin!

Jede Faser ihres Körpers wollte zurück zu ihm. Ein letztes Mal die pechschwarzen Haare berühren, bevor er am Ufer des Sees beerdigt wurde.

Corvin, ich will zurück zu dir!

Der Boden unter ihren Füßen vibrierte. Ein Grollen erschütterte den Wald. Wenige Meter von ihr entfernt öffnete sich ein neues Portal. Flimmernd erschien die Bühne.

»Du kannst deine Kraft also langsam steuern. Ich hätte sie dir vor der ersten Anwendung nehmen sollen, so wie ich sie den anderen Aurion genommen habe. Brückner war jedoch der Meinung, dass du noch nicht so weit bist. Wir wollten deine Kraft für die Gala sichern.«

Er kann Aurion die Gabe der Portale nehmen?

Um das Portal nach Jarundo zu erreichen, musste Estelle die Deckung verlassen. Wie viel Kugeln hatte eine Waffe? Sechs?

Acht? Entweder hatte er noch drei oder fünf Schuss übrig. Es war nur eine Frage der Zeit, bis er sie treffen würde.

Ich muss es versuchen. Wenn ich hierbleibe, sterbe ich auf jeden Fall.

Estelle ging in die Hocke und blickte geschützt von Sträuchern aus dem Versteck. Der Kanzler sah sich suchend um. Wie ein Betrunkener fuchtelte er mit der Pistole in der Luft herum. Lautlos raffte sie das Kleid nach oben und band es unterhalb der Hüfte zu einem Knoten. Mit den Händen stützte sie sich auf dem kalten Boden ab. Sie atmete tief ein, sprang aus den Büschen und rannte. Zischend schlug eine Kugel direkt neben ihr ein. Sie geriet ins Straucheln, behielt aber die Balance. Schreiend hetzte sie weiter. Der Kanzler schwankte, zielte erneut auf sie. Sein Hemd war mittlerweile blutdurchtränkt. »Bleib stehen!«

Ihre zerschnittenen Schienbeine brannten bei jedem Schritt. Estelle biss die Zähne zusammen. Sie musste es schaffen. Sie konnte es schaffen. Nur noch zwei Meter.

»Was willst du dort? Die Toten kann niemand mehr aufwecken!«

Ein weiterer Knall.

Estelle hechtete mit den Armen voraus durch das Portal. Die Kugel zischte an ihrem Ohr vorbei und schlug klirrend in die Wand hinter der Bühne ein. Putz rieselte von der Decke wie Schneeflocken. Stöhnend klatschte sie auf dem blank polierten Untergrund auf.

»Estelle!« Julets Stimme klang schrill.

Benommen schüttelte Estelle den Kopf und blickte auf. Hektisch tastete sie ihren Körper nach Schusswunden ab.

Ich lebe! Mein Gott, ich lebe!

Zuria und Brückner knieten neben Corvin auf dem Boden. Der Arzt betastete mit den Fingern seinen Hals. Als Estelle den leblosen Körper sah, sackte sie vornüber. Der brennende Schmerz in ihrem Herzen überrollte sie erneut. Was nützte der Sieg, wenn Corvin tot war?

»Schatz, er atmet. Schwach, aber er wird überleben«, rief Zuria.

Estelle kniff die Augen zusammen. »Was?«, flüsterte sie heiser.

»Brückner konnte ihm helfen.«

»Ich habe ihm etwas von dem Aurionextrakt des Kanzlers verabreicht«, antwortete er müde.

»Aurionextrakt?«

»Ein Serum aus dem Blut der Aurion. Nur so konnte der Kanzler die letzten Jahre weiterleben. Sein Körper war schwer erkrankt.«

»Er lebt?«, keuchte Estelle.

Zuria nickte. Estelle krabbelte zu Corvin. Zaghaft streckte sie die Finger nach ihm aus, seine Haut war eiskalt. Wie konnte es sein, dass er noch lebte? Sie hatte ihn doch sterben sehen.

Zuria umschlang ihre Hand. »Ich bin so froh, dass du ihn nicht umgebracht hast.«

Fragend sah Estelle sie an.

»Ich kann es spüren.«

Estelle nickte entkräftet. »Corvin wird wirklich überleben?«

Brückner blickte sie lange an.

Trauer.

Angst.

»Es wird eine Weile dauern, bis er wieder ganz bei Kräften ist, die Wunde ist sehr tief. Außerdem war seine letzte Verletzung noch nicht vollständig verheilt. Ich habe ihn erst mal notdürftig behandelt.«

Estelle atmete erleichtert auf.

Danke! Danke! Danke!

Liebevoll strich sie Corvin durch das wirre Haar. »Bürschchen, du hast uns wohl alle gerettet«, stöhnte er und öffnete einen Spaltbreit die Augenlider.

»Sieht so aus.«

Küss mich.

Estelle beugte sich über ihn und berührte flüchtig seine Lippen. Plötzlich hatte sie Angst, er könnte zerbrechen.

Du lebst. Du lebst wirklich.

»Er braucht Ruhe«, ermahnte Zuria die beiden.

Deine Mutter scheint sehr streng zu sein.

Estelle zwinkerte ihm zu und fuhr mit ihren Fingern die Konturen seiner Lippen nach. Vor der Tür entbrannte währenddessen ein lauter Streit. Degen klirrten gegeneinander, gefolgt von einem Rumpeln. Jemand versuchte, in den Saal zu gelangen. Immer wieder wurde etwas Hartes gegen die Tür geschlagen. Das Holz zerbarst unter der Last, als die Bolzen aus ihrer Verankerung gedrückt wurden.

Bartisam stürmte zusammen mit Lior an seiner Seite in den Saal. Er trug die blaue Uniform der Soldaten, die Haare wild verstrubbelt und das Gesicht blutverschmiert. Lior erhaschte Estelles Blick und lächelte breit.

»Du lebst!«, quietschte Estelle. Endlich hatte der Albtraum ein Ende. Erleichtert schlug sie sich die Hand vor den Mund und schmeckte Freudentränen zwischen ihren Fingern.

Stur blickte Bartisam auf die Bühne. Sein Gesicht lag in tiefen Falten. »Wo ist der Kanzler?«, wollte er sofort wissen.

»Er ist zurück in seiner Welt«, erklärte Estelle überglücklich, ihre Freunde wiederzusehen.

Bartisams stoischer Blick wanderte über die Menge, die nach wie vor zusammengekauert dasaß und Estelle entsetzt anstarrte. Das Portal war längst geschlossen, doch die Luft flirrte noch immer wie an einem heißen Sommertag. Bartisam griff in die Tasche seiner Uniform, zog einen Revolver heraus und zielte unvermittelt auf Liors Kopf. »Öffne das Portal!« Angespannt kniff er die Augen zusammen.

Ein Aufschrei ging durch den Raum. Zuria keuchte. Lior wich erschrocken einen Schritt zurück.

»Was ist in dich gefahren?«, fauchte Lior. Bartisam antwortete nicht, sondern rieb mit der freien Hand über die tiefen Falten seiner Stirn.

Wut.

Verwirrung.

Sorge.

Liebe.

Estelle blickte zu ihrer Mutter, die neben Brückner kauerte. Ihre Hände zitterten und ihre Augen waren glasig. Sie hatte seine Gefühle ebenfalls gesehen.

»Bartisam, was ist mit dir?« Zurias Stimme war kaum zu hören. »Ich bin doch wieder da.«

»Das sehe ich und was ich auch sehe, ist deine Tochter.« Seine Stimme bebte.

Zorn.

Verzweiflung.

Hass.

Zurias Kopf sackte auf ihre Brust.

»Nachdem dein Gegenstück gefallen war, stand ich dir zur Seite. Wir haben das Jahrtausende alte Denkmal der Aurion gewahrt. Ich habe dich niemals unsittlich berührt, weil ich die Bestimmung respektiert habe. Du solltest zurückkommen, wenn wir befreit sind. Doch du bist selbst gefallen! Du rettest dich in eine andere Welt und fällst prompt dem Erstbesten um den Hals. Was soll ich da denken? Ich habe zwanzig Jahre gewartet, um dann zu sehen, dass du mich benutzt hast. Dass die Traditionen unserer Welt keinen Wert für dich hatten.«

Estelle zog scharf die Luft ein. Sie hatte seine Zweifel und die verstohlenen Blicke kurz nach ihrer Ankunft also richtig gedeutet. Er war zutiefst verletzt, weil sie der Beweis für Zurias Untreue war. Er hatte Zuria geliebt.

Lior konnte sich nur schwer beherrschen. Seine Wut kroch über den Boden direkt zu Estelle. Abwehrend schüttelte sie den Kopf.

Mach bloß keine Dummheit!

»Öffne das Portal!« Bartisams Stimme war kratzig.

»Was hast du getan?«, schrie Lior ihn an.

»Was ich getan habe? Was hat sie getan?«

»Wir kämpfen seit Jahren Seite an Seite und du richtest dieses Ding auf mich. Nur weil du verschwinden willst.«

»Du kannst natürlich mitkommen, wenn du zu mir hältst.«

Lior starrte ihn entsetzt an. »Sieh mich doch an. Ich kann nicht in ihre Welt. Dort gibt es niemand wie mich. Bist du wahnsinnig geworden?«

»Du warst mir stets ein treuer Freund. Ich gebe dir die einmalige Chance, mich zu begleiten, schließlich habe ich dich vor der Folter des Kanzlers gerettet. Oder du wählst den Tod. Wobei ... Die Aurion momentan dein Leben in der Hand haben. Tut mir leid, alter Freund, die Ausreise ist mir wichtiger.«

»Was ist mit dir passiert? Ich bleibe bei Estelle, sie ist wie eine Tochter für mich.«

»Tochter?« Bartisam lachte bitter. »Du warst schon immer so gefühlsduselig. Ich bleibe auf keinen Fall hier.« Mit zitternden Fingern umklammerte er den Griff des Revolvers fester. »Ich habe genug von dieser Welt! Öffne das Portal oder Lior verliert sein Leben.«

Estelle beschlich ein ungutes Gefühl. Nicht Corvin war der Verräter, sondern Bartisam. »Du hast mich an den Kanzler verraten!«, zischte sie wütend.

Bartisam stöhnte laut auf. »Verrat, was für ein hartes Wort für jemand aus deiner Blutlinie.«

Corvin stützte sich mühsam mit den Händen auf dem Boden ab. »Wie? Wir haben doch alles zusammen geplant«, röchelte er.

»Glaubst du wirklich, Jarundo kann gerettet werden? Es herrscht Krieg auf den Straßen von Jechton. Niemand wird einem Kind folgen. Sieh sie dir an. Wie soll sie ein Land führen? Der Widerstand ist seit Jahren tot. Die geheime Stadt ist eine Ansammlung von Kindern, Kranken, Frauen und zerbrochenen Seelen. Die Zeit ist abgelaufen!«

»Du kennst Estelle nicht«, keuchte Corvin. »Ich habe es gesehen. Zuria hat mir die Augen geöffnet.«

»Du bist einer Lügnerin ins Netz gegangen!«, brüllte Bartisam.

Estelles Augen wanderten zu ihrer Mutter. Zuria blickte beschämt zu Boden. Sie atmete, doch sie schien verloren; irgendwo zwischen den Welten.

»Sie sollte nicht zur Heldin gemacht werden. Du solltest sie lediglich aus ihrem Menschsein erwecken. Wer konnte wissen, dass eure Verbindung so stark wird? Ich hatte ihr selbst nicht geglaubt, als sie erzählte, dass du dich für ihr Gegenstück hältst.«

Sanft berührte Estelle Corvins Schulter.

Lass mich das klären. Du musst dich ausruhen.

Langsam richtete sie sich auf und ging mit wackeligen Beinen zum Rand der Bühne.

»Bleib stehen!«, knurrte Bartisam.

Sei vorsichtig.

Er kennt meine Stärke nicht.

Du aber auch noch nicht.

Liors Augen starrten wütend in den Lauf des Revolvers. Schweißperlen sammelten sich auf Bartisams Oberlippe. Würde er seinen alten Freund wirklich töten?

»Warum?« Estelles Stimme zitterte.

»Weil wir keine reale Chance haben. Du bist ein Mischwesen und dürftest gar nicht existieren. Dieses Land ist verkommen und kann von niemand mehr gerettet werden. Die Schlacht auf der Giroschebene war das Ende. Das müsst ihr endlich einsehen.«

»Nein, es hat funktioniert. Das Volk wird es bald erkennen. Sie ist der neue Anfang. Die Liebe!«, brüllte Corvin.

Bitte, lass mich das regeln.

»Ich hatte zu Beginn die Hoffnung, dass wir etwas ändern können. Zuria hat mir jedoch die Augen geöffnet«, antwortete Bartisam.

»Warum hast du mich verraten?«

»Eine Zeit lang habe ich gezweifelt, weil Corvin so eine überzeugende Rede gehalten hat von Heldinnen und Revolutionen. Es ist aber an der Zeit, auch mal an mich zu denken.« Bartisam griff in die Jackentasche seiner Uniform. Abfällig warf er das Bild von Peter und Zuria auf den Boden.

Verbitterung.

»Ich habe dem Kanzler alle Informationen zukommen lassen, als klar wurde, dass Corvin illoyal ist. Er ist dir während eurer Flucht aus der 1. Zone verfallen. Die Reise nach Hanton war zwar geplant, sollte aber nie stattfinden. Der Kanzler vertraute mir zu Beginn nicht sonderlich und hat mich leider eingesperrt. Als ihr unterwegs wart, fiel endlich der Groschen, dass Corvin ein Staatsverräter ist. Ich habe euch verfolgt und dafür gesorgt, dass wir uns alle hier wiedersehen. Dass ihr in Yanok auf Abaska trefft, war nicht vorherzusehen. Ihr könnt von Glück reden, dass die Wachen Süchtige waren. Eine tote Estelle hätte meinen Plan nämlich zunichte gemacht.«

Lior wippte aufgeregt vor und zurück. Seine Wut drückte Estelle beinahe zu Boden. Mühsam ging sie weiter.

»Öffne mir ein Portal. Das war mein Lohn und der steht mir zu«, wies Bartisam sie an.

»Ich werde gar nichts tun«, zischte Estelle. »Niemals werde ich einem Verräter wie dir helfen.«

»Öffne das Portal«, wiederholte Bartisam seine Forderung, während er den Abzug der Waffe spannte. Das Klicken war so laut, dass einige Frauen in der Menge leise wimmerten. Danis vergrub ihr Gesicht in Julets Rock, die sie mit aufgerissenen Augen anstarrte. All diese Ourak hatten eine zweite Chance verdient. Auch wenn sie aus der 1. Zone kamen und Süchtige waren, sie konnten sich ändern. So wie Corvin sich geändert hatte. Jarundo war noch nicht verloren.

»Ich sage es kein weiteres Mal. Du hast mich schon genug Zeit gekostet. Der Kanzler wollte mir nämlich direkt nach der Gala ein Portal öffnen lassen. Da ich euch durch Jarundo verfolgen musste, kannst du dir vorstellen, wie genervt ich mittlerweile bin. Zu gerne hätte ich einfach die Füße hochgelegt und wäre mit der Entourage im Zeppelin angereist. Jetzt öffne mir ein verdammtes Portal.«

Peter, Anna, Gudrun. Ich muss an zu Hause denken.

Estelle schloss die Augen.

Ich muss ein Portal öffnen. Wenn er fort ist, können wir von vorne anfangen.

In ihr loderte der Verrat von Bartisam. Je mehr sie versuchte, ein Portal heraufzube-schwören, desto elender fühlte sie sich. Sie zitterte am ganzen Körper. Aufgeben war jedoch keine Option. Sie musste Lior retten.

Hör auf! Du bringst dich um. Du kannst deine Kräfte noch nicht kontrollieren.

Ich muss es tun.

Estelle! Hör auf! Du gehörst nicht mehr nur dir allein. Tu mir das nicht an.

Ihr Magen krampfte. Ihre Beine wurden taub und ihr Herz schlug langsamer. Laut dröhnten die einzelnen Schläge in ihren Ohren. Ein grauer Schleier überdeckte plötzlich all ihre Erinnerungen und Gedanken.

Was ist los mit mir?

Du versuchst es mit den falschen Gefühlen. Mit Wut hat man bisher wenig erreicht. Damals am See vor Minettes Haus, als du keine Luft bekommen hast, waren es auch deine menschlichen Gefühle. Vergiss deine menschliche Seite für eine Sekunde! Denk an mich und daran, wie es war, als du das erste Mal meine Gedankenwelt gesehen hast.

Estelle erinnerte sich an das aufregende Kribbeln samt der eigenartigen Vertrautheit, die seine Stimme in ihrem Kopf ausgelöst hatte. Die zarten Berührungen in Julets Haus wanderten über ihren Körper. Der Schleier verblasste augenblicklich und ihr Körper entspannte sich.

So ist es gut, Bürschchen! Ich hab schließlich noch einiges mit dir vor.

»Schluss mit dem Schauspiel. Ich weiß, dass du es kannst«, blaffte Bartisam sie an.

»Es tut mir leid«, keuchte Estelle. »Ich habe keine Ahnung, wie ich es kontrollieren kann.« Entkräftet massierte sie ihre pulsierenden Schläfen.

»Bartisam, bitte«, flehte Zuria, ihre Hände zu einer bittenden Geste gefaltet. »In dir ist noch genug Liebe. Du hast Lior doch erst gerettet. Lass nicht zu, dass der Hass dich auffrisst.«

Bartisam würdigte sie keines Blickes. »Es ist mir egal, wer von euch das Portal öffnet. Wenn nicht, wird Lior sterben.«

Lior sah ihr in die Augen. Er nahm Abschied von ihr, der Welt und seinen Freunden. Sein Mund formte ein »Es tut mir leid«.

»Nein!« Estelle sprang, ohne über die Konsequenzen nachzudenken, auf und hechtete von der Bühne.

Ein Schuss erfüllte die Halle. Estelle landete unsanft neben Lior, der sich sofort schützend auf sie warf. Entsetzt starrte Brückner den Revolver in seinen zitternden Händen an. Bartisams Körper schlug dumpf auf dem Boden auf.

Fassungslosigkeit.

Schuld.

Scham.

Zuria sah nicht auf. Ihre Hand ruhte auf ihrer Brust an der Stelle, an der aus Bartisam das Blut floss. Stumme Tränen rannen über ihre geröteten Wangen. Estelle riss ihre Augen von Bartisams leblosen Körper los und suchte Corvins Blick. Tiefschwarze Spiegel ihrer Seele blickten sie von der Bühne aus an.

Sie war zu Hause angekommen.

11. FEBRUAR

Der Boden wackelte bereits verdächtig. Es war nur eine Frage der Zeit, bis die Gitterkonstruktion unter der Last zusammenbrechen würde. Der kühle Wind trieb das aufgeregte Flüstern der körperlosen Chento in die entlegensten Spalten der Stadt. Die schattenhaften Wesen, die dem vollständigen Verfall noch ausgeliefert waren, scharten sich um ihn. Es war zu früh. Die Ernte sollte erst in mehreren Monaten oder Jahren stattfinden, wenn der Süden des Landes gefallen war. Die Saat des Kanzlers war zu schwach. Er war ein Gefangener seiner eigenen Emotionen gewesen, die ihn schlussendlich zerstört hatten.

»Treibt sie auf die Gassen«, brüllte er. Augenblicklich schwärmten die Chento, die ihre verbliebenen Gliedmaßen unter schwarzen Umhängen verhüllten, aus. Die jungen Soldaten, die hinter ihm ausharrten, sahen ihn fragend an.

»Es ist Zeit!« Ein Raunen ging durch die Menge, als sie das Geschrei hörten, das aus den Hütten drang. Die Chento versetzten die Schlafenden in Angst und Schrecken.

»Dieser Ort muss vernichtet werden. Er hindert uns an der Umsetzung unserer Bestimmung. Die Bestimmung, die wir im Mutterleib erhalten haben. Lasst nicht zu, dass sie unsere Zukunft vernichten. Denkt an die Mondscheinkinder, die Chento und unseren Herrscher.«

»Was passiert mit den Bewohnern?«, fragte ein dunkelhaariger Soldat, der direkt neben ihm stand.

»Wir machen keine Gefangenen«, erwiderte Mawet. »Sie wehren sich seit Anbeginn gegen die Finsternis. Jarundo ist das Herz, das es zu beschützen gilt. Wie müssen schnell agieren, damit die anderen Welten folgen können.«

»Und die Kinder?« Die Stimme des Jungen zitterte.

»Treibt sie zusammen und findet heraus, ob sie zu uns gehören.

Wenn nicht, werft sie hinunter. Oder setzt sie aus. Sie spielen keine Rolle für die Dunkelheit. Danach öffnet ihr die Schleuse zur 3. Zone«, rief Mawet den wartenden Soldaten zu. Der Dunkelhaarige nickte, wurde aber, bevor er davonmarschieren konnte, von Mawet zurückgehalten. »Du nicht. Du gehörst nicht zu uns.«

»W-Was?«, stotterte er.

Mawet schnippte mit den Fingern. Zwei Chento tauchten plötzlich vor dem Soldaten auf. Verängstigt wich er zurück. »Ich bin wie ihr!«, keuchte er nach Luft ringend, als einer der Gesichtslosen ihm den Hals zudrückte. Die mickrig aussehenden Hände des Monsters krallten sich mit einer erbarmungslosen Kraft in die Haut des Sterbenden. Tränen quollen aus seinen Angst geweiteten Augen hervor. Mawet schnippte erneut mit den Fingern, was den Chento dazu veranlasste, von seinem Opfer abzulassen. Der leblose Körper sackte zu Boden. Mawet machte einen Schritt über den Leichnam und sah dem Treiben aufmerksam zu.

Binnen Sekunden schwoll das Geschrei an. Die ersten Ourak und Zentan rannten panisch auf die Gassen der geheimen Stadt. Entsetzt starrten sie den jugendlichen Soldaten entgegen. Sie wussten sofort, welches Schicksal ihnen bevorstand. Augenblicklich packten Mütter ihre Kinder und versuchten, dem Tod zu entkommen. Doch die Chento trieben sie weiter vor sich her, an den Rand der Ebene. Es gab kein Entrinnen; die Dunkelheit wollte ihre rechtmäßige Herrschaft antreten.

Die Soldaten marschierten in die Menge, teilte sie mit ihren Degen und warfen die Einwohner brutal zu Boden. Die Zentan fletschten die Zähne, kämpften um das Überleben ihrer Freunde. Unaufhörlich bissen sie zu, rissen tiefe Wunden in die Körper der Angreifer. Der Geruch von Blut legte sich über die geheime Stadt, die unter der Anstrengung laut ächzte. Das Flüstern der Chento schwoll an, übertönte bereits die schmerzverzerrten Schreie der Ourak und das metallene Knirschen der Stahlträger. Die Chento würden niemals aufgeben, denn das bedeutete, dass ihre Seelen in der Ewigkeit verschwanden.

Eine Gruppe Soldaten stürmte mit Fackeln die leer gefegten Hütten und zündete die wenigen Habseligkeiten an. Schwarzer Rauch ließ die Kämpfenden schwer husten. Dank der Gitterkonstruktion zog die Rauchsäule nach oben in die 2. Zone, in der soeben Panik ausgebrochen war. Sie wussten, dass der Kanzler fort war und das nun die Zeit für eine neue Herrschaft angebrochen war. Der Kanzler war nur der Bote gewesen. Er hatte die Dunkelheit in die Welt gebracht und sollte sie über das Land treiben. Doch die Finsternis hatte ihn geängstigt. Für Mawet gab es keine Angst. Er war das Werkzeug einer viel größeren Macht. »Holt die Kinder!«, donnerte er über das Geschrei hinweg. »Wir müssen wissen, ob sie zu uns gehören.«

Eine blutüberströmte Frau stolperte vor seine Füße. Ihren kleinen Jungen hielt sie fest umklammert. »Bitte! Verschone meinen Sohn!«, bettelte sie. »Bitte!«

Mawet sah etwas in ihren Augen aufblitzen, von dem er nicht imstande war, es nachzu-empfinden. In den wenigen Jahren seiner Existenz hatte er jedoch gelernt, die Gefühlsre-gungen der anderen zu imitieren. Das musste Liebe sein. Ein Gefühl, das der Dunkelheit gefährlich werden konnte. Mawet machte einen Schritt nach vorn. Packte das Kind am Kragen und warf es, ohne mit der Wimper zu zucken, über die Abgrenzung der Stadt in die Tiefe. Der schrille Schrei der Mutter, die sich hinter dem Kind in die Finsternis stürzte, ließ ihn vollkommen kalt. Er verspürte weder Schuld noch Trauer. Er hatte seine Aufgabe erfüllt und ihr jede Hoffnung genommen. Denn die Hoffnung brachte Licht und war ihr aller Feind.

Estelle schreckte aus einem fahrigen Traum auf. Ihr Herz pochte wie nach einem Dauerlauf. Ruhelos sah sie sich um. Sie befand sich wieder in dem Prinzessinnenzimmer, in dem sie vor der Zusammenführung eingesperrt gewesen war. Die schweren Türen standen dieses Mal jedoch weit offen. Müde streckte sie die Arme in die Luft und spürte einen grässlichen Schmerz in ihrer Schulter brennen. Ihre Haut war übersät mit Prellungen, die sich blau und lila färbten. Entgeistert warf sie die silberne Decke zur Seite. Das smaragdgrüne Kleid hing ihr in Fetzen vom Körper herab. Was war geschehen?

Corvin!

Bevor sie einen klaren Gedanken fassen konnte, mischte sich ein fremdes Gefühl zwischen die aufkeimende Furcht.

Dankbarkeit.

Das Gefühl war ganz deutlich zu spüren. Wer war mit ihr im Zimmer? Vorsichtig hob sie den Kopf. Die Muskeln ihres Nackens pulsierten heiß. Wann würde sie sich endlich wieder fühlen wie ein normaler Mensch? Ohne diese andauernden Schmerzen?

Autsch!

»Du bist aufgewacht«, sagte Lior, der auf dem Balkon stand und mit glasigen Augen zu ihr hereinschaute.

Erschöpft ließ sie den Kopf zurück in die Kissen fallen. »Ich hab noch immer das Kleid an«, schnaufte sie genervt.

»Ich dachte, es wäre für dich angenehmer, später selbst zu baden. Erinnere dich nur, wie lange es gedauert hat, bis du in meine Wanne gestiegen bist.«

Estelle rollte sich stöhnend zur Bettkante hin.

»Geht es?«

»Hab schon Schlimmeres erlebt«, keuchte sie lachend.

Lior lächelte stolz. »Du bist eine Kämpferin. Ich habe dich tatsächlich unterschätzt.«

»Damit warst du nicht allein.« Jede Faser ihres Körpers schmerzte, als sie sich aufrichtete. Wackelig tapste sie auf nackten Füßen Richtung Balkon. Sie ging an Lior vorbei und blickte über das Gebirge. Jechton ragte in den dunklen Himmel. Selbst aus dieser Entfernung konnte man den hohen Turm der 1. Zone deutlich erkennen. Die Dunkelheit, die sich wie ein Teppich über der Stadt ausbreitete, wurde durch ein loderndes Feuer zerteilt. Jechton brannte lichterloh.

»Was ist passiert?«

»Sie wissen, dass der Kanzler gefallen ist. Die Nachricht hat sich in Windeseile im ganzen Land verbreitet. Von hier bis nach Jechton reden alle von dem Aurion, der den Kanzler verbannt hat. Binnen Stunden ist eine Zentanfrau an die Spitze der neuen Bewegung geklettert. Ich denke, ihr kennt euch. Nuru ist ein stolzes Mädchen.« Lior legte behutsam seine Hand auf Estelles Schulter. »Doch der Kampf wird wohl einige Wochen dauern. Für die Reichen war alles, was der Kanzler getan hat, richtig. Die 1. Zone wird ihren Wohlstand nicht aufgeben wollen. Das Aroun wird irgendwann ausgehen. Sobald die Pillen verschwinden, befindet sich die halbe Stadt auf Entzug. Außerdem wütet ein junger Offizier in Jechton«, sagte er nachdenklich.

»Mawet«, murmelte Estelle.

»Du kennst ihn?«, fragte Lior verwundert.

Estelle schüttelte den Kopf. »Zuria hat nur sehr stark auf ihn reagiert.«

»Deine Mutter hat uns erklärt, dass er anders ist. Sie meinte, er sei gefühllos, was anscheinend eine Nebenwirkung des Aroun sein könnte, mit dem er bereits im Mutterleib Kontakt hatte. Er selbst nennt sich ein Kind der Dunkelheit.«

»Aber wir haben den Widerstand neu entfacht.«

»Da hast du recht«, raunte Lior.

»Ich dachte wirklich, du wärst tot«, flüsterte sie. Nachdenklich betrachtete sie ihren Freund.

Lior seufzte. »Ich dachte, ich werde sterben. Bis er mich geholt hat.«

Bartisams Verrat hing schwer in der Luft.

»Hast du von seinen Plänen gewusst?«

Lior entfuhr ein leises Knurren. »Natürlich nicht. Nachdem ich in Yanok gefangen wurde, hat er sich mir offenbart. Das dachte ich zumindest. Er erzählte mir, dass Corvin ein Verräter sei. Dabei war Corvin die ganze Zeit auf unserer Seite. Wie konnte er mich dermaßen täuschen?«

Estelle zuckte mit den Achseln. »Corvin hat das Aroun genommen und uns belogen. Du hattest recht, ihm nicht sofort zu vertrauen.«

»Am Ende hat er sich und das Aroun für dich geopfert«, erwiderte Lior.

Estelles Wangen glühten. Grübelnd kaute sie auf ihrer Unterlippe. Sie war so wütend auf ihn und gleichzeitig war sie unendlich erleichtert, dass er am Leben war.

»Ohne das Aroun hätte er das Schicksal, das der Kanzler ihm aufgezwungen hat, kaum ertragen können. Die Arbeit im Steinbruch, der Mord an seiner Mutter, die Schuld, seinen Vater getötet zu haben. Das alles war zu viel für ihn. Du bist sein Gegenstück und wirst ihn von nun an im Gleichgewicht halten.«

Estelle nickte zustimmend. Sie wusste, welche beruhigende Wirkung sie auf ihn hatte und wie er sie stärkte, vor äußeren sowie inneren Einflüssen schützte. Sie konnte sich ein Leben ohne Corvin nicht mehr vorstellen.

Was Papa wohl sagen wird?

Liebe.

Der Gedanke an ihren Vater ließ Estelle schmunzeln. »Loun ist hier«, sagte sie und schmiegte den Kopf an Liors Schulter. »Ich habe es sofort gespürt.«

Lior lächelte stolz. »Mein Sohn ist unglaublich stark. Er hat sich in den ganzen Jahren nicht brechen lassen. Es wird aber eine Weile dauern, bis er alles überwunden hat.«

»Habt ihr deine Frau gefunden?«, fragte sie voller Hoffnung.

Lior zog scharf die Luft ein. Er schüttelte den Kopf und sah abwesend über das Gebirge.

Trauer.

Estelles Herz wurde bleischwer. Sie kuschelte sich enger an den Zentan, der die Umarmung seufzend annahm. »Wie soll es weitergehen?«, flüsterte sie.

Gemeinsam blickten sie nach Jechton, dessen orangefarbenes Licht die Finsternis strafte.

Wie es wohl Yaney geht? Sie und ihre Schwester sind irgendwo im Chaos des Krieges.

»Wir müssen die Aurion aus den Welten, in die sie vor Jahrzehnten geflohen sind, zurückholen«, sagte Lior. »Sie müssen zurückkehren und Jarundo wieder die Stabilität geben, die es vor dem Umbruch hatte. Wir können die Dunkelheit aufhalten, bevor sie Harok erreicht.«

»Was, wenn sie Familien haben?«

Lior fuhr sich mit der Hand durch seine langen Barthaare. Seine Gefühle waren deutlich zu spüren. Die letzten Jahre hatten ihn zermürbt, dennoch keimte in ihm die Hoffnung, dass Jarundo gewonnen war. »Sie werden sie mitbringen müssen.«

»Das wird nicht einfach werden«, erwiderte Estelle stirnrunzelnd.

Lior nahm ihre Hand in seine und bestaunte den Ring an ihrem Finger. »Wie ich sehe, hat der Sarafin Geschmack bewiesen«, lachte er.

Gedankenverloren strich Estelle über die kleinen Steinchen in der Fassung.

Wie konnte ich dem Kanzler glauben, nach allem, was Corvin für mich getan hat?

»Du liebst ihn«, stellte Lior fest.

Estelle nickte eifrig.

»Willst du ihn sehen?«

Sie schwieg einen Moment, dann zuckte sie unschlüssig mit den Schultern. Trotz ihrer starken Gefühle für Corvin war sie wütend über sein doppeltes Spiel und seinen Entschluss, für sie zu sterben.

Warum hat er aufgegeben? Wirft sich einfach in das blöde Messer.

»Lass ihn nicht zu lange warten. Er leidet Höllenqualen ohne dich«, sagte Lior mit einer Spur von Schadenfreude in der Stimme.

»Werde ich nicht. Ich muss aber zuerst noch etwas Wichtiges erledigen.«

12. FEBRUAR

Peter saß wie jeden Abend, nachdem Estelle spurlos verschwunden war, in der Bibliothek und trank eine Flasche Rotwein. Der Schmerz über den Verlust seiner Tochter war unerträglich. Seinen geliebten Job an der Universität hatte er vor drei Wochen aufgegeben. Wie sollte er weiter arbeiten? Warum sollte er arbeiten?

Die quälenden Tage verbrachte er damit, Flugblätter zu verteilen. Bei der Polizei war er längst kein gern gesehener Gast mehr. Er behinderte ihre Arbeit und mehr als einmal war er in der Polizeistation ausgeflippt. Tief in seinem Inneren wusste er, dass er Estelle für immer verloren hatte. Zu allem Übel hatte er das Gefühl, dass alle ihn beschuldigten. Die Polizei, die Nachbarn, sogar Annas Mutter begegnete ihm mittlerweile mit Argwohn in den Augen. Wie konnte er es ihnen verübeln? Er konnte zu ihrem Verbleib keinerlei Angaben machen, ohne für verrückt erklärt zu werden. Denn wie bei Zurias Verschwinden waren auch dieses Mal abscheuliche Wesen im Keller gewesen. Standen sie damit in Verbindung? Oder wurde er womöglich einfach wahnsinnig? Sein Arzt hatte ihn mittlerweile an einen Psychologen überwiesen. Peter konnte jedoch keiner Menschenseele erzählen, dass seine Tochter und seine Frau im Keller des Hauses verschwunden waren. Niemand würde ihm glauben. Er tat es ja selbst kaum. Genüsslich trank er den letzten, bereits lauwarmen Schluck der Flasche. Wohltuend breitete sich der Wein in seinem Körper aus und dämpfte sämtliche Gefühle.

Trauer.
Wut.
Hilflosigkeit.

Die rote Zauberflüssigkeit half ihm, zu vergessen. Müde bettete er den Kopf auf die Rückenlehne und wartete, bis der Schlaf über ihm hereinbrach. Er rutschte ein Stück nach unten, legte die

Füße auf den Couchtisch, um eine weitere Nacht in der Bibliothek zu verbringen. Ihrem Lieblingsort.

Das Knarren von Holz weckte ihn aus einem schwummerigen Zustand. Angestrengt lauschte er in die Dunkelheit, die den Flur erfüllte. Wieder dieses Geräusch. Waren das Schritte?

»Hallo. Ist da wer?«, rief er schlaftrunken. »Ich bin bewaffnet!« War das Estelle? War sie zurück? Oder waren es die Wesen, die auch ihn holen wollten? »Mich werdet ihr nicht so leicht bekommen!« Benommen, von der Nacht und dem Alkohol, schnappte er die Weinflasche und streckte sie wie eine Waffe von sich.

»Papa«, sagte Estelle zaghaft, als sie aus der Dunkelheit in die Bibliothek trat.

»Estelle?« Entkräftet ließ Peter die Flasche sinken. Seine Lippen bebten, doch er bewegte sich keinen Zentimeter. »Deine Haare. Was ist passiert?«, stammelte er verwundert.

»Papa, ich hab jemand mitgebracht.«

»Peter«, flüsterte Zuria. Auf wackeligen Beinen tauchte sie hinter Estelle auf. Peter schlug sich die flache Hand vor den Mund. Klirrend fiel die Flasche zu Boden. Träumte er? Konnte das die Wirklichkeit sein?

»Ich habe dich so vermisst«, wisperte Zuria. Tränen flossen ihr über die Wangen, als Peter auf sie zuging und sie fest in die Arme schloss.

EPILOG

Corvin trat hinter sie und schlang seine Arme um ihre Taille. Ein angenehmes Kribbeln breitete sich unter dem Stoff ihres Kleides aus. Estelle schloss die Augen und lehnte den Kopf an seine Brust. Sein Herzschlag drang an ihr Ohr, beruhigte sie, wie so oft, seitdem sie den Kanzler gestürzt hatten. Langsam atmete sie ein und genoss den stillen Augenblick.

»Wie gut, dass du jetzt nicht mehr an den blonden Schwächling denkst«, lachte Corvin.

»Wie gut, dass ich so nachsichtig bin und dir deinen ganzen Quatsch verzeihe.«

Sanft kniff er Estelle in den Bauch.

Für so was haben wir leider keine Zeit.

»Schade«, flüsterte er. Sein warmer Atem umspielte ihren Nacken. Estelle seufzte. Sie drehte sich aus der Umarmung und blickte ihn an. Die dunklen Augenringe waren bereits verschwunden. Die feinen Adern unter der dünnen Hautschicht verblassten täglich mehr.

Ich werde dein seltsames Aussehen irgendwie vermissen.

Ich aber nicht.

Estelles Lächeln wurde breiter. Corvin beugt sich zu ihr und küsste sie zart auf den Mund. Für einen Moment glaubte sie zu schweben. Sie hatte sich noch immer nicht daran gewöhnt, dass sie seine und er ihre Gefühle spüren konnte. Als er seine Lippen von ihren löste, taumelte sie. Corvin grinste.

Vorsicht, Bürschchen.

Estelle schob ihre Finger in seine und betrachtete nachdenklich das Geflecht.

Glaubst du, wir können die anderen Aurion dazu bewegen, zurückzukommen? Sie haben ihre festgelegte Rückkehr niemals angetreten. Warum sollten sie jetzt mit uns kommen?

Wir müssen es zumindest versuchen. Ohne sie können wir den Um-
bruch nicht aufhalten.

Estelle nickte. Der Abschied tat weh; auch wenn er nur von kurzer Dauer war. Jarundo war mittlerweile ihre zweite Heimat geworden. Corvin hatte recht. Ohne die Hilfe der geflohenen Aurion hatten sie keine Chance gegen die Dunkelheit. »Na dann los«, sagte sie und zog Corvin durch das Portal.

ENDE

Liebe*r Leser*in,

als Selfpublisher schwimme ich in einem Meer tausender Bücher und hoffe jeden Tag gesehen zu werden. Wenn Dir mein Buch gefallen hat, würde ich mich riesig freuen, wenn Du eine kurze Rezension schreiben könntest. Damit andere Leser aufmerksam werden. :-) Gerne darfst Du mein Buch auch direkt weiterempfehlen.

Wenn Du Fragen hast oder Feedback geben möchtest, kannst Du dich auch bei mir melden. Du findest mich auf sozialen Netzwerken und auf meiner Website.

Vielen Dank für deine Unterstützung. Ich bin dankbar, dass ich meinen Traum verwirklichen durfte. Hoffentlich hört er nicht auf.

Besucht mich auf: www.facebook.com/EvePayBuecher/
www.evepay.de
www.instagram.com/evepaybuecher

Danksagung:

Danke Gott.

Ich danke meinen Eltern. Die meine Tagträume nie als störend empfunden haben.

Vielen Dank Jule. Deine Kritik war spitze. Und danke, dass du mich davor bewahrt hast, einen Charakter sterben zu lassen. Niemand hätte mir das jemals verziehen. Ich mir selbst auch nicht!

Ich danke meinen Katzen. Auch wenn sie es niemals lesen werden. (Obwohl, wer weiß, was sie nachts tun?) Ohne sie würde es Lior jedenfalls nicht geben.

Danke an meine Korrektorin! Ohne sie würden die Kommas kreuz und quer liegen. Die Danksagung hat sie übrigens nicht korrigiert. :-D

Vielen Dank an vier wundervolle Bloggerinnen. Eure Rezensionen haben mir viel Mut gemacht!
Schaut auf ihren Blogs vorbei.
www.nickislesewelt.blogspot.de
www.zeilenflut.wordpress.com
www.instagram.com/memories.of.books
www.allaboutmybooksandme.blogspot.de

Impressum
Texte: © Copyright by Damaris Wurster
Umschlag: © Copyright by Damaris Wurster
[Alrecht-Wirt-Straße. 19] 72108 Rottenburg
    kontakt@evepay.com

2. Auflage

Korrektorat: Schreib- und Korrekturservice Heinen - Claudia
Heinen

Cover: Shutterstock
Künstler: nalyvme, Slava Gerj, GrandeDuc, Dmitriy Rybin

Herstellung und Verlag: BoD- Books on Demand, Norderstedt

ISBN: 9783748184348